KB260803

태율 신무협 판타지 소설

촉산혈성

蜀山血星

축산혈성 5

태율 新무협 판타지 소설

초판 1쇄 찍은 날 § 2007년 8월 31일
초판 1쇄 펴낸 날 § 2007년 9월 11일

지은이 § 태율
펴낸이 § 서경석

편집장 § 문혜영
편집책임 § 한지윤
편집 § 서지현 · 심재영

펴낸곳 § 도서출판 청어람
등록번호 § 제1081-1-89호
등록일자 § 1999. 5. 31
어람번호 § 제2-1282호

주소 § 경기도 부천시 원미구 심곡1동 350-1 남성B/D 3F (우) 420-011
전화 § 032-656-4452 팩스 § 032-656-4453
http://www.chungeoram.com
E-mail § eoram99@chollian.net

ⓒ 태율, 2006

ISBN 978-89-251-0883-4 04810
ISBN 89-251-0346-X (세트)

촉산혈성

蜀山血星

무저갱(無低坑)

5

Fantastic Oriental Heroes

태율 신무협 판타지 소설

도서출판 청어람

목차

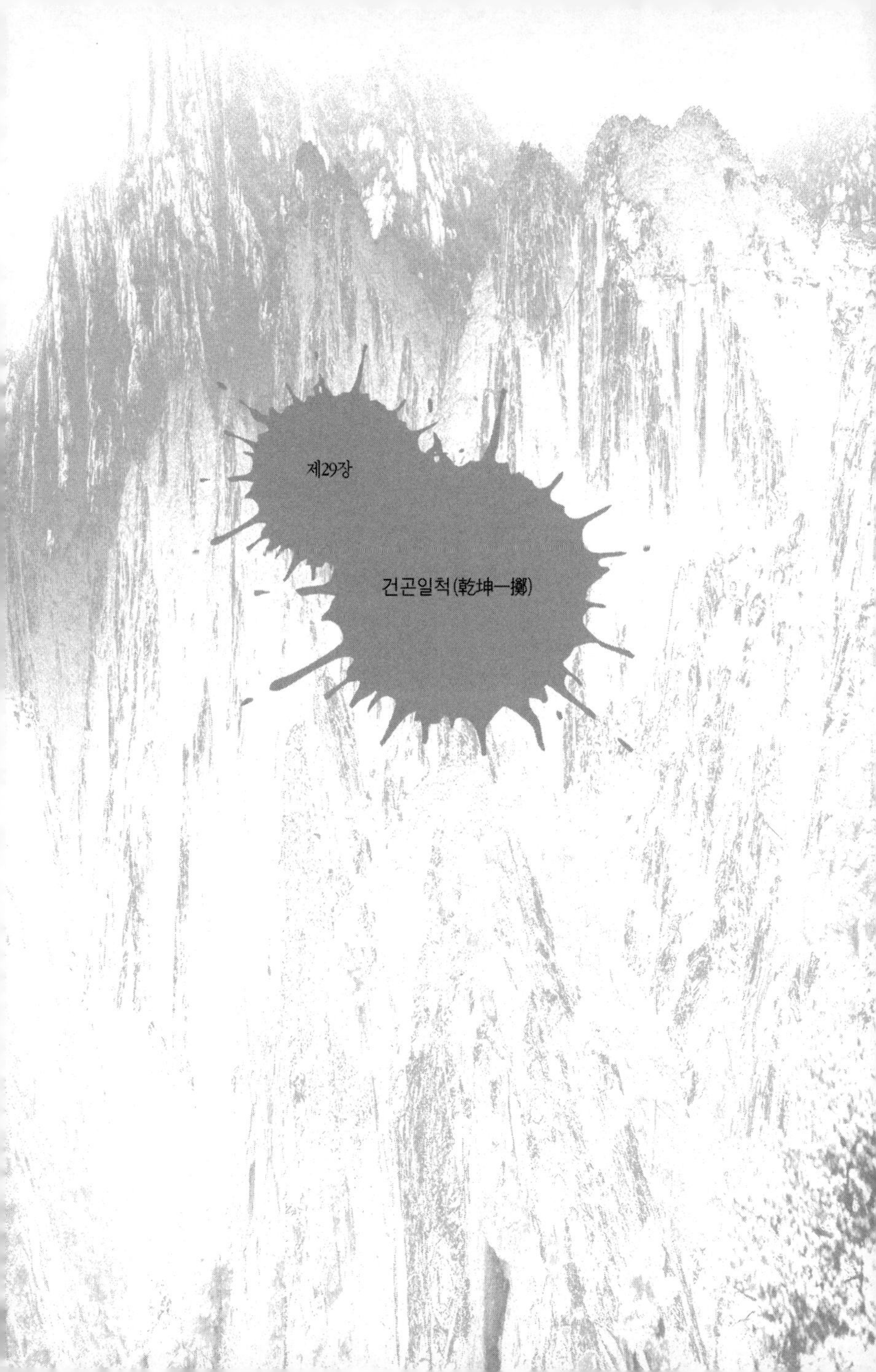

제29장

건곤일척(乾坤一擲)

중인들의 벌어진 입은 한참이나 닫힐 줄을 몰랐다.

사도명과 함께하고 있던 십대고수들 역시 마찬가지였다. 딱딱하게 굳어진 얼굴로 정면을 응시하는 그들의 눈엔 한결같이 불신의 감정이 역력했다.

천극이라는 수식어가 무색할 만큼 가공할 위력이었다.

수목이 울창하던 인근의 대지는 새하얀 잿가루만 흩날릴 뿐, 그 어떤 것도 남아 있지 않았다. 하지만 비등점을 넘어선 바위가 용암처럼 녹아내리는 모습에 비하면 이조차 약과였다.

특히나 오문호는 놀라움을 넘어 경악에 가까운 감정을 느끼고 있었다.

'수왕의 무공이 이 정도라니……!'

내심 사도명을 얕보고 있던 오문호였다. 오직 단단한 피부와 괴력만을 앞세운 사도명이 삼왕 중 한 자리를 꿰차고 있다는 것이 내심 못마땅했던 것도 사실이었다. 마음만 먹으면 언제든지 그와 건곤일척(乾坤一擲)을 벌일 자신도 있었다. 하지만 천극뇌정추의 위력을 목도한 이후 그는 그것이 얼마나 어리석은 생각이었는지를 깨달았다.

비록 같은 십대고수라 하나 삼왕과 사괴 사이엔 처음부터 메우기 힘든 무위의 격차가 존재하고 있었던 것이다.

"그놈은?"

가쁜 숨을 몰아쉬던 사도명이 거친 음성으로 물어왔다.

천극뇌정추의 위력에 잠시 얼빠진 표정을 짓고 있던 오문호가 단리백이 있던 곳을 향해 시선을 옮겼다.

허공엔 아직까지 채 사라지지 않은 뇌전의 잔재가 푸르스름한 불꽃을 남기며 흩어지고 있었다.

우두커니 서서 단리백의 흔적을 더듬던 오문호가 이내 고개를 저었다.

의심할 여지가 없었다. 이토록 무서운 위력이 담긴 일격을 정면에서 받고도 무사할 인물은 당금 강호 전체를 뒤진다 해도 찾지 못할 것이다.

"겨우 끝난 것 같군."

지긋지긋한 싸움이 끝났다는 기쁨도 잠시.

안도의 한숨을 흘리던 오문호와 달리 주의 깊게 주변을 살피던 홍적문의 얼굴이 딱딱하게 굳어졌다.

“아직이오!”

쩌렁한 홍적문의 외침에 오문호가 황급히 뒤를 돌아보았다.

순간 오문호의 얼굴은 순식간에 사색이 되었다.

자신도 모르는 사이 유령처럼 등 뒤로 다가선 붉은 인영. 소름 끼치는 살기를 흘리는 한 쌍의 눈과 시선이 마주치자 등줄기를 훑고 지나가는 오한을 느껴야만 했던 것이다.

오문호는 손에 들려 있던 귀왕척을 반사적으로 휘두르며 황급히 물러섰다.

황망 중에 펼쳤다고는 하나 그 역시 십대고수.

순식간에 피어오른 검기와도 같은 삼엄한 기운이 오문호와 단리백 사이를 가로막았다.

찌익!

하나 핏빛을 머금은 단리백의 손은 겹겹이 쳐진 검기막을 종잇장처럼 차례대로 찢으며 순식간에 파고들었다.

“……!”

구명절초(求命絶招)와 다름없는 견고한 검기막이 너무도 수월하게 와해되자 오문호의 얼굴에서 핏기가 사라졌다. 그러나 헛바람을 들이킬 여유도 없었다. 잠시 당황하는 사이 이미 단리백은 손을 뻗으면 닿을 듯한 거리까지 도달해 있었던 것이다.

오문호는 남은 진기를 끌어올려 귀왕척에 실었다. 그리고 있는 힘껏 단리백의 손을 후려쳤다.

따앙!

날카로운 금속성이 터져 나왔다. 그러나 오문호의 얼굴은 더욱 창백하게 변해 버렸다. 단리백의 손을 쳐내기는커녕 부러진 것은 오히려 그의 귀왕척이었기 때문이다.

일거에 철자를 두 동강 낸 단리백의 염왕수가 그대로 오문호의 어깨를 후려쳤다.

우드득!

오문호는 비명조차 지르지 못하고 코와 입에서 검붉은 피를 뿜어내며 그 자리에 풀썩 주저앉았다. 당장 죽지는 않더라도 족히 몇 달간은 요양해야 본래의 내공을 회복할 수 있을 정도로 심각한 내상을 입은 것이다.

단리백은 거기서 멈추지 않고 오문호의 가느다란 목을 움켜쥐기 위해 손을 뻗었다.

오문호는 두려움에 휩싸였다.

반항할 여력조차 없었다.

중간이 뚝 부러져 나간 귀왕척을 움켜쥔 채 코앞까지 들이닥친 단리백의 손을 암담한 눈으로 바라보는 것만이 지금 그가 할 수 있는 전부였다.

그러나 단리백은 오문호의 목을 꺾지 못했다. 옆구리를 향해 빠른 속도로 날아드는 강맹한 경력을 느꼈기 때문이다.

손을 거둔 단리백이 미끄러지듯 일 장가량 물러섰다.

꽝!

그와 동시에 조금 전까지 단리백이 서 있던 곳에 깊은 구멍이 뚫렸다.

경력이 날아온 곳을 향해 고개를 돌린 단리백의 얼굴이 와락 일그러졌다.

"또 너로군."

단리백의 살기를 정면에서 마주하고도 홍적문은 흔들림이 없었다.

홍적문은 매우 독특한 자세를 취하고 있었다.

언뜻 보기엔 마보 자세 같았으나 오른발이 비스듬히 반 자가량 앞으로 치우쳐 있었고, 턱을 당겨 고개를 숙인 채 반쯤 말아쥔 주먹을 앞으로 내민 모양새는 언뜻 동자배불(童子拜佛)을 연상케 하기도 했다.

일견하기에도 허술하기 짝이 없는 기수식이었다. 하지만 그 안에 담겨 있는 삼엄한 기운은 단리백조차 경시할 수 없는 위험한 무언가를 지니고 있었다.

"백보신권(百步神拳)……."

단리백의 말에 홍적문의 눈에 이채가 떠올랐다.

백보신권은 본래는 소림칠십이절예(少林七十二絶藝) 중 하나인 나한권(羅漢拳)에 포함된 것으로, 근접 박투 위주인 나한권의 단점을 보완하기 위한 방편으로 발전한 별개의 초식을 따로 일컫는 이름이었다.

그러나 경력을 주먹에 실어 권풍으로 날리는 것은 오랜 수련을 쌓은 권사조차 요원한 일.

실제로 소림에서조차 나한권을 익힌 자는 부지기수지만 백보신권을 제대로 운용할 줄 아는 이는 수백 년 역사를 통틀어 열댓 명에 불과했다. 그런 연유로 소문은 무성하나 실제로 백보신권을 구사하는 이는 극히 드물었다. 그런데 단리백이 이를 알아본 것이다.

반면 단리백은 단리백대로 난처하지 않을 수 없었다. 그것은 백보신권이 상대하기 매우 까다로운 무공 중 하나로 손꼽히기 때문이다.

일반적인 권풍(拳風)은 주먹이 허공을 격타하는 순간 발생하는 대기의 압력에 경력을 실어 상대를 공격하는 것으로, 거리가 멀어짐에 따라 위력이 현격하게 줄어든다. 그래서 권법을 사용하는 대부분의 고수는 상대와 크게 거리를 두지 않는 것이 상례였다.

하지만 백보신권은 그와 같은 범주를 벗어나는 무공이었다. 진기의 운용 자체가 일반적인 권풍과 궤를 달리해, 격공장(隔空掌)과 같은 원리로 쏟아낸 경력을 임의의 한 점에서 일거에 집중시켜 막강한 파괴력을 얻는다. 이름 그대로 백 보

이상의 거리를 두지 않고서는 위력이 경감하는 일이 없는 것
이다.

게다가 권풍의 단점인 공격과 공격 사이의 공백, 즉 진기를
끌어올리고 쳐내는 일반적인 과정을 거치지 않아 연격(連擊)
이 가능했다. 진기의 소모도 적을뿐더러 파괴력 또한 매우 위
협적이었다. 당금 강호에서 무당의 면장(綿掌)과 더불어 가장
뛰어난 권각절예(拳脚絶藝)로서 수위를 다투는 이유도 이 때
문이었다.

단리백은 자신의 몸 상태를 짐작했다.

'좋지 않군.'

위력만으론 천강마벽을 뛰어넘는 천극뇌정추였지만 다행
히 사도명의 화후가 낮아 동수를 이룰 수 있었다. 하지만 그
한 번의 격돌로 얻은 내상이 적지 않았다.

기맥 일부가 뒤틀린 데다, 기혈이 들끓어 생각보다 운신이
자유롭지 않았다. 더구나 완전히 흩어내지 못한 충격으로 인
해 아직까지 웅웅거리는 이명(耳鳴)이 머릿속을 흔들고 있었
다.

이대로 내상을 다스리지 않고 연이어 홍적문과 싸운다면
이는 심각한 내상으로 발전할 터. 그러나 지금으로선 망설일
여유가 없었다.

지금 그에게 있어 절대적으로 부족한 것.

바로 시간이었다.

쾅!

단리백이 서 있던 지면이 폭발하듯 터져 나갔다. 그와 동시에 단리백의 신형은 흐릿한 잔영을 남긴 채 홍적문을 향해 쇄도했다.

쿠웅!

일 보를 내딛은 홍적문의 발이 흙 속으로 한 치가량 파고들었다.

그와 동시에 그가 내뻗은 주먹을 따라 우렛소리를 동반한 막강한 경력이 단리백을 향해 뿌려졌다.

꽈릉!

단리백이 미간을 찌푸렸다. 아직 권풍이 지척에 이르지도 않았건만 무서운 압력이 전신을 짓눌러오는 것이 느껴졌던 것이다.

단리백은 주저하지 않고 정면에서 권풍과 맞부딪쳤다.

쾅!

귓청을 울리는 충격음이 터져 나오며 단리백의 신형이 격렬하게 휘청였다.

"엇!"

그러나 오히려 당혹성을 터뜨린 쪽은 홍적문이었다.

허초에 가까운 수였다. 단리백을 쓰러뜨리기 위해서라기보다 거리를 허용치 않기 위한, 견제를 목적으로 한 공격이었던 것이다.

다른 이라면 몰라도 단리백 정도 되는 고수가 이를 피하지 못할 리 없었다. 하지만 단리백은 무모하게도 스스로 뛰어들어 어깨로 이를 받아냈다.

더욱 놀라운 건 그 충격을 뒤로 흘린 단리백이 섬전을 방불케 하는 무서운 속도로 자신을 향해 쏘아져 오고 있다는 점이었다.

홍적문의 표정이 굳어졌다.

홍적문은 지금까지 백보신권을 전력으로 펼쳐 본 적이 없었다. 내로라하는 고수들 대부분은 오 할에도 비지지 않는 백보신권에 무릎을 꿇었고, 칠 할의 힘을 기울인 백보신권은 피하거나 대항할 엄두도 내지 못하고 쓰러지기 일쑤였다.

파계 당시 소림은 그간의 전례를 깨고 그의 무공을 전폐시키지 않았다. 홍적문의 무공은 곧 소림의 긍지. 언제 또다시 홍적문과 같은 인재가 나타나 백보신권의 진전을 이을지 알 수 없는 상황에서 그의 무공을 잃는 것은 소림으로서 너무나 큰 손실이었기 때문이다.

그만큼 백보신권에 대한 홍적문의 자부심은 남다른 것이었다.

제아무리 단리백이 고수라곤 하나 호신강기만으로 백보신권을 받아내고 무사할 리 없을 터.

아니나 다를까.

홍적문은 단리백의 입가에 흐르는 한줄기 핏물을 발견할

수 있었다.

홍적문의 눈빛이 차갑게 식은 것도 그때였다. 칠성의 공력으론 단리백을 쓰러뜨릴 수 없음을 새삼 깨달은 것이다.

우우웅.

전신에서 휘몰아치는 웅혼한 경력이 자신의 의지를 따라 팔을 타고 주먹에 이르는 순간 홍적문은 전면을 향해 일권을 내질렀다. 그 평생 처음으로 전력을 다한 백보신권이었다.

꽈릉!

홍적문의 주먹을 떠난 권풍은 조금 전과는 비교도 되지 않는 뇌성음을 토하며 한줄기 유성(流星)처럼 단리백을 향해 날아들었다.

홍적문은 이번 일격에 단리백이 쓰러지리라 믿어 의심치 않았다. 그의 손을 떠난 권풍은 어느새 단리백의 턱밑에까지 도달해 있었기 때문이다.

본래 이런 상황이라면 어떤 수를 써서라도 피하는 것이 가장 바람직했다. 하나 단리백은 오히려 자신의 가슴을 향해 날아드는 권풍을 향해 불쑥 손을 내밀었다.

순간, 단리백의 손에서 장력도 아니고 권풍도 아닌, 기이한 기세가 벼락처럼 뻗어나갔다.

두 사람이 뻗어낸 경력이 짧은 거리를 사이에 두고 격렬하게 충돌했다.

꽈앙!

귓청이 떨어질 것 같은 굉음과 더불어 단리백은 어깨가 떨어져 나갈 듯한 충격을 느꼈다.

"큭!"

이를 악문 단리백이 맹렬히 요동치는 경력의 폭풍 속으로 오히려 한 걸음 내딛더니 맹렬히 손을 휘둘렀다.

쩌저정!

대기를 송두리째 뒤흔드는 충격음과 함께 자욱한 먼지구름이 피어올랐다.

"맨손으로 백보신권을……?"

자신도 모르게 반문하는 홍적문의 얼굴에 당혹감이 스쳤다. 하지만 먼지 속을 헤치며 달려오는 단리백의 모습을 보는 순간 그의 눈에서 이채가 떠올랐다.

단리백의 손에 맺혀 있던 핏빛 강기는 이미 사라지고 없었다. 염왕수를 운용하던 혈라강기는 이미 백보신권에 의해 흩어져 버렸기 때문이다.

홍광 대신 단리백의 손을 감싸고 있는 묵빛 장갑.

뒤늦게 이를 발견한 홍적문은 과거 스쳐 들었던 칠대기보에 관한 이야기를 떠올릴 수 있었다.

"묵수갑?!"

그의 예상은 정확했다. 단리백은 처음부터 묵수갑을 끼고 있었다. 다만 혈라강기의 핏빛 홍광에 묻혀 드러나지 않았을 뿐이다.

그제야 홍적문은 오문호의 귀왕척이 맥없이 부러져 나간 이유를 깨달았다. 도저히 불가능하리라 여겨졌던 천극뇌정추를 받아내고도 무사한 것 역시 묵수갑의 힘이 컸으리라.

공명정대하지 못한 이번 싸움에 내심 불편한 마음을 지니고 있던 홍적문이었다. 하지만 단리백 정도 되는 무위에 묵수갑과 같은 기보가 더해진다면 이야기가 달라진다.

홍적문의 전신에서 싸늘함이 피어올랐다.

단리백의 의도는 충분히 짐작할 수 있었다. 백보신권을 운용할 거리를 두지 않겠다는 뜻이다.

'근접전으로 승부를 결정 짓겠다는 건가?'

홍적문의 얼굴에 차디찬 냉소가 떠올랐다.

그는 상대를 잘못 골랐다. 제아무리 날고 긴다 한들 근접박투(近接搏鬪)에 있어서 만큼은 소림의 권각술을 따라올 수 없는 것이다.

홍적문은 재빨리 소림의 칠십이절예 중 하나인 반야장(般若掌)을 머릿속에 떠올렸다. 하나 미처 자세를 갖추기도 전에 들이닥친 단리백의 서슬 퍼런 공격에 선기를 빼앗겨 이를 펼칠 여유가 없었다.

홍적문이 뒤로 물러서며 금강퇴(金剛腿)의 수법으로 연달아 연환각(連環脚)을 뿌렸다. 하지만 공격이 아닌 수비를 위한 동작이었기에 그 위력은 본래의 절반밖에 되지 않았다.

아니나 다를까, 단리백은 너무도 쉽게 이를 걷어내고 있었다.

파파파파팡!

연달아 터져 나오는 격타음.

불과 한 자의 거리를 두고 마주한 그들의 표정은 사뭇 달랐
다.

"으음……."

자욱한 살기를 피워 올리는 단리백과 달리 홍적문은 침음
성을 흘리고 있었다. 강호에 나선 이래 지금처럼 수세에 몰린
적이 없던 그였다. 게다가 상내인 난리백은 이미 내상을 입은
상태.

홍적문으로서는 몹시 자존심이 상하는 일이었다.

그러나 이도 잠시.

홍적문이 삼엄한 기세를 피워 올리며 본격적으로 나한권
을 펼치기 시작했다.

단리백의 눈에 이채가 떠올랐다. 확연히 달라진 홍적문의
기세를 그 역시 느낀 것이다.

보리탄주나 백보신권과 달리 나한권 자체는 비전절예가
아니다. 소림의 속가제자뿐만 아니라 관부의 무인들조차 어
렵지 않게 익힐 수 있는 평범한 초식들이 주를 이루고 있었
고, 마음만 먹는다면 언제든지 쉽게 익힐 수 있는 권법이 나
한권이었다. 그러나 제아무리 평범한 무공이라도 홍적문이
펼치면 이야기가 달라진다.

겉으로 모양만 흉내 낸 나한권이 아닌, 그 안의 깊은 오의(奧義)와 심득(心得)을 깨달아 얻은 진정한 강권(强拳)! 소림 무학의 원류인 강능단제(剛能斷制)의 정수가 그대로 담겨 있기 때문이다.

빠바바바박!

지근거리에 마주선 두 사람 사이에서 연달아 매서운 격타음이 터져 나왔다.

주먹과 팔꿈치가 부딪치고, 무릎과 정강이가 거칠게 충돌했다.

투박한 초식에 묻혀 날아드는 무서운 맹공.

한순간도 방심할 수 없는 치명적인 공격을 주고받는 두 사람의 얼굴이 딱딱하게 굳어졌다.

싸움이 길어질 것 같아 단리백이 내심 초조함을 느낄 때였다.

치열한 공방 가운데 뜻밖에도 홍적문이 먼저 허점을 드러냈다. 지나치게 공격에 열중한 나머지 정수리 쪽의 수비가 허술해진 것이다.

비록 바둑알보다 작은 공간이었지만 이를 놓칠 단리백이 아니었다.

쉬익!

한줄기 낙뢰로 화한 단리백의 팔꿈치가 홍적문의 머리를 향해 내리꽂혔다.

홍적문의 눈에서 섬전 같은 안광이 번뜩인 것도 그때였다.

콰직!

지금까지완 다른 이질적인 소음이 터져 나왔다.

아주 잠시였으나 두 사람은 석상이 된 듯 동작을 멈췄다.

단리백의 얼굴이 와락 구겨졌다. 정수리를 노리며 내려친 팔꿈치를 이마로 받아내고도 멀쩡한 홍적문 때문이 아니었다.

'당했군.'

팔을 타고 전해지는 뼛속 시큰한 통증이 느껴졌다.

'철두공(鐵頭功)……!'

과연 소림이 외가기공의 최고라 불리는 이유가 있었다.

처음부터 홍적문은 일부러 허점을 드러내 단리백으로 하여금 공격을 감행하게 만든 것이었다.

단리백이 홍적문을 향해 바짝 다가섰다. 그에게 공격을 이어나갈 거리를 허용치 않기 위해서였다. 그러나 홍적문은 이를 기다렸다는 듯이 오히려 단리백과 마주 거리를 좁혀왔다. 동시에 종잇장 같은 틈새로 팔꿈치를 밀어 넣더니 번개처럼 위로 쳐올렸다.

치익!

단리백이 황급히 상체를 젖혔으나 가슴 어림이 불에 데인 듯 화끈거렸다.

간신히 홍적문의 공격을 피했으나 단리백의 상황은 더욱

나빠졌다. 승기를 잡은 홍적문이 눈부신 속도로 연격을 가하기 시작했던 것이다.

일방적이다 싶을 만큼 거침없는 맹공(猛攻)!

파파팟!

빗발치듯 쏟아지는 강력한 연환 공격에 단리백은 또다시 뒤로 한 걸음 물러서고 말았다. 팔꿈치가 거두어졌다가 다시 뿌려지는, 그 짧은 사이에 날아드는 홍적문의 공세는 그로서도 감당하기 힘들었던 것이다.

비록 단 한 걸음의 물러섬이었으나 단리백이 느끼는 충격은 상당했다.

근접전에 있어서 자신을 능가하는 고수가 없으리라 자부하던 단리백이었다. 지금처럼 자신의 의지와 다르게 도중에 물러선 것은 처음 있는 일이었기에 입맛이 더욱 썼다.

"확실히 입만 산 얼간이들보단 낫군."

그 말과 함께 단리백이 훌쩍 물러섰다. 그리곤 물러설 때보다 빠르게 다가들더니 쾌속한 신법으로 홍적문의 옆으로 돌아갔다. 흐름이 끊어진 공격을 무리하게 잇지 않고 방향을 바꾸어 다시 기회를 노리는, 절정의 무인다운 노련함이었다.

홍적문은 섣불리 반격하지 않고 움켜쥔 주먹으로 상반신을 굳게 수비한 채 단리백의 옆구리를 노리며 파고들었다.

파앗!

홍적문이 단리백의 명치를 향해 섬광처럼 무릎을 차올리

는 순간, 단리백은 무모하게도 가슴을 훤히 연 채 맨몸으로
이를 받았다.

'동귀어진(同歸於盡)?'

도무지 그답지 않은 행동이었다. 하나 애써 잡은 승기를 놓
칠 순 없는 노릇.

퍽!

"……!"

홍적문은 순간 자신이 솜뭉치를 때린 것이 아닌가 하는 착
각을 느꼈다.

전력을 실은 무릎 공격은 권각술 가운데 가장 무서운 위력
을 지니고 있었다. 제아무리 단리백과 같은 고수라 할지라도
그대로 가슴뼈가 부서져 나갈 만큼 강력한 일격인 것이다. 그
런데 그처럼 위력적인 타격이 순식간에 사라지며 끝없이 깊
은 공간으로 빨려드는 듯한 느낌이 들었다.

홍적문의 뇌리에 번개처럼 스치는 것이 있었다.

'이화접목(移花接木)!'

부드러움으로 강함을 제압하는 유능제강(柔能制剛)의 원
리. 강권 일색인 자신의 무공 원류인 강능단제와는 완전히 상
반된 무리를 기반으로 한 무학이었다.

그 순간 단리백의 어깨가 눈앞에 나타났다.

초식과 초식이 엇갈리는 찰나의 틈을 노리며 파고든 돌발
적인 일격.

“헛!”

홍적문이 헛바람을 토하는 순간 단리백의 어깨는 이미 그의 관자놀이에 작렬하고 있었다.

쩍!

실로 강력한 일격이었다.

거대한 쇳덩이로 얻어맞은 것만 같은 육중한 충격과 함께 머릿속이 곤죽이 되어버리는 것이 아닌가 할 정도로 지독한 고통이 전신으로 번져 나갔다.

그 상황에서도 홍적문은 본능적으로 뒤로 물러섰다. 하나 단리백은 집요하게 그를 따라붙으며 순식간에 여섯 번의 연환각(連環脚)과 일곱 번의 팔꿈치 공격을 쉴 새 없이 퍼부었다.

홍적문은 이것저것 생각할 여유도 없이 황급히 물러서며 걷어낼 수 있는 대로 최선을 다해 수비 초식을 전개해 갔다.

파파파파팡!

한층 두터워진 폭음이 두 사람 사이에서 연거푸 터져 나왔다. 하나 홍적문으로서는 단리백에게 벗어날 뚜렷한 대비책이 떠오르지 않았다.

순식간에 단리백 쪽으로 기세가 기울며 공격의 흐름이 다시 이어졌다. 그러나 관자놀이에 일격을 정통으로 허용하고도 이어지는 대부분의 공격을 막아내는 홍적문의 모습은 매우 놀라운 것이었다.

멀찍이 거리를 둔 채 두 사람의 싸움을 지켜보던 중인들은 할 말을 잃고 말았다.

한순간 홍적문이 승기를 잡나 싶더니 찰나지간에 이루어진 눈부신 공방 끝엔 단리백이 압도적인 우위를 점하고 있었다.

일반적으로 고수들의 격전은 어느 정도의 거리를 두고 전개되는 것이 보통이었다. 그러나 두 사람은 처음의 몇 초 외에는 서로 손을 내밀면 닿을 정도의 거리에서 육박전에 가까운 공방을 주고받고 있었다.

박투란 그야말로 뼈가 부러지고 살이 터져 나가는 거친 싸움.

이처럼 가까운 거리에서의 접전은 보는 이들로 하여금 손에 땀을 쥐게 만들었다. 더구나 두 사람의 근접 박투는 다른 십대고수들조차 감히 끼어들 엄두가 나지 않을 만큼 흉험해, 그 살벌함은 이루 말로 설명할 수 없었다.

그러나 정작 단리백과 싸우고 있는 홍적문이 느끼는 충격에 비하면 아무것도 아니었다.

'이자는… 괴물이다!'

홍적문은 진심으로 단리백이란 인간에 대해 두려움을 느꼈다.

그 찰나의 순간 강권의 충격을 부드러움으로 흘려낸 것도 놀라웠지만, 거기에 그치지 않고 그 충격을 고스란히 실어 역으로 되돌린 운용은 그로선 상상하지 못한 초절한 무리가 담겨 있었던 것이다.

그때였다.

명치를 향해 날아드는 무릎을 뒤늦게 발견한 홍적문의 얼굴이 파랗게 질렸다.

홍적문이 황급히 오른팔로 이를 막으려 했다.

꽈직!

뼈가 부러지는 섬뜩한 소리가 울려 퍼졌다. 동시에 신형 하나가 던져진 돌맹이처럼 전권 밖으로 튕겨져 나갔다.

피를 토하며 나가떨어진 사람은 바로 홍적문이었다.

불가능한 각도로 꺾인 오른팔이 그의 어깨 아래에서 맥없이 흔들리고 있었고, 왼손으로는 움푹 함몰된 옆구리를 움켜쥐고 있었다. 팔이 부러지는 순간 간신히 몸을 틀어 치명상은 면했으나 세 대의 늑골이 부서지는 것은 도저히 피할 수가 없었던 것이다.

홍적문이 허탈한 얼굴로 단리백을 바라봤다. 그 또한 처음부터 단리백의 상대가 될 수 없었던 것이다.

"언제까지 구경만 하고 있을 생각이오?"

갑작스레 울려 퍼진 종리청의 고함 소리에 사도명을 비롯한 오문호와 능곡유가 퍼뜩 정신을 차렸다.

아직은 운신하기 어려운 오문호를 제외하고 사도명과 능곡유가 단리백을 향해 달려들었다. 그러나 그들에게선 처음과 같은 기세는 찾아볼 수 없었다. 소름 끼치도록 무시무시한 단리백의 무위를 직접 겪어보았기에 자신들도 모르는 사이 위축되고 만 것이다.

종리청이 인상을 찌푸리며 뒤를 돌아보았다. 그리고 바위 뒤에 웅크리고 있는 종여서생을 향해 소리쳤다.

"당신도 나가 싸우시오!"

종여서생이 울상을 지으며 고개를 마구 저었다.

"안 돼. 나는 싸울 수 없어."

종리청이 노려보자 종여서생은 풀 죽은 음성으로 말을 이어갔다.

"그치만… 무서운걸. 저자는…….."

종리청이 한숨을 터뜨렸다. 이지가 흐려진 광인조차 두려움에 떨게 하는 무언가가 단리백에게는 확실히 있었다. 하지만 그가 가세하지 않으면 지금처럼 기울어진 판세는 도저히 뒤집기 어려웠다.

"저자와 뇌옥, 어느 것이 더 두렵소?"

"그건…….."

"만약 저자를 쓰러뜨리지 못한다면 당신은 다시 그 어둡고 축축한 뇌옥으로 돌아가야 할 것이오."

"안 돼! 그것만은 안 돼!"

"그럼 그와 싸우시오!"

"나는 그의 일초지적도 안 돼. 달려들자마자 머리통이 으스러져 죽고 말 거야."

"누가 직접 손발을 부딪쳐 싸우라 했소? 당신에겐 화탄(火彈)이 있질 않소? 그걸 쓰시오."

"그걸 쓰면 또다시 뇌옥에 가둘 거잖아?"

"이번만큼은 괜찮소. 당신 마음대로 화탄을 써도 무방하오."

"나중에 딴말하지 않을 거지?"

"어차피 저자를 막지 못하면 누구도 살아서 이곳을 벗어날 수 없다는 걸 모르시오? 당장 선택하시오. 싸우던가 다시 뇌옥에 갇히던가."

종여서생이 마지못해 꾸물거리듯 바위 뒤에서 걸어나왔다.

"어리석은!"

돌연 쩌렁한 음성이 종여서생의 발을 붙들었다.

종리청이 인상을 찌푸리며 명현자를 바라봤다.

서로의 시선이 마주치자 명현자는 다급한 음성으로 말을 이어갔다.

"이곳에서 폭약을 쓰면 안 돼! 이곳의 본래 이름은 만약곡, 그리 불리웠던 이유를 자네 정도 되는 사람이 모를 리 없을 텐데!"

평소라면 이에 대해 깊이 생각해 보았을 종리청이었다. 하지만 지금과 같은 상황에서 한가롭게 계곡 이름의 연원에 대해 따질 여유가 없었다. 게다가 명현자 역시 다시금 집법사자들에게 둘러싸여 더 이상 입을 열 수 있는 상황이 아니었다.

종여서생이 머뭇거리며 종리청을 바라봤다.

재차 묻는 듯한 그의 눈빛에 종리청이 강경하게 고개를 끄덕였다.

그제야 종여서생이 움직이기 시작했다.

품속에 들어갔다 나온 그의 손가락 사이에는 어느새 호두알 크기의 까만 구슬 세 개가 끼워져 있었다. 그리고 엄지와 중지에는 붉은빛이 감도는 골무가 씌워져 있었다.

"굉천뢰(轟天雷)!"

구슬의 정체를 알아본 종리청의 얼굴이 하얗게 탈색되었다. 화탄을 쓰라 종용한 것은 자신이었으나 설마 그가 다짜고짜 굉천뢰를 꺼내 들 줄은 예상치 못한 것이다.

종여서생이 당주로 있는 산서 벽력당. 지금은 가세가 기울어 근근히 명맥을 잇고 있는 실정이었으나 강호의 그 누구도 건드리지 못할 만큼 무서운 위명을 날리던 때가 있었다.

그들이 전문적으로 다루는 폭약은 무공의 고수조차 꺼리는 위험한 물건이었다. 제아무리 알아주는 고수라 하더라도 두어 근의 폭약 앞에서는 시체조차 남기지 못하기 일쑤였기 때문이다.

그중에서도 당주에게만 대물림되어 비밀리에 전해진다는 굉천뢰는 벽력당의 신물이자, 학정홍과 부시독 같은 이대금

용독(二大禁用毒)과 더불어 강호에선 사용을 절대 금기시하는 물건이었다.

과거 종여서생은 자신의 초라한 몰골을 보고 놀린다는 이유만으로 한 마을을 송두리째 날려 버린 적이 있었다. 그 때문에 그는 의천맹 뇌옥에 갇히게 되었고, 조사 과정에서 그는 일곱 알의 홍화뢰(紅火雷)를 사용했음이 밝혀졌다.

그런데 지금 그가 꺼내 든 굉천뢰 한 개가 홍화뢰 열 개와 맞먹는 파괴력을 지니고 있었다.

이때 종여서생이 엄지와 검지를 비볐다. 그러자 골무를 끼운 그의 손가락에서 작은 불꽃이 피어올랐다.

"잠깐!"

종여서생을 제지하려던 종리청의 신형이 바위처럼 굳어졌다. 이미 굉천뢰는 허공을 가르며 단리백 쪽으로 날아가고 있었던 것이다.

"조심하시오!"

종리청의 외침에 사도명과 능곡유가 힐끔 고개를 돌렸다.

두 팔로 머리를 감싼 채 바닥에 넙죽 엎드려 있는 종여서생과 사색이 되어 소리치는 종리청, 거기에 작은 불꽃을 매달고 날아드는 세 알의 굉천뢰를 발견한 그들의 눈이 더없이 크게 흡떠졌다.

"망할!"

비명에 가까운 경악성을 터뜨린 사도명이 황급히 신형을

날려 전권을 벗어났다.

능곡유 역시 마찬가지. 쓰러져 있던 오문호를 낚아채더니 부리나케 몸을 뒤로 뺐다.

두 사람의 합공에 맞서다 뒤늦게 사태를 인지한 단리백만이 그 자리에 남아 있을 뿐이었다.

단리백의 눈빛이 미미하게 흔들렸다.

비록 경험한 적은 없었으나 산서 벽력당의 화기에 대해서는 익히 들어 알고 있었다.

단리백은 긴장한 표정으로 진기를 끌어올렸나.

콰르르!

단리백이 들어 올린 손을 따라 거대한 핏빛 강기막이 생성되나 싶더니, 정면을 향해 뻗어낸 팔을 따라 무서운 기세로 내달리기 시작했다.

천강마벽이 막 굉청뢰를 후려치는 순간.

번쩍!

선두에서 날아오던 굉천뢰가 폭발하며 눈부신 섬광이 사위를 집어삼켰다.

＊　　　＊　　　＊

막 산으로 접어들기 시작하는 소롯길.

길 한 편에 서 있는 노송에 기대 숨을 돌리는 노인이 있었다.

이마에 선명한 여덟 개의 계인. 대춧빛 선명한 얼굴과 학처럼 새하얀 눈썹이 인상적인 노승이었다.

세월의 무게가 어깨를 눌러 허리는 구부정했으나 눈 속 깊이 갈무리된 정광은 어둠을 환히 밝힐 만큼 대단했고, 전신에 흐르는 기도 역시 잘 벼린 한 자루 계도를 보는 것만 같다.

먼 길을 쉬지 않고 달려온 듯 낡고 바랜 노승의 황색 가사엔 먼지가 그득했다.

잠시 어깨를 주무르던 노승이 어둠 속에 잠긴 숲 속을 향해 고개를 돌렸다.

"그래도 막상 나와보니 좋지? 청명한 하늘, 쏟아지는 별빛을 벗 삼아 새벽을 거니는 것도 제법 운치있잖아."

노승의 말에 화답하는 음성은 없었다. 어디선가 불어온 바람에 나뭇가지가 몸을 비벼 울어댈 뿐이었다.

그럼에도 노승은 혀까지 차며 혼잣말을 이어갔다.

"왜? 불만이냐? 달게 자는 놈 깨워 끌고 왔다고? 쯧쯧, 자고로 불자는 부지런해야 한다. 깨달음도 좋고 성불도 좋지만 그전에 사람으로서 도리를 먼저 다해야지. 사람의 도리가 뭐냐? 별거없어. 그저 부지런히 움직여 밥값 하면 되는 거야. 평소 니들이 하는 게 뭐가 있냐? 두 눈 부릅뜨고 학승(學僧) 애들 겁주는 것밖에 더 있어? 그러니 니들은 나한테 고마워해야 된다. 내 덕에 모처럼 밥값 하는 거잖아. 안 그래?"

이번에도 대답이 없자 노승이 툭 한마디를 던졌다.

"자냐?"

"안 잡니다."

어디선가 불쑥 들려온 음성에 노승이 웃음을 터뜨렸다.

"묵언(默言) 수행하냐? 그렇게 왜 입을 꾹 다물고 있어."

어둠 속에서 한숨 소리가 터져 나왔다.

애초부터 대책없는 이 양반과 말을 섞는 게 아니었다.

"너 우조지? 이리 나와봐."

노승의 말에 우조라 불리운 승려가 울상을 지었다. 고개를 돌리니 안쓰러운 표정으로 자신을 바라보는 사제들의 모습이 눈에 들어왔다.

우조가 어둠 속에서 걸어나오자 노승의 주름 자글한 얼굴 위로 웃음이 떠올랐다.

"이놈아, 동작이 왜 이리 굼떠? 누가 쥐어 패기라도 한다더냐?"

"쥐어 패잖습니까?"

"내가 언제?"

"닷새 전에 맞은 허리가 아직도 욱신거립니다."

"그건 네 녀석의 외공 성취를 가늠해 보기 위해……."

"닷새 전에도, 그리고 보름 전에도 때리셨습니다. 숭산에 입산한 이후 그렇게 도합 여든일곱 번이나 때리셨습니다."

"쪼잔한 녀석, 그걸 다 세고 있었어?"

내심 기가 막혀 하는 우조에게 노승이 말을 이어갔다.

"다 니들 잘 되라고 하는 거야. 생각해 봐라. 맞기 싫으면 강해지면 되는 것 아니냐? 승려라 하나 네놈들 역시 강호에 한발 담그고 사는 무인이야. 특히나 너 같은 녀석은 험난한 강호에서 비명횡사하기 십상이지. 지난바 무공만 믿고 암계가 횡행하는 강호의 무서움은 털끝만큼도 모르거든. 차라리 지금 얻어터지는 게 나아. '지금 흘리는 한 방울의 눈물이 나중에 쏟는 피보다 낫다' 라는 말도 못 들어봤냐?"

"그런 말이 있었습니까?"

"아니, 내가 방금 생각해 낸 거야. 그럴듯하지?"

"……."

잠시 말이 없던 우조가 퉁명스럽게 입을 열었다.

"저는 무승(武僧)이니 납득하겠습니다. 한데 호자배 사질들도 사숙께 매일같이 쥐어 터진다는 말을 들었습니다. 이건 어찌 된 연유입니까?"

제법 정곡을 찌른 우조의 말에 노승이 머쓱한 표정을 지었다. 이제 막 머리를 깎고 계인을 받은 호자배 대부분이 무공과는 거리가 먼 학승인 까닭이다.

노승이 가느다란 헛기침을 토하며 고개를 돌렸다.

"험험. 날씨 한번 청명하구나. 새벽 하늘을 가만히 올려다보고 있자니……."

"얼마 전 호운이 울며불며 환속하겠다는 걸 방장 사백께서 겨우 달랬다는 이야길 들었습니다.”

그러나 집요하게 물고 늘어지는 우조였다.

지그시 우조를 응시하던 노승이 진중한 표정으로 한숨을 흘렸다.

“아무리 우리가 강호에 몸담고 있는 무인이라 하나 그전에 깨달음을 추구하는 불자인 것을……. 어찌 아집과 지난 기억에 붙들려 해탈을 이룰 수 있을 것인가. 아서라. 이 모든 걸 끊어내야 진정한 열반에 들어설 수 있느니라. 나무아미타불.”

한마디로 잊으란 소리다.

회심의 표정을 지으며 우조가 입을 열었다.

“좀 전과 말씀이 다르시지 않습니까? 언제는 승려이기 앞서 강호에 발을 담근 무인이라면서요?”

“우조야.”

“……?”

“왜 매를 버느냐.”

“거 보십시요! 결국 때리실 거면서……!”

하나 우조의 마지막 음성은 이어지는 노승의 매질에 묻혀 들리지 않았다.

먼지 나게 얻어터진 우조가 멍든 눈시울을 문지르고 있을 때였다.

“간간반안개(看看眼半開)라. 눈을 반만 뜨고 현실을 보라는 말이다. 봐라. 부처님도 눈을 가늘게 뜨고 있지 않느냐? 시각을 통한 정보의 창구를 좁히면 자연히 다른 쪽에 쓸 기운이 늘어난다. 수행자는 외적 세계의 정보를 차단함으로써 비축된 기운을 정신의 비밀을 향한 수직적 탐구로 돌려 나갈 수 있는 것이다. 너처럼 눈을 부릅뜨고 세상을 보면 미혹의 그늘을 떨쳐 내기 요원한 법이야.”

난데없는 노승의 설법에 우조가 인상을 찡그렸다.

“무슨 뜻입니까?”

노승은 곰곰이 자신의 말을 생각하다 이내 히죽 웃으며 고개를 흔들었다.

“나도 모르겠다. 내가 뭔 소리 하는지.”

우조는 기가 막혔다.

듣기엔 그럴싸한, 제법 현기가 느껴지는 말이었다. 그렇다면 적어도 무슨 뜻인지 해석은 해줘야 할 게 아닌가?

그런 우조의 마음을 아는지 모르는지 노승이 입을 열었다.

“들어봐라. 내가 너만 했을 땐 선사들께서 하시는 말들이 참 이상하게 느껴졌어. 노인네들이 주절대는 선문답이라는 게 원래 아리송하기 그지없잖아? 그런데 나도 이 나이 먹고 보니 자연 그걸 따라 하게 되더란 말이야. 그러니 젊은 네가 참아야지 별수있겠느냐?”

시큰둥한 얼굴로 우조가 입을 다물었다.

눈앞의 노승이 일삼는 기행에 대해서는 이미 두 손 두 발다 든 지 오래였다.

닷새 전만 해도 그렇다.

선사(先師)께서 지워주신 화두를 풀기 위해 끙끙거리고 있을 때 어디선가 홀연히 나타난 노승이 가만히 응시하며 물어왔다.

"뭐 하냐?"

우조는 공손히 대답했다.

"선사께서 절 부르시더니 가만히 주먹을 들어 보이셨습니다. 그리고 답하라 하셨습니다."

"그런데?"

"그 주먹이 의미하는 바를 모르겠습니다."

노승은 냅다 마구잡이로 그를 두들겨 패기 시작했다. 영문조차 모르고 얻어터지던 우조가 비명을 지르며 노승을 붙들며 애원했다.

"사손의 우매한 벌은 충분한 것 같습니다. 그만 때리시고 이제 그 가르침의 의미를 깨우쳐 주소서."

"가르침? 무슨 가르침?"

"그럼 왜 저를 때리셨습니까?"

의아해하는 우조를 지그시 응시하던 노승이 입가에 웃음을 머금고 대답했다.

"방장 사질이 주먹을 들어 보였다며?"

"그렇습니다만?"

"아둔한 네 녀석이 미워 쥐어 팰 요량이었겠지. 한데 방장으로서 체면이 있으니 그럴 수 없었던 게야. 그래서 내가 대신 방장 사질의 수고를 덜어준 것이다."

그때의 심정을 어떻게 말로 설명할 수 있으랴.

그뿐만이 아니었다.

술에 취해 주사를 부리는 건 그나마 봐줄 만하다. 하지만 춥다고 법당의 목불을 도끼로 쪼개 모닥불을 피운 일화는 칠십 년이 지난 지금도 소림승 사이에서 유명했다.

당시 스물아홉이던 그는 낙녕 인근에 새로 터를 닦은 법홍사의 불단 행사에 소심승려 자격으로 초청되었다. 이 또한 그가 소림사에서 사고를 쳐 일이 더욱 시끄러워지기 전에 당시 방장이던 혜원 대사가 그에게 다른 일을 맡긴 것이었다. 잠잠해지면 돌아오라는 배려였건만 그의 기행은 멈추지 않았다.

비록 나이는 어리다 하나 당시 그가 소림사에서 차지하는 비중은 적지 않았다. 배분도 배분일 뿐더러 무공 역시 소림이 배출한 무인 가운데 단연 출중했던 것이다. 그런데 법홍사의 주지는 달랑 젊은 승려 하나만 보낸 소림이 괘씸하여 시종일관 냉랭하게 그를 대접했다. 향화객조차 불 지핀 방을 내주는데 냉기 감도는 썰렁한 법당에 묵게 한 것만 봐도 그러했다. 게다가 변변한 식사 공양조차 없었다.

그때가 일월 초하루. 한창 매서운 추위가 몰아칠 무렵, 얼어붙은 산속의 암자는 얼마나 춥겠는가.

그는 법당의 목불을 도끼로 쪼개 모닥불을 피워 버렸다. 거기에 산속에서 주운 밤을 구워 먹기까지 했다.

놀란 뛰쳐나온 법홍사의 주지가 억장이 무너져 발을 동동 구르자 노승은 태연히 '우리 부처님 사리가 얼마나 나오는지 궁금해서' 라며 재를 뒤적였다. 목불에 무슨 사리냐며 주지가 다그치자 '사리가 없다면 부처님이 아니지' 라며 오히려 쏘아붙이기까지 했다는 것이다.

법홍사의 주지는 당연히 소림에 책임을 물었고, 소림은 돌아온 그를 질책하며 어찌 된 영문인지를 물었다.

노승의 대답은 참으로 가관이었다.

"코 흘리던 어린 시절 멋 모르고 사부님께 끌려온 그날 이후 소승의 고생은 말로 형언할 수 없을 정도였습니다. 하지만 무엇보다 소승을 괴롭힌 것은 진정한 불심을 향한 열정이었습니다. 그런데 어느 날 문득 이런 의심이 들었습니다. 색(色)과 주(酒)를 알지 못하고서 어찌 그것의 폐해를 논할 수 있단 말인가. 생각한 바를 실천하지 않는다면 생각지 아니함만 못하다 공자도 그러지 않았습니까? 그래서 소승은 당장 산을 내려가 기루로 향했습니다. 하지만 소승의 고매한 뜻을 우매한 자들은 이해하지 못하더란 말입니다."

혜원 대사가 기가 막혀 물었다.

"그럼 너는 불가오계(佛家五戒)를 다 어겨 그 폐해를 직접 살펴볼 참이냐?"

노승이 대답했다.

"불음주(不飮酒)와 불간음(不姦淫)의 폐해는 이미 족히 알고도 남습니다. 남은 건 불살생(不殺生)과 불투도(不偸盜), 그리고 불망어(不妄語)인데 이중 불망어는 늘 거짓말을 입에 달고 사니 따로 실천해 볼 필요도 없지요. 불살생이야 앞으로 강호에 나가면 어기게 될 터이니 조급해할 것 없고, 불투도를 깨기 위해서 조만간 장경각이나 한 번 털어볼까 합니다."

그 자리에 모여 있던 승려들의 얼굴이 와락 일그러졌다.

소림사 창건 이후 전대미문의 땡초인 그를 파문하자는 소리가 불같이 일어났다. 간신히 이를 만류한 혜원이 다시 노승에게 물었다.

"법홍사의 불상은 왜 태웠느냐?"

노승이 대답하길.

"소승이 힘들게 얻은 깨달음의 눈으로 그들을 보는 순간 참으로 어리석다 느껴졌습니다. 나무를 깎아 만든 불상에 절을 올리는 땡중들의 모습이 참으로 한심하기 그지없었지요. 도대체가 이들이 쫓는 진정한 불심이 무엇이란 말인가. 고작 눈앞의 목불이 그들 마음속에 모신 부처의 전부란 말인가? 그래서 소생은 가르침의 방편으로 불상을 쪼개 불 태운 것입니다. 물론 소승이 그들에게 앙심이 남아서가 절대 아닙니다.

진정한 깨달음을 얻은 소승의 속이 그토록 좁을 리가 없지 않
겠습니까?"

결국 혜원도 참지 못해 소리쳤다.

"네 녀석이 단하(丹霞)더냐!"

이후 노승은 한 달 넘게 물 한 방울, 햇빛 한 점 들지 않는
참회동(懺悔洞)에 처박혀야만 했다. 제아무리 뛰어난 무인이
라도 물과 곡기를 끊은 한 달은 실로 무거운 형벌이 아닐 수
없었다. 하지만 한 달 후, 참회동에서 나온 노승은 혜원을 찾
이기 디찌고찌 입을 열었다.

"단하가 누굽니까!"

혜원 대사는 기가 막힐 수밖에. 선종의 계를 잇는 소림사의
승려가 어찌 단하천연(丹霞天然)을 모른단 말인가.

노발대발하는 원로들을 제지하며 혜원이 물었다.

"네게 부처가 있느냐?"

노승의 대답은 간단했다.

"즉심즉불(卽心卽佛)!"

자신이 부처라는 광오한 소리에 다른 이들이 아연실색할
때.

"네가 부처라고?"

이어진 혜원의 질문에 그가 벌떡 일어나더니 냅다 혜원의
뺨을 후려치며 외쳤다.

"비심비불(非心非佛)."

전혀 상반된 그 말에 다른 이들이 어리둥절할 때, 아니, 그 이전에 스승의 뺨을 때린 그의 무례함에 기겁하고 있을 때 혜원만큼은 껄껄 웃으며 박수를 쳤다 한다. 그가 진정 비범한 깨달음을 얻었음을 인정한 것이다.

그런 일화가 있기에 우조는 늘 생각했다. 노승이 자신을 구타하는 데에는 필연적인 이유가 있을 것이라고. 한데 최근 들어 그 생각이 자꾸만 흔들리고 있었다.

그런 우조의 생각을 아는지 모르는지 노승은 고개를 들어 하늘만 바라볼 뿐이었다.

금방이라도 쏟아질 듯한 별들이 하늘을 가득 메우고 있었다.

그러기를 잠시.

"움직여야겠구나. 천기가 급격히 어긋나기 시작했다."

갑작스런 노승의 말에 우조가 어리둥절한 표정을 지었다. 대체 하늘의 어딜 보고 저리 말한단 말인가?

노승이 한 손을 들어 새벽 하늘을 가리켰다.

"저기 커다랗고 붉은 별이 보이느냐? 저것이 바로 천살성이다. 그 빛이 막 강해져 근처의 천군성(天君聖)과 인월성(寅月聖)을 삼켜 버렸다."

조금 전 농담을 흘리던 장난스런 모습은 어디에서도 찾아볼 수 없었다.

우조가 심각한 얼굴로 노승을 바라봤다.

"태사숙조, 저는 알아야겠습니다. 방장의 인가도 없이 저희 십팔나한을 이끌고 오신 이유가 무엇입니까?"

"왜, 의천맹이 신경 쓰이느냐?"

노승이 슬쩍 웃으며 말을 이었다.

"소림을 움직이는 것은 의천맹이 아니다. 소림을 움직이는 것은 소림의 의지. 지금까지도 그랬고, 앞으로도 그럴 것이다. 의천맹 따위에 휘둘릴 소림이었다면 무림의 태산북두(泰山北斗)라 불리지도 못했을 게야."

"그게 아니라……."

막 입을 열던 우조의 얼굴이 굳어진 것도 그때였다. 멀지 않은 곳에 서 있는 흐릿한 인영을 발견했기 때문이다.

아직 정식으로 봉문이 풀리지 않은 이상 사람들의 눈에 띄어 좋을 게 없었다.

우조의 신형이 잠시 흔들린다 싶더니 어둠 속에 다시금 몸을 묻었다.

일견하기에도 놀라운 금강부동(金剛不動)의 신법. 십팔나한의 이름은 괜한 것이 아니었던 것이다.

노승 역시 이채로운 표정으로 우조가 바라봤던 곳에 시선을 고정하고 있었다.

사십여 장의 거리.

언제부턴가 그곳에 조용히 서 있는 인영이 있었다.

얼굴은 잘 보이지 않았으나 눈처럼 새하얀 경장에 흑단 같은 머리카락을 허리까지 늘어뜨린 묘령의 여인이었다.

깊은 산속에서, 그것도 범인들은 낮에도 오길 꺼려하는 성양산에 여인 홀로 나타난 것은 매우 이상한 일이었다.

시선이 마주치자 여인은 한차례 조용히 웃더니, 노승을 향해 다가오기 시작했다.

서로의 거리가 가까워지자 노승은 여인의 모습을 확인할 수 있었다.

이십대 중반이나 되었을까.

피부가 옥처럼 고왔고, 초승달처럼 휘어진 눈썹 아래 유달리 크고 반짝이는 눈이 아름다운 여인이었다. 탐스런 흑발은 묶지 않고 자연스럽게 어깨 너머로 흘리고 있었는데, 이것이 더욱 그녀의 용모를 돋보이게 하고 있었다. 더구나 그녀가 머금고 있는 부드러운 미소는 절로 가슴을 뛰게 하는 묘한 매력을 지니고 있었다. 중만 아니라면 냉큼 달려가 한번 안아보고 싶을 만큼 뛰어난 미인이었다.

그런데 딱 꼬집어 말하긴 어렵지만 초면이 아닌 것 같았다. 분명 처음 보는 얼굴이건만 전체적으로 느껴지는 고아한 기품이나 분위기 같은 것이 어딘지 모르게 낯익었던 것이다.

노승이 기억을 더듬고 있을 때 여인은 이미 지척에 이르러 있었다.

마치 오래전부터 알고 지낸 듯 여인은 부드러운 미소와 함께 살짝 고개를 숙였다.

"오랜만에 뵙습니다."

일단 고개부터 끄덕인 노승이 다짜고짜 질문을 던졌다.

"소승을 어찌 아시오?"

노승의 질문에 여인이 슬쩍 웃으며 고개를 끄덕였다.

"소림철불(少林鐵佛)께서 저를 기억하지 못하시는 것도 무리는 아니지요. 삼십 년 전쯤에 사부님과 함께 뵌 적이 있습니다."

"사부님 되시는 분 존함이?"

"한씨 성에 설연이란 함자를 쓰십니다."

"엇?"

소림철불이라 불린 노인이 깜짝 놀라며 여인을 향해 소리쳤다.

"네가 그 꼬맹이로구나!"

"기억나시나 보군요."

"기억하다마다. 내가 마시던 곡차에 네 녀석이 지네를 풀어놓지 않았느냐?"

난처한 듯 웃는 여인에게 비광(飛光)이 껄껄 웃으며 말을 이어갔다.

"네 덕에 숭산 인근에선 지네를 찾아볼 수 없게 되었느니라."

"네?"

"중이 고기 맛을 알면 절간의 쥐가 남아나지 않는다는 말
도 몰라? 지네로 담근 술 맛을 알고 난 그날 이후 지네란 지네
는 싸그리 잡아다 술을 담궈 버렸지."

여인, 단리영이 설레설레 고개를 저었다.

"제자들 앞에서 그런 말씀을 하시다니 부끄럽지도 않으세
요?"

비광이 손사래를 쳤다.

"제자 아니야. 매일같이 뒤에서 노인네 험담이나 늘어놓는
것들이 제자는 무슨."

우조를 비롯한 십팔나한이 숨어 있는 어둠 속에서 나직한
헛기침이 터져 나왔다.

그런 우조 등을 향해 비광이 입을 열었다.

"이놈들아, 나와서 인사해라. 이 처자가 설산검문의 당대
주인이시다."

"……!"

잠시 후 한 손으로 합장을 하며 십팔나한이 모습을 나타냈
다.

"아미타불."

여인, 단리영을 바라보는 그들의 눈은 놀라움을 감추지 못
하고 있었다.

우조는 특히 그러했다.

시야에 들어올 때까지 그녀의 기척을 느끼지 못해 그녀가

평범한 고수는 아닐 것이라 짐작했었다. 그런데 설산검후라니…….

삼십 년 전에 꼬맹이라 했으니 족히 서른 중후반은 되었을 것이다. 그럼에도 불구하고 스물대여섯 정도로밖에 보이지 않는다. 하지만 무엇보다 놀라운 건 자신 정도 되는 고수가 그녀에게서 그 어떤 무공을 익힌 흔적도 찾아볼 수 없다는 점이다.

'반박귀진(返璞歸眞)!'

무공이 극에 이르면 비범함을 넘어 오히려 평범해 보이는 경지가 있다 들었다.

무림의 태산북두라 불리는 소림의 수백 년 역사를 통틀어도 서너 명에 불과할 만큼 반박귀진의 경지에 이른 이는 드물었다.

그런 우조를 뒤로 하고 비광이 단리영을 향해 입을 열었다.

"그래, 그 괴물 내외는 잘 지내지?"

"괴물이요?"

"그 두 사람 말이야. 자네 사부와 그 부군. 그런 인간들을 괴물이라 부르지 않으면 누굴 괴물이라 부르겠어?"

단리영이 묘한 표정으로 찡그리며 웃었다. 사부라면 몰라도 부군께서 이 말을 들었다면 비광은 당장 소림사로 줄행랑을 쳐야만 할 것이다. 불같은 그의 성정은 세월이 지나도 바뀌지 않았기 때문이다.

"은거하신 이후 두 분 모두 오랫동안 뵙지 못했습니다."

"그래? 이거 참 아쉽네. 모처럼 강호에 나왔으니 그놈과 드잡이질이나 벌이려 했더니. 나중에 그놈 만나면 날 잡아서 한번 붙자고 전해. 나 비광이 복수의 칼을 갈고 있다고 말이야."

단리영이 소리 죽여 웃었다.

전하지 않을 걸 뻔히 알며 하는 소리다. 무슨 죄를 지었는진 모르겠으나 그분께서 나타나면 달아나기 바쁘던 비광이 아니던가. 그러나 내심과는 상관없이 웃으며 고개를 끄덕이는 그녀였다.

"그런데 이처럼 이른 시간에 성양산엔 어인 일인고?"

단리영이 약간은 난처한 미소를 지어 보였다.

"나흘 전 산음에서 제자와 만나기로 했습니다. 그런데 하루를 꼬박 기다려도 나타나지 않더군요. 그러다 우연히 그 아이의 흔적을 찾았고, 이를 쫓아 여기까지 이른 것입니다."

"제자도 있었나?"

"네. 얼마 전 검후 자리를 그 아이에게 물려줬지요. 한씨 성에 초설이라는 이름을 지닌 아이입니다."

"한씨? 자네 사부와 성이 같군. 혈연관계인가?"

"아니요. 고아였던 아이를 사부님께서 거두셨습니다. 아이가 없던 사부님께서는 자신의 성을 그 아이에게 주셨지요."

"오호라. 그러니까 검후께선 사부의 성을 물려받은 제자를 찾으러 오신 게로군."

문득 비광이 씁쓸한 웃음을 머금었다.

"제자 때문에 고생하는 게 나뿐만은 아니었군."

단리영이 의아한 표정을 지었다. 그도 그럴 것이, 괴팍한 성미로 유명한 눈앞의 노승은 평생 제자를 받지 않겠노라 평소에도 공언해 왔기 때문이다.

그런 그녀의 마음을 읽었음인지 비광의 얼굴에 머쓱한 표정이 떠올랐다.

"알지? 내가 좀 괴팍해. 괜히 애들 갈구고 쉬어박고……."

단리영이 웃으며 고개를 끄덕이자 비광이 말을 이어갔다.

"원래는 내 수발들던 어린 사미 중 한 명이었는데 요놈이 언제부턴가 내 손을 피하기 시작하더라고. 무공도 익히지 않은 아이가 십팔나한들도 피하지 못하는 내 손을 피한 거야. 처음엔 신기하고 기특해서 이리저리 몇 수 가르치기 시작하다보니 어느새 재미가 들리고 말았지. 그런데 이놈이 범상치가 않아. 두어 수 가르친 것만으로도 제법 고수 티가 나더란 말이야. 그래서 제대로 된 고수 하나 만들어볼까 하는 요량으로 밑천을 털어주기 시작했지. 그런데 이놈이 여자에게 홀려서 돌연 환속을 해버린 거야."

단리영은 문득 한 사람을 떠올릴 수 있었다.

"십대고수 중에 권왕의 사문이 소림이었다는 이야기가 사실이었군요."

"왕은 무슨 놈의 왕. 이제 기껏해야 제 팔다리 제대로 놀리는 정도인걸. 여튼 그놈이 몹쓸 일에 휩쓸린 모양이야."

"몹쓸 일이요?"

단리영의 반문에 비광이 약간은 난처한 표정으로 입을 열었다.

"듣자니 촉산혈성이 모습을 드러냈다더군."

그토록 보기 좋던 미소가 단리영의 얼굴에서 사라졌다.

비광이 말을 이어갔다.

"의천맹과 붙은 모양이야. 그것도 아예 전면전으로 치달은 것 같아. 이미 의천맹에서는 십대고수 상당수를 포섭해 놓았더군. 운남 만수산장의 장주와 미친 장의사, 능곡유와 종여서생까지……."

"……!"

"모르고 있었나? 어찌 되었든 그는 자네의 혈육이지 않은가?"

오히려 어리둥절한 표정을 짓는 사람은 비광이었다. 제자 이야기는 핑계고 그녀 역시 자신과 같은 이유로 성양산을 찾았다 생각했기 때문이다.

단리영의 얼굴에 짙은 수심이 내려앉았다.

오랜 시간 연락이 단절되어 소식이 궁금하던 차였다. 몰래 하산하는 한초설을 멀리서 지켜보며 모른 척 넘어간 이유도 그 때문이었다. 그녀를 통해서나마 그의 소식을 듣고 싶었던 것이다.

이제는 하나밖에 남지 않은 유일한 혈육.

어린 시절 강호에 나갔다 마음의 상처만 안고 돌아온 아이였다. 두 번 다시 강호에 나서지 않을 것만 같던 그가 이처럼 돌연 움직인 것에는 반드시 이유가 있을 것이다.

그러다 문득 무언가에 생각이 미친 단리영의 얼굴이 딱딱하게 굳어졌다.

"막아야 해요."

그녀의 음성에는 당혹감마저 묻어나고 있있다.

그런 그녀를 안심시키듯 비광이 십팔나한을 돌아보며 고개를 끄덕였다.

"걱정 말게. 이 녀석들이 제 몫만 한다면 무사히 자네 동생을 빼낼 수 있을 걸세."

비광의 호언장담에 단리영이 고개를 저었다. 그는 지금 크나큰 오해를 하고 있는 것이다.

"제가 말한 것은 의천맹이 아닌 그 아이예요. 그를 막지 못한다면 지독한 참사가 벌어지고 말 거예요."

"무슨 소린가?"

"제 조부님을 알고 계시죠?"

고개를 끄덕이는 비광의 얼굴에 문득 씁쓸함이 내비쳤다.

단리진.

결코 잊을 수 없는 이름이었다.

피를 통해 전해지는, 촉산혈문의 가혹한 천형에서 벗어나지 못한 비운의 사내.

지금까지 수많은 사람을 만나본 그였으나 단리진은 가히 인중룡(人中龍)이라 할 만큼 무공이나 인품면에서 어느 누구도 그를 따라갈 자가 없었다.

한때 십대고수에 당당히 이름을 올려놓고 있던 비광이었으나 전성기를 구가하던 당시에도 단리진이 지닌 무위에는 견줄 바가 못되었다. 그와 무공으로서 대등한 인물은 자신이 괴물이라 부르는 화룡신군 백자강이 유일했던 것이다.

두 사람이 녹야평에서 벌인 공전절후의 비무는 지금 떠올려도 소름이 돋을 지경이었다. 하지만 이어진 단리영의 말에 그는 놀라움을 넘어 경악을 금치 못했다.

"그 아이는 역대 촉산혈성 중 가장 위험한 힘을 지니고 있어요. 조부님과 비교도 되지 않을 만큼."

"……!"

"반드시 막아야 해요. 그렇지 않으면……."

그때였다.

번쩍.

어슴푸레한 새벽 하늘을 환히 밝히는 섬광!

뒤이어 하늘이 무너지는 듯한 굉음이 약간의 시간을 두고 이어졌다.

비광의 눈빛이 급격히 흔들렸다. 과거 이와 같은 섬광과 폭음을 경험한 적이 있었던 것이다.

"콰천뢰!"

누가 먼저랄 것도 없이 두 사람은 폭발음이 들려온 곳을 향해 달리기 시작했다. 그리고 십팔나한이 그 뒤를 따랐다.

'역시 설산검후!'

동시에 출발했으나 어느새 저만치 앞서 가는 단리영의 모습에 비광은 내심 감탄을 금치 못했다.

하나 이도 잠시. 가슴 깊숙한 곳에서 솟구쳐 오르는 불길한 예감이 그를 초조하게 만들었다.

실로 오랫동안 잊고 지낸 감정.

문득 올려다본 새벽 하늘, 붉은빛을 뿌리는 별의 기운이 걷잡을 수 없을 만큼 짙어져 있음을 발견한 비광의 얼굴에 깊은 근심이 내려앉았다.

같은 시각.

가장 높다는 천대봉(天臺峯)의 위용을 바라보던 조명 도장 역시 하늘을 하얗게 물들인 섬광과 이어진 굉음에 눈을 부릅떴다.

막무가내로 산을 내려간 사숙이 염려되어 이십사매화검수를 대동해 산서로 향한 그였다. 그러나 흑암보에 도착했을 땐 이미 인기척이라곤 찾아볼 수 없었다. 몇 안 되는 화산의 속가를 통해 간신히 단편적인 정보만을 얻었을 뿐이다.

그 정보들을 모아 이른 곳이 이곳 성양산이었다.

"사부님, 저건 대체?"

제자들의 질문에 조명은 대답 대신 신음을 흘렸다.

자신의 예상이 맞다면 벽력당의 신물인 굉천뢰만이 이와 같은 위력을 지니고 있었다. 모르긴 몰라도 지금 성양산에선 무언가 심상치 않은 일이 벌어지고 있는 것이 분명했다.

다만 문제는 이 일이 자신의 사숙과 연관이 있는가 하는 것이었다.

만약 명현자와 무관한 일이라면 굳이 자신들이 나설 이유가 없었다. 이유야 어찌 되었든 화산을 포함은 구대문파는 아직 정식으로 봉문을 깬 것이 아니기 때문이다. 하지만 그의 예감은 방금 전 폭발과 명현자가 무관하지 않다 부르짖고 있었다.

"검을 챙겨라."

조명의 말에 매화검수들의 얼굴에 긴장감이 내려앉았다.

이는 조명 도장도 크게 다르지 않았다.

성양산에 의천맹의 정예가 집결해 있다는 것은 그 역시 이미 아는 사실. 평소 껄끄럽던 그들과의 관계를 감안했을 때 어쩌면 무력 충돌이 빚어지는 사태까지 벌어질지도 모르는 일이다.

하지만…….

"감히 누가 화산을 막는단 말인가."

스스로에게 되뇌이듯 읊조린 조명의 말에 매화검수들 역시 호응하듯 고개를 끄덕였다.

휙.

단호한 얼굴로 조명 도장이 신형을 날리자 스물네 명의 매화검수가 그 뒤를 따라 신법을 전개했다.

바람처럼 그들이 쏘아지는 방향. 바로 검단곡이 위치한 곳이었다.

제30장

풍전등화(風前燈火)

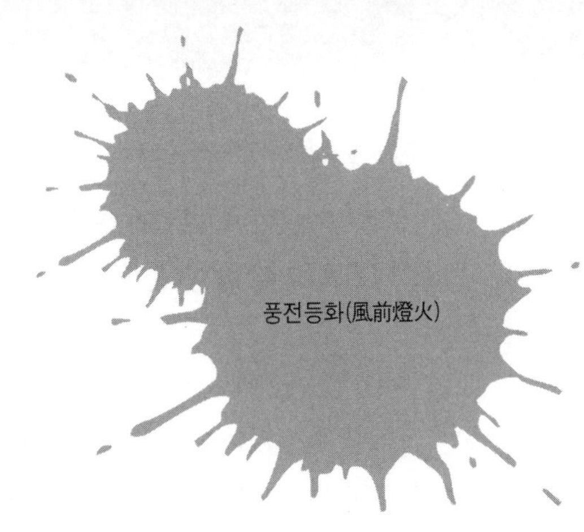

파앗!

처음엔 섬광이었다.

꽈아아앙!

그리고 이어진 것은 지축을 흔들고 대기를 찢어발기는 굉음이었다.

뒤이어 쇠마저 녹여 버릴 듯한 지독한 열기와 함께 말로는 설명하지 못할 만큼의 엄청난 압력이 들이닥쳤다.

주르륵.

깊은 족적을 남기며 단리백의 신형이 오 장가량 뒤로 밀려났다.

치이익!

지독한 열기가 머리카락과 소매를 심하게 그슬리며 새하얀 연기를 피워 올렸다.

"……!"

차갑던 단리백의 얼굴에 처음으로 당혹감이 떠올랐다.

단 한 발이었다. 그런데도 천강마벽이 산산이 흩어져 버렸다. 게다가 아직 두 발의 굉천뢰가 자신을 향해 날아들고 있었다.

재차 천강마벽을 일으키기 위해 단리백이 진기를 끌어올리는 순간.

약간의 시간차를 두고 또다시 한 발의 굉천뢰가 폭발했다.

꽈아아앙!

"큭!"

울컥.

목울대를 타고 올라오는 달짝지근한 핏물을 억지로 삼키며 단리백은 연달아 두 겹의 천강마벽을 시전했다. 하나 이조차도 굉천뢰의 위력을 완전히 차단할 수 없었다.

쿵쿵!

선명한 발 도장을 찍으며 연거푸 물러서는 단리백이었다. 하지만 그에게는 숨 돌릴 여유조차 없었다. 마지막 한 개의 굉천뢰가 해일 같은 화염을 매달고 이미 코앞까지 다가들었던 것이다.

콱!

단리백이 무의식중에 손을 뻗어 굉천뢰를 움켜쥐었다. 지금으로선 달리 방법이 없었다. 묵수갑이 굉천뢰의 파괴력을 감당해 낼 수 있기만을 바랄 뿐이었다.

동시에 단리백은 천강마벽을 압축한 강기 막의 형태로 손에 둘렀다.

그 순간,

번쩍!

눈부신 섬광과 함께 터져 나온 지독한 화염이 단리백을 집어삼켰다.

우르르릉.

대지가 파도처럼 요동치며 무수한 돌조각이 파편처럼 솟구쳤다. 구름처럼 일어난 흙먼지가 검단곡 전체를 뒤덮었고, 칼날과도 같은 열풍(熱風)이 사납게 회오리쳤다.

한참의 시간이 흘러 지축을 흔들던 여진이 가라앉았다.

모든 것을 태워 재로 만들기 전엔 사라지지 않을 것 같던 지독한 화염도 점차 잦아들었고, 하늘 높이 솟구쳤던 먼지구름도 점차 흩어지기 시작했다.

이윽고 흐릿하던 장내가 모습을 드러내자 중인들은 경악을 금치 못했다.

처음 뿌연 먼지 속에서 번뜩이는 한 쌍의 붉은 안광을 발견했을 땐 채 사그라지지 않은 화염인 줄만 알았다. 하나 완전히 먼지가 걷히고 그것이 단리백이 뿜어내는 눈빛인 걸 알았을 때 종리청을 비롯한 모든 인물은 경악을 넘어 공포에 가까운 감정을 느끼고 있었다.

지옥의 업화(業火)를 방불케 하는 화염이 휩쓸고 지나간 자리. 그 중심에 여전히 두 발로 버티고 서 있는 단리백 때문이었다.

심한 내상을 입은 듯 입과 코에서는 연신 선혈이 쏟아지고 있었고, 넝마처럼 찢겨진 묵수갑 사이로 드러난 손은 뼈마디가 보일 정도로 심한 부상을 입은 상태였다.

하지만 그의 눈빛만은 처음의 오연함을 잃지 않고 있었다. 아니, 오히려 그의 살기는 더욱 짙어져 보는 것만으로도 걷잡을 수 없는 두려움이 밀려왔다.

이를 바라보는 종리청의 심정이야 말할 것도 없었다.

눈으로 보고도 믿을 수 없었다.

지금에 와서야 왜 강호인들이 그토록 촉산혈성을 두려워하고 무서워하는지 절실하게 이해할 수 있었다.

상식과 상리 따위로는 도저히 예측 불가능한 절대적인 신위!

그것이 바로 혈왕이라는 괴물이었다. 아니, 괴물을 넘어선 재앙 그 자체였다.

그때였다.

“왁!”

단리백이 돌연 비틀거리나 싶더니 한 움큼의 피를 토했다.

단리백은 흙바닥을 적시며 번지는 선홍색 핏물을 어이없는 눈으로 바라봤다.

입맛이 몹시 썼다.

결국 일 다향의 시간을 넘기고야 만 것이다.

망연자실한 표정을 짓고 있던 종리청의 얼굴에 회색이 감돈 것도 그때였다.

제아무리 촉산혈성이라 할지라도 결국은 인간.

"지금이오!"

종리청의 말이 떨어지자 검단곡에 운집해 있던 수백 명의 고수가 일제히 단리백을 향해 달려들었다.

독랄한 안광을 흘리는 척안의 늙은이 할심독장 두계산을 선두로 쌍검의 고수 풍적문과 오대세가의 내로라하는 고수들이 벌 떼처럼 단리백을 향해 쇄도해 갔다.

그 광경에 명현자는 한숨을 터뜨렸다.

한 사람을 상대로 지독하게 몰아붙이는, 치졸하기 그지없는 정파의 모습이 더없이 한심하게 느껴졌다. 하지만 달리 단리백을 도와줄 방법이 없었다. 그는 아직도 집법사자들에게 발이 묶여 있었기 때문이다.

단리백이 전면을 노려보며 힘겹게 손을 들어 올렸다.

츠츠츳!

그의 손끝을 따라 허공에서 일렁이던 혈리탄이 정면으로

폭사되었다.

“……!”

두계산이 황급히 상체를 숙여 가슴을 향해 날아드는 혈리탄을 피했다.

“컥!”

그의 뒤를 따르던 무인 하나가 혈리탄에 목이 꿰뚫려 자욱한 피보라를 뿌리며 절명했다.

잠시 주춤했던 두계산이 다시 신형을 날렸다.

두계산뿐만이 아니었다. 의천맹의 그 어느 누구도 물러서는 이가 없었다.

그런 그들의 사나운 위세 앞에서도 단리백은 위축되지 않았다. 오히려 두려움에 휩싸인 것은 의천맹 쪽이었다.

단리백의 압도적인 무위에 질린 의천맹의 인물들은 반쯤 넋이 나간 상태였다. 그래서 더욱 광기에 가까운 군중심리에 몸을 맡긴 것이다. 더구나 금방이라도 쓰러질 것 같은 단리백의 위태한 모습은 불난 데 기름을 끼얹은 격으로 그들의 이성을 마비시켰다.

굶주린 아귀처럼 득달같이 달려드는 그들의 눈에 한결같이 일렁이는 기이한 안광이 이를 말해주고 있었다.

십대고수 중 한 명을 쓰러뜨릴 수 있는 절호의 기회였다.

당금 단리백이 얻은 명성은 지금까지 그 누구도 이루지 못한 것이었다. 단리백을 꺾음으로써 얻을 수 있는 달콤한 명성의 유혹은 그들을 광란 상태로 몰고 가기 충분했다.

하지만 그들은 단리백을 잘못 봤다.

파앗!

갑자기 눈앞에서 눈부신 혈광이 폭죽처럼 피어오르자 두계산의 얼굴에서 핏기가 사라졌다.

목숨이 경각에 달렸음을 깨달은 두계산이 본능적으로 신형을 굴렸다. 무림인이라면 수치스럽다 여길 만큼 꼴사나운 나려타곤(懶驢打滾)의 구명 초식. 하지만 하나뿐인 목숨 앞에 체면 따윈 돌볼 여력이 없었다.

아슬하게 두계산을 스쳐 간 홍광과 마주한 의천맹 무인들은 대경실색하여 분분히 몸을 날렸다. 하나 그들이 채 몸을 빼기도 전에 예리하기 그지없는 암경의 칼날에 휩쓸려 버렸다.

"으악!"

"크악!"

팔다리가 날아가는 것은 예사였다. 쩍 갈라진 가슴에서 엄청난 피를 쏟으며 절명하는 이들이 속출했고, 형체를 알아볼 수 없을 만큼 난도질당해 비명조차 지르지 못하고 절명하는 이들의 수는 십여 명을 넘어서고 있었다.

그 한 수에 지금까지의 기세가 씻은 듯 사라지며 의천맹 무인들은 두 발이 얼어붙어 꼼짝도 할 수 없었다.

그런 그들을 단리백의 칼날 같은 시선이 훑고 지나갔다.

부르르.

단리백과 시선을 마주한 이들은 지독한 오한을 느끼며 자신도 모르게 몸을 떨었다.

"비켜! 떨거지들!"

이때 군중을 헤치며 앞으로 나서는 인물이 있었다.

사도명을 발견한 단리백의 안색이 미미하게 흔들렸다.

본래의 체력을 회복한 듯 사도명은 흉흉한 안광을 뿜어내며 단리백을 노려보고 있었다. 과도한 공력을 소모하는 천극뇌정추를 시전한 탓에 다소 지쳐 보였으나 이렇다 할 부상은 입지 않은 상태였다.

쿵쿵!

한 발 한 발 단리백을 향해 다가서는 사도명이 양팔을 길게 늘어뜨렸다. 그의 손에서는 또다시 푸른 뇌전이 엉켜가고 있었다. 위력은 처음과 비할 바는 못되었으나 천극뇌정추가 분명했다.

"치잇!"

허공으로 훌쩍 신형을 뽑아 올린 단리백이 소맷자락을 떨쳐 냈다.

우우우웅!

허공에 맺혀 일렁이던 천강마벽이 점차 뚜렷한 형체를 갖춰가기 시작했다.

바로 그 순간이다.

뚝!

돌연 내부에서 무언가 끊어지는 듯한 소리가 단리백의 귓전에 생생하게 들려왔다.

"……!"

단리백의 얼굴이 당혹감에 물들었다.

연이은 충격과 내상. 거기에 한계를 넘긴 진기의 운용 탓에 면면부절(綿綿不絶) 이어지던 진기의 흐름이 맥없이 끊어져 버린 것이다.

사도명의 눈에서 섬전 같은 안광이 번뜩였다. 허공에 맺혀 있던 천강마벽이 점차 흐릿해지나 싶더니 종국엔 흔적도 없이 사라지는 것을 발견했기 때문이다.

"제길……."

자조 섞인 단리백의 음성은 장내가 떠나갈 듯한 고함 소리에 묻혀 버리고 말았다.

"이걸로 끝이다!"

사도명이 허공을 후려치듯 양손을 휘둘렀다.

꽈릉!

사도명의 손을 떠난 푸른 구체가 뇌성과 함께 단리백을 향해 폭출되었다.

순식간에 거리를 좁혀오는 천극뇌정추를 바라보던 단리백의 눈에서 예리한 빛이 토해져 나왔다.

'일격. 단 일격만 받아낼 수 있다면…….'

넝마처럼 찢어진 묵수갑은 본래의 견고함을 잃어버린 상태였다. 내공 역시 일순 공백 상태가 되어 혈라강기를 사용할 수도 없었다. 하지만 천극뇌정추의 위력 역시 처음에 비해 상당히 약해져 있었다.

모험은 분명했지만 충분히 가능성은 있었다.

단리백이 천극뇌정추를 향해 손을 내밀었다.

쩌엉!

천극뇌정추가 손에 닿는 순간 단리백의 두 손이 기묘하게 움직였다.

잡아채고, 누르고, 두드리며, 차고 넘기는…….

무공의 끝자락에 거의 근접했던 단리백이다. 정상적인 상황에서 무공을 발휘할 수 있는 상태는 아니었지만 나(拿), 점(點), 타(打), 척(踢), 질(跌)의 다섯 가지 기초적인 무공 요결이 합쳐지자 신공 절학에 가까운 사량발천근(四兩發千斤)이 그의 손끝에서 모습을 드러냈다.

사도명이 눈을 부릅떴다. 지금껏 단 한 번도 빗나간 적 없던 자신의 성명절기가 단리백의 맥없는 손짓에 조금씩 와해되고 있었다.

짜자자작!

푸른 불꽃이 사방으로 비산하며 천극뇌정추의 푸른 구체가 조금씩 힘을 잃고 있었다.

그러나 단리백은 단리백대로 죽을 맛이었다.

“크……!”

단리백의 입술을 비집고 짤막한 신음이 흘러나왔다. 비록 천극뇌정추를 흩어내고 있다 하더라도 그 과정에서 뿜어지는 열기만큼은 단리백도 어찌할 방도가 없었다.

이글거리는 뇌전에 스칠 때마다 벌겋게 익으며 살이 타 들어갔다. 하지만 여기서 손을 놓을 수는 없는 노릇.

수레바퀴 크기였던 처음에 비해 천극뇌정추가 사람 머리통만 하게 줄어들었을 때였다.

쉬익.

단리백은 돌연 자신을 향해 날아드는 네 줄기의 흑색 선을 발견했다. 그것이 검게 칠한 나무 못임을 깨닫는 데는 그리 오랜 시간이 걸리지 않았다.

‘생사전(生死栓)!’

단리백이 암기가 날아온 방향을 바라봤다.

아니나 다를까, 어느 정도 부상을 추스른 오문호가 잔인한 흉소를 머금고 자신을 노려보는 모습이 눈에 들어왔다.

단리백은 마음이 몹시 다급해졌다.

네 대의 생사전은 정확히 단리백의 미간과 목, 명치와 단전을 노리며 날아들고 있었다. 하지만 천극뇌정추를 붙들고 있느라 이를 방비할 여력이 없었다. 그렇다고 무방비로 생사전을 허용하기엔 그 위험이 너무 컸다.

생사전이 한 자 정도 거리까지 이르렀을 때 결국 단리백은 남은 힘을 쥐어짜 천근추를 시전했다.

단리백이 전권에서 몸을 빼는 순간, 제어하던 힘을 잃은 천극뇌정추가 단리백의 머리 위에서 폭발했다.

콰앙!

비록 위력은 줄었다 하나 호신강기마저 운용할 수 없는 상태에서 고스란히 뒤집어쓴 뇌전의 위력은 가히 치명적이었다.

"컥!"

단리백은 입에서 폭포 같은 피를 뿜으며 실 끊어진 연처럼 바닥에 추락했다.

쿠웅!

풀썩이던 먼지가 가라앉자 위태로운 모습으로 간신히 착지한 단리백의 모습이 중인들의 눈에 들어왔다.

"우웩!"

연거푸 피를 토하는 단리백의 얼굴은 밀랍보다 창백했다. 핏기 한 점 없는 그의 얼굴이 신호가 되었음일까.

홍적문을 제외한 사도명과 능곡유, 오문호가 일제히 신형을 뽑아 올렸다.

단리백을 에워싼 채 쉴 새 없이 공격을 퍼붓는 그들의 모습을 지켜보던 종리청은 비로소 안도의 한숨을 흘렸다.

이런 상태라면 머지않아 의천맹 측의 압승으로 승부가 갈릴 것이 분명했다. 하지만 유리하게 돌아가는 상황을 보면서도 종리청의 안색은 결코 밝아지지 않았다.

그것은 단리백의 곁에서 끊임없이 깃발을 휘두르는 능곡유의 안색도 마찬가지였고, 그사이 탈명교로 단리백을 일방적으로 몰아가는 오문호와 금강불괴에 가까운 외문기공을 앞세워 단리백을 공격하는 사도명의 안색도 마찬가지였다.

자신을 비롯해 검단곡에 운집한 무인 전원으로 하여금 공포란 감정을 각인시킨 인물.

단리백을 확실하게 쓰러뜨리지 않는 이상 이겨도 이긴 것이 아니었다.

지금도 세 명의 십대고수가 내로라하는 희대의 절공을 퍼붓고 있음에도 불구하고 그는 여전히 버티고 서 있었다.

그러나 이는 오래가지 않았다.

콰직!

늑골을 으스러뜨리며 옆구리에 틀어박힌 사도명의 주먹에 단리백은 한 사발이 넘는 피를 토하며 허공에 떠올랐다.

퍼억!

뒤이어 능곡유의 성명 병기인 유룡기가 단리백의 등과 어깨를 후려쳤고,

까드득.

이에 뒤질세라 오문호가 단리백의 팔을 꺾은 다음 매서운 기세로 바닥에 내동댕이쳐 버렸다.

쾅!

움푹 파인 바닥에 널브러진 단리백의 몰골은 참혹 그 자체였다.

"크큭……."

한참 동안 미동도 하지 않던 단리백이 마른 웃음을 풀썩였다.

너무 화가 나서 차라리 웃음이 터져 나온 것이다. 그리고 웃고 나니 그 분노는 걷잡을 수 없을 만큼 짙어졌다. 그러나 손끝 하나 까딱할 수 없는 지금의 자신은 한없이 무력했다.

"아예 미쳐 버린 것인가?"

사도명이 음산한 얼굴로 단리백을 향해 다가섰다. 그리곤 만류할 틈도 없이 벼락같이 단리백의 정수리를 향해 발길질을 했다.

"잠깐!"

종리청이 다급히 소리쳐 이를 말렸으나 이미 사도명의 발을 거두기엔 늦어버린 뒤였다.

뜻하지 않은 방해자가 끼어들지만 않았다면 단리백은 그대로 머리가 깨져 절명했을 것이다.

째앵!

서늘한 금속성!

사도명은 갑자기 목 언저리가 화끈해지는 것을 느꼈다.

황급히 물러선 사도명이 목 언저리를 쓰다듬었다. 강철 같은 그의 피부가 길게 찢어져 핏물이 흘러내리고 있었다.

비록 피륙의 상처에 불과하나 사도명은 크게 분노했다.

고개를 돌려 바라보니 자신의 등 뒤에 언제 나타났는지 흑색 야행의를 입은 청년이 한 자루 검을 늘어뜨린 채 당혹스런 표정을 짓고 있었다.

"살수?"

청년은 입을 열지 않았다. 자신의 검으로 대답을 대신했을 뿐이다.

째재재재쟁!

비처럼 쏟아지는 예리한 검기를 막아내는 사도명의 팔 위로 붉은 줄이 죽죽 그어졌다. 하지만 그뿐. 청년의 검은 사도명의 외문기공을 뚫고 그에게 치명상을 가하진 못했다.

"이놈!"

노성을 터뜨린 사도명이 청년의 얼굴을 후려쳤다.

청년이 검을 거두며 훌쩍 물러섰다. 초식도, 예리함도 느껴지지 않는 허술하기 그지없는 동작이었으나 그 안에 실려 있는 힘만은 무시할 수 없었던 것이다.

경풍에 휩쓸려 복면이 떨어져 나가자 유효명의 얼굴이 드러났다.

그 순간 경악을 금치 못하는 인물이 있었다.

'명아!'

종리청의 곁에서 그를 보필하던 하운이 바로 그였다.

'명아, 어떻게 네가 이곳에……?'

당혹감에 휩싸여 있던 하운은 자신을 이상하게 바라보는 종리청의 시선을 받고서야 다급히 안색을 수습했다.

"아는 자인가?"

"살수로군요."

짧게 대답한 하운이 덧붙이듯 입을 열었다.

"살수가 잠입해 있는 줄은 예상치 못했습니다."

"나 역시 까맣게 모르고 있었네. 보통의 살수가 아닌 것은 분명하군."

종리청의 시선이 다시금 단리백 쪽을 향하자 하운은 놀란 가슴을 쓸어내렸다.

창산혈사에서 부친이 죽은 이후 돌연 모습을 감춘 자신의 피붙이를 이곳에서 조우하게 되리라곤 꿈에서조차 생각하지 못하고 있었다.

'조부님은?'

하운이 주위를 살피기 시작했다. 하나 그 어디에서도 유장령의 모습은 찾아볼 수 없었다.

하운은 머리를 굴리기 시작했다.

이미 유효명은 사도명과 어지럽게 뒤얽혀 싸우고 있었다.

아무리 지쳤다곤 하나 사도명은 십대고수. 유효명이 감당할 수 있는 상대가 아니었다. 머지않아 피를 뿌리며 쓰러지는 쪽은 유효명일 것이 분명했다.

아니나 다를까, 이십 초를 채 넘기지 못하고 유효명은 너무도 간단히 사도명의 손아귀에 목줄기를 잡히고 말았다.

사도명은 그대로 유효명의 목을 꺾어 죽일 생각으로 손아귀에 힘을 넣었다.

하운의 마음이 다급해졌다.

"그를 통해 알아내야 할 것이 있습니다!"

하운의 외침에 종리청이 사도명을 향해 입을 열었다.

"그를 제압해 두시오."

"쳇!"

사도명이 유효명의 미혈을 짚어 아무렇게나 던져 놓았다.

비로소 하운은 놀란 가슴을 쓸어내렸다. 하지만 첩첩산중이었다. 수많은 고수들이 구름처럼 운집해 있는 이곳에서 유효명을 구해내기란 그야말로 하늘의 별을 따는 것만큼 어려운 일이었기 때문이다.

한편 오문호는 음산한 얼굴로 단리백을 비웃었다.

"씹어 먹어도 시원치 않을 놈! 결코 네놈을 곱게 보내지 않을 것이다. 내가 당한 고통을 열 배로 치르게 해주지."

이때 오문호를 제지하는 음성이 있었다.

"아직 그를 죽여서는 아니되오. 그의 목숨은 아직 가치가 있소."

오문호가 영문을 알 수 없다는 표정으로 종리청을 바라봤다. 이에 종리청은 담담히 그와 시선을 마주할 뿐이었다.

이윽고 오문호가 피식 웃으며 고개를 끄덕였다.

“뭐, 좋아. 목숨만 붙어 있으면 되는 거지?”

종리청의 대답이 떨어지기도 전에 오문호는 단리백의 품 속을 뒤져 여덟 자루의 비수를 꺼내 들었다.

서슬 퍼런 예기를 흘리는 비수는 한눈에 보아도 예사 물건이 아니었다.

“호오! 뜻밖의 수확이로군.”

잠시 탄성을 터뜨리던 오문호가 이내 비수를 고쳐 잡더니 눈을 희번득거렸다.

사도명은 한눈에 그의 의도를 알 수 있었다. 자신에게 패배한 상대에게 가혹한 고문을 가하는 사망유희의 악취미에 대해선 그 역시 질릴 만큼 들어 익히 아는 까닭이다. 그러나 딱히 말리고 싶은 생각은 없어 그의 행동을 지켜만 봤다.

오문호가 단리백의 근맥을 자르기 위해 막 월광비를 치켜드는 순간이었다.

“그만둬요!”

비명에 가까운 소녀의 음성이 장내에 울려 퍼졌다.

인상을 찌푸리며 고개를 돌린 오문호의 눈에 새파랗게 질린 얼굴을 하고 있는 소녀의 모습이 들어왔다.

예전에 종리청이 건넸던 용모파기와 일치하는 얼굴이었다.

“호오, 제 발로 찾아왔군.”

잔인한 웃음을 흘리던 오문호의 얼굴이 이내 굳어졌다. 임소하를 내려놓는 삼십대 초반의 사내. 그의 존재를 느낀 순간 단리백과 버금가는 위압감이 전신을 압도했기 때문이다.

검단곡 일대가 정적에 휩싸였다.

산 넘어 산이라더니, 가까스로 단리백을 쓰러뜨렸다 생각하는 순간 설상가상으로 또 다른 고수가 모습을 나타낸 것이다.

그때였다.

돌연 임소하와 마풍영이 서 있던 주변의 경물이 급변했다. 마치 아지랑이에 비친 풍경처럼 공간이 일그러지나 싶더니, 흔들리는 공간 사이에서 불쑥 종리청이 모습을 드러냈다.

갑자기 눈앞에 나타난 종리청의 모습에 임소하는 크게 놀라 뒷걸음질쳤다. 하나 그녀의 손목은 이미 갈고리처럼 단단한 종리청의 손에 붙들린 뒤였다.

"환술(幻術)인가? 흥미롭군."

여유로운 마풍영의 음성에 오히려 당황한 사람은 종리청이었다. 마치 모든 것을 예상하고 있었다는 듯 마풍영의 모습에서는 일말의 흔들림도 찾아볼 수 없었던 것이다.

그런데 의외로 자신을 충분히 막을 능력이 있음에도 불구하고 마풍영은 아무런 제재도 가하지 않고 있었다. 팔짱까지 낀 채 느긋하게 구경만 하고 있을 뿐이었다.

마풍영이 임소하를 향해 입을 열었다.

"말씀드렸다시피 제가 신녀를 도와드리는 것은 여기까지

입니다.”

임소하가 당혹감을 금치 못할 때 그녀를 잡아챈 종리청이 다시금 일그러진 공간 속으로 모습을 감췄다. 그리고 그가 처음 서 있었던 의천맹 진영의 중앙에 임소하와 함께 모습을 나타냈다. 불과 한 번의 숨을 내쉬기도 전에 이루어진, 그야말로 찰나지간에 벌어진 일이었다.

상당한 공력과 심력을 소모한 듯 종리청의 얼굴에는 식은땀이 가득했다.

종리청이 마풍영을 바라봤다.

단 한 번도 의천맹의 이목에 걸려든 적이 없는 인물.

어조나 태도로 미루어 보건데 분명 임소하와 연관이 있는 것 같았다. 하지만 도저히 그의 행동을 이해할 수가 없었다.

그의 존재감은 단리백과 맞먹는 것이어서 환술을 이용해 임소하를 빼내려 마음먹었을 때 종리청은 목숨까지 걸 각오를 하고 있었다. 하지만 그는 자신을 방해하긴 커녕 오히려 이를 방관했다.

“당신은 누구요?”

“너는 내 이름을 물을 자격이 없다.”

“……!”

실로 광오하기 이를 데 없는 마풍영의 말에 종리청은 일순할 말을 잃었다.

그런 종리청의 시선을 받은 마풍영이 실소를 터뜨렸다. 그리곤 훌쩍 뒤로 물러서서 커다란 바위에 기대었다.

그와 같은 고수가 끼어든다면 상당히 곤란한 상황에 처할 것은 불 보듯 뻔했다. 그의 정체가 어찌 되었든 달리 지금처럼 방해를 하지 않는다는 것만으로도 당장의 종리청에게 있어서는 다행스러운 일이 아닐 수 없었다.

"의숙!"

찢어지는 비명 소리에 종리청이 인상을 찌푸렸다.

자신에게서 벗어나기 위해 마구 발버둥치는 임소하를 향해 종리청이 입을 열었다.

"너 하나로 인해 희생이 너무 컸다."

임소하가 매서운 눈빛으로 종리청을 노려봤다. 흑암보의 혈사에 관여한 흉수들의 우두머리가 그라는 것을 직감적으로 깨달은 것이다.

"당신이었군요, 이 모든 불행을 만들어낸 장본인이."

"아니, 적어도 이곳 검단곡에서의 일은 모두 너로 인한 것이다."

"무슨……."

종리청이 손을 들어 단리백 쪽을 가리켰다.

"아니면 이게 너 때문에 벌어진 일이 아니라고 생각하는 건가?"

단리백을 바라보던 임소하의 눈에 눈물이 고이기 시작했다.

입술을 잘근 깨물던 임소하가 풀 죽은 음성으로 입을 열었다.

"하지만 난 무고한 사람들을 죽이지 않아요."

"난 죽여. 내가 해야만 한다면."

냉막한 종리청의 음성에 임소하가 놀란 눈으로 그를 바라봤다.

"어째서……?"

"지금보다 더 나은 세상을 만들기 위해서."

뜻밖의 대답이었다.

어이없는 표정으로 자신을 응시하는 임소하를 향해 종리청을 말을 이어갔다.

"의외란 얼굴이군. 하지만 사실이야. 이를 위해서 걸어온 길을 나는 후회하지 않는다."

"괴변이군요. 당신을 반대하는 사람을 전부 죽이고 나서, 그렇게 당신에게 좋아진 세상에서 살고 싶은 건가요?"

"아니, 그건 내가 살아갈 세상이 아니다. 그럴 자격이 없음은 내가 가장 잘 아니까. 분명 내가 하는 일들이 옳은 것만은 아니다. 네 입장에선 매우 악한 짓이겠지. 하나 반드시 해야만 하는 일이다."

임소하는 매우 놀랐다. 그 말을 하는 순간 종리청의 눈빛이 너무나 쓸쓸하게 보였던 것이다.

임소하는 그의 생각을 읽기 위해 슬며시 손을 움직였다.

"쓸데없는 짓."

이를 눈치 챈 종리청이 재빨리 임소하의 마혈을 짚었다.

순식간에 몸이 굳어진 임소하가 두려운 눈으로 입을 열었다.

"우리를… 나와 의숙을 어찌할 셈이죠?"

"너 하기에 달렸겠지."

잠시 말이 없던 임소하가 단호한 눈빛으로 종리청을 바라봤다.

"좋아요. 당신의 말을 따르겠어요. 단, 조건이 있어요."

"조건?"

"의숙을 해치지 말고 풀어주세요. 그렇게만 해준다면 당신의 말은 뭐든지 따르겠어요."

종리청이 피식 웃음을 흘렸다.

"나와 협상을 할 만한 입장이 아님을 아직도 모르나 보군."

"어차피 당신이 원하는 사람은 저였잖아요?"

"나는 그렇게 호락호락한 사람이 아니야. 한 가지만 분명히 해두지. 난 추호도 너를 해칠 마음이 없다. 단, 저자의 목숨은 나에게 달려 있음을 잊지 말았으면 좋겠군."

"내가 당신의 말에 고분고분 따를 것 같나요?"

종리청이 대답 대신 오문호를 향해 턱짓을 했다.

"흐흐."

오문호가 잔인한 웃음을 흘리며 단리백에게 다가섰다. 그리곤 머리채를 잡아 억지로 일으켜 세운 다음 월광비를 들어 단리백의 얼굴에 갖다대었다.

단리백이 힘겹게 눈을 들어 오문오를 노려봤다.

빙글거리던 오문호의 손에 들려 있던 월광비가 단리백의 뺨 속으로 한 치쯤 파고들었다.

주륵.

날카로운 고통과 함께 한줄기 핏물이 턱을 타고 흘러내렸다. 하나 이를 악문 채 단리백은 신음조차 흘리지 않았다.

"안 돼!"

임소하가 비명을 질렀으나 오문호는 망설임없이 손을 움직였다.

팟.

사선으로 길게 그어지는 월광비를 따라 핏물이 튀었다.

단리백의 얼굴은 순식간에 피투성이가 되었으나, 오문호는 여기에서 그치지 않고 이번엔 단리백의 사지근맥을 자르기 위해 팔을 붙들었다.

결국 임소하가 무너지고 말았다.

"알았어요! 알았어요! 그러니 이제 그만하세요! 당신의 말을 따르겠어요! 그러니 제발 그만……!"

채 말을 맺지도 못하고 오열을 터뜨리는 임소하의 모습에 종리청이 손짓으로 오문호를 제지했다.

아쉬운듯 입맛을 다시던 오문호가 단리백을 내동댕이치며 물러섰다.

그때였다.

"그만둬……."

"의숙!"

금방이라도 꺼질 것 같은 위태로운 음성에 임소하는 억장이 무너지는 것을 느꼈다.

단리백이 비틀거리며 힘겹게 일어섰다. 하지만 그의 두 다리는 쉴 새 없이 흔들리고 있었고, 안색 또한 핏기 한 점 없이 창백했다. 보라색으로 죽어가는 입술은 곳곳이 갈라지며 핏물이 내비치고 있었고, 흐릿한 눈에서는 처음의 무시무시한 안광을 찾아볼 수 없었다.

바짝 마른 입술을 움직여 단리백이 입을 열었다.

"그자의 말을… 믿지마. 그는 너를……."

오문호가 실소하며 단리백의 뺨을 후려쳤다.

짝!

비록 내공을 실진 않았으나 단리백은 핏물을 뿜어내며 바닥에 처박혔다.

"왁!"

바닥에 엎드려 피를 토하는 단리백을 향해 오문하가 차가운 조소를 날렸다.

"지금 자신이 처한 상황을 제대로 인지하지 못하고 있군. 어이, 혈왕. 네놈은 완전히 끝났어. 이제 병신 될 일만 남았다고. 뭐, 걱정마. 밥은 먹고 살아야 하니 오른팔은 남겨둘게."

그러나 단리백은 오문호 따윈 안중에도 없었다. 임소하를 붙들고 있는 종리청의 모습을 잡아먹을 듯이 노려볼 뿐이었다.

"종리처엉!"

목이 쉬었다.

극도의 분노가 목을 막아버린 탓이다.

그래서인지 단리백의 호통 소리는 끝이 갈라져 있었다.

"이 자식이 아직도 정신을 못 차렸군."

푸욱.

"크윽!"

오문호의 손이 번개처럼 움직이자 단리백의 입에서 참혹한 신음이 터져 나왔다.

단리백의 양 어깨에는 새까만 나무 못이 박혀 있었다. 한 번 박히면 지독한 고통과 함께 죽을 때까지 빠지지 않는다는 오문호의 성명 암기, 생사전이었다.

으득!

단리백이 이를 갈아 부쳤다.

살아오며 이처럼 지독한 수모는 처음이었다. 말로는 형언할 수 없는 참담한 분노가 가슴을 메워왔다.

'고작 이따위 놈들에게……'

참으로 가혹하기 그지없는 현실 앞에 단리백은 분노하고, 또 분노했다.

그런 단리백을 내려다보며 오문호가 비릿한 웃음을 머금

고 있을 때였다.

"크큭, 낯짝 한번 볼만하군. 천하의 단리백이 이 무슨 꼴사나운 모습이란 말인가?"

갑작스레 들려온 음성에 오문호가 화들짝 놀라 뒤를 돌아보았다.

언제 움직였는지도 모르게 자신의 등 뒤로 다가선 마풍영을 발견한 오문호는 자신도 모르게 그에게 일 장을 내갈기려 했다.

"그러지 않는 게 좋을걸."

"……!"

오문호의 신형이 그대로 굳어졌다. 어느새 자신의 턱밑에 이르러 있는 마풍영의 손을 발견했기 때문이다.

"좋아, 그래야지."

빙그레 웃으며 오문호의 어깨를 토닥인 마풍영이 그를 지나쳐 단리백 곁에 쪼그리고 앉았다.

"자네의 이런 모습을 보고 있자니 마음이 너무 아프군. 그래, 견딜 만한가?"

"닥쳐……."

"어이, 그러면 안 돼지. 기껏 남이 걱정해 주는 건데 말이야."

눈앞에서 빙글거리는 마풍영을 노려보던 단리백이 또다시 한 움큼의 핏물을 토했다.

이를 보던 마풍영이 미미하게 인상을 찡그렸다.

“쯧쯧, 핏물이 선홍색이군. 심맥마저 으스러진 건가?”

잠시 단리백을 바라보던 마풍영이 목소리를 낮춰 입을 열었다.

“자네가 원한다면 편하게 보내줄 수 있네. 어떤가? 알았으면 눈을 깜빡이게.”

그러나 단리백은 부릅뜬 눈으로 마풍영을 노려볼 뿐이었다.

이에 마풍영이 나직한 한숨을 터뜨렸다.

“뭐, 좋아. 어차피 살아도 산 게 아닐 테니……. 그래도 나로선 상당히 아쉽군. 내가 기대한 우리 사이의 결말은 이런 게 아니었는데 말이야.”

마풍영이 더욱 상체를 숙여 단리백의 귀에 속삭였다.

“무엇 때문에 망설이는지 모르겠군. 어째서지?”

단리백은 대답할 여력도 없는지 꾸역꾸역 피를 토하며 마풍영을 노려봤다.

마풍영이 말을 이어갔다.

“너에게 있어 가장 큰 공포가 무엇일까 생각해 본 적이 있지.”

“……..”

“눈앞의 죽음? 아니, 너나 나나 죽음 따윌 두려워할 사람들이 아니야. 뭐가 있을까? 천하를 오시하는 단리백으로 하여금 진정으로 두려움에 떨게 하는 것이. 과연 그런 것이 있기나 한 걸까? 그 화두를 끌어안고 고심한 시간이 실로 적지 않았지. 그런데 지금의 너를 보고 있자니 단번에 그 답을 깨달았어."

마풍영의 음성이 더욱 은밀해졌다.

"맞춰볼까? 심연의 나락…… 끝없는 어둠에 사로잡히는 것이 두려운 것이겠지."

"닥쳐……."

"크큭, 좋은 걸 하나 알려주지."

미풍영의 음성이 얼음장처럼 차갑게 가라앉았다.

"자네의 의지는 높이 사지만 결국 부질없는 짓임을 깨닫게 될 거야. 나 또한 그랬으니까."

"……."

"한때 더 이상 떨어질 게 없는, 가장 어두운 곳에 도달한 줄 알았지."

"닥치라고… 했다……."

"그런데 그 앞엔 더 깊고 캄캄한 어둠이 웃고 있더군."

기이한 적막이 두 사람 사이를 맴돌았다.

잠시 단리백의 표정을 살피던 마풍영이 미간을 찌푸린 것도 그때였다.

"뭐야? 이미 알고 있었어? 쳇, 재미없군. 절망의 구렁텅이에서 허우적거리는 모습을 구경하고 싶었는데."

신형을 일으킨 마풍영이 단리백을 향해 의미심장한 웃음

을 지어 보였다. 그리곤 아무 일도 없었다는 듯 휘적휘적 걸음을 옮겼다.

얼빠진 표정을 짓고 있던 오문호가 단리백에게 뒤늦게 엉뚱한 화풀이를 했다.

퍽퍽.

오문호의 발길질에 단리백의 신형이 풀썩였다. 그리고 그때마다 단리백은 엄청난 양의 핏물을 토해냈다.

"그만! 그만 하란 말이야!"

기식이 엄엄한 단리백의 모습에 임소하가 목 놓아 부르짖었다. 하나 오문호는 좀처럼 멈출 생각을 하지 않았다. 오히려 그녀의 비명이 흥을 돋운듯 아예 단리백을 흙발로 자근자근 밟기까지 했다.

툭.

순간 임소하는 자신 안의 무언가가 끊어지는 소리를 들었다. 그리고 이는 실로 엄청난 결과를 가져왔다.

번쩍.

돌연 한줄기 섬광이 마른하늘을 찢었다.

꽈앙!

"헉!"

헛바람을 토한 오문호가 황급히 뒤로 물러섰다. 불과 자신에게서 반 장도 떨어지지 않은 곳에 서 있던 나무가 중간이 뚝 부러진 채 새하얀 연기를 피워 올리고 있었다.

맞았다면 그대로 즉사였다.

오문호는 당황한 얼굴로 하늘을 바라보았다. 구름은커녕, 청명한 하늘엔 별이 반짝이고 있었다.

“이게 대체……?”

주위를 두리번거리던 오문호의 얼굴이 급격히 굳어졌다. 종리청에게 붙들려 있던 임소하의 모습이 기괴하게 변한 것을 깨달았기 때문이다.

올올히 솟구쳐 허공에서 나풀거리는 머리칼은 둘째 치고, 흰자위만 남은 두 눈에서 뿜어지는 살벌한 기운은 마주하는 것만으로도 심장이 멎어버릴 것 같았다.

그뿐만이 아니었다.

그녀의 주위로 족히 백 근은 나갈 것 같은 바위들이 허공에 떠오르기 시작하고 있었다. 그리고 이내 빛살 같은 속도로 자신을 향해 날아드는 것이었다.

“큽!”

오문호는 날아드는 바위들을 황급히 피하기 시작했다.

꽝! 꽝! 꽝! 꽝!

바위가 대지를 후려치며 자욱 먼지가 솟구쳤다. 하지만 이상하게도 바위는 하나같이 오문호를 집요하게 노릴 뿐 단리백이 있는 곳엔 떨어지지 않았다.

“총사! 어떻게 좀 해보시오!”

당혹감이 가득한 오문호의 음성에 종리청이 뒤늦게 움직

였다.

종리청이 임소하의 혼혈(昏穴)을 짚는 순간이었다.

마혈이 짚였음에도 불구하고 임소하의 신형이 빙글 돌더니 종리청과 시선이 마주쳤다. 그 순간 종리청은 얼음물에 빠진 것이 아닌가 하는 착각이 들 정도로 모골이 송연해졌다. 동시에 알 수 없는 두려움이 등골을 쭉 훑으며 지나갔다.

하지만 이어진 놀라움에 비하면 이는 아무것도 아니었다.

파직.

아무것도 없는 하늘에서 갑자기 뇌전이 뭉치기 시작하는 것이 아닌가!

천극뇌정추와 같이 인위적인 무공과 달리 자연적인 뇌전의 빠르기는 인간이 쫓을 수 있는 성질의 것이 아니었다. 번쩍 한다고 느끼는 순간 이미 잿더미가 되고 마는 것이다.

자연 종리청의 손이 다급해졌다.

팍!

간발의 차이로 종리청은 임소하의 마혈을 짚을 수 있었다.

임소하의 신형이 맥없이 늘어지며 그대로 정신을 잃고 말았다. 그러자 허공에 맺혀 있던 뇌전 역시 언제 그랬냐는 듯 허공에 흩어졌다.

쿵쿵쿵쿵!

허공에 떠 있던 바위들 역시 요란한 소리와 함께 바닥에 떨어졌다.

'이것이 천룡의 인……?'

손 안에 흥건한 식은땀을 닦으며 종리청이 고소를 머금었다.

오문호 역시 마찬가지였다. 실로 섬뜩한 순간이 아닐 수 없었다. 자칫 잘못했다면 가까스로 건진 목숨을 허무하게 잃을 뻔했던 것이다.

짝짝.

갑작스럽게 들려온 손뼉 소리에 중인들이 시선이 한곳에 모아졌다.

느긋한 태도로 손뼉을 치고 있던 마풍영이 만족스러운 미소를 머금었다.

"수고했네. 이로서 모든 것이 갖춰졌군."

"무슨 소리지?"

"재촉하지마. 곧 알게 될 테니까. 그렇지 않나, 하운?"

"뭐?"

종리청이 당황하여 하운을 바라보는 순간이었다.

츠츳!

갑작기 눈앞으로 짓쳐 드는 예리한 검기에 종리청이 황급히 몇 걸음이 물러섰다.

"무슨 짓이냐! 하운!"

종리청이 대노하여 소리쳤다. 하나 그때는 이미 임소하를 낚아챈 하운의 신형이 마풍영의 지척에 이른 뒤였다.

혼절한 임소하를 마풍영에게 넘긴 하운이 고개를 돌려 종리청을 바라봤다.

"보는 대로요."

종리청이 믿을 수 없다는 표정으로 하운을 바라봤다. 믿고 있던 자신의 심복이 이처럼 쉽게 자신을 배신하리라곤 그 역시 예상치 못했던 것이다.

마풍영이 임소하를 내주고도 여유롭던 이유도 이 때문이었다. 일찍이 의천맹 내부에 간자로 심어놨던 인물. 그가 바로 하운이었다.

종리청이 침음성을 삼켰다.

그제야 모든 정황이 톱니바퀴처럼 맞아 들어갔다. 하운의 자신의 측근. 수뇌부에서 정보가 새나간다 느꼈던 것은 그의 착각이 아니었던 것이다.

당금 강호에 의천맹에 간자를 심어놓을 수 있는 곳은 오직 한 곳뿐이었다.

"마교!"

종리청의 외침에 마풍영이 고개를 끄덕였다.

"멍청이는 아니로군."

종리청이 신음을 흘렸다. 그리곤 하운을 바라봤다.

"대체 무엇 때문에?"

하운이 싸늘한 안색으로 대꾸했다.

"당신에게 복수하기 위해."

"복수?"

반문하는 종리청을 노려보며 하운이 입을 열었다.

"그래, 복수. 내 부친의 죽음에 당신이 관여한 사실을 내가 모르리라 생각했는가?"

"……!"

"구대문파 중 하나인 점창을 누르기 위해 당신이 내 부친께 손을 썼지. 당신의 의도대로 창산혈사로 인해 점창의 입지는 좁아졌고, 의천맹의 도움을 얻어 간신히 이를 수습할 수 있었어. 그 과정에서 수많은 고수를 잃은 네나 낭예마서 실수한 점창은 소리 소문 없이 산문을 걸어 잠갔고."

정곡을 찌른 하운의 말에 종리청은 입을 다물었다.

모든 것이 사실이었다.

당시 의천맹은 무슨 수를 써서라도 구대문파보다 우위에 서야만 했다. 마침 정사대전으로 인해 큰 피해를 입은 구대문파의 힘은 약해질 대로 약해져 있었고, 적당한 명분만 갖춰진다면 얼마든지 그들을 압박할 수 있었다.

강호에 드높은 명성을 날리고 있던 점창의 후기지수, 섬전검 유관이 그의 눈에 띈 것도 우연만은 아니었다.

마교와의 오랜 싸움에 피폐해질 대로 피폐해진 그를 나락에 밀어 넣는 것은 아이 손목 비틀기보다 쉬웠다. 이지를 흐리게 만드는 몇 푼의 환락산(歡樂散)과 소량의 아편, 그리고 마교도라는 이유만으로 죄없이 죽어가는 양민들과 잔인하기 짝이 없는 정파의 만행.

몇 가지 간단한 연출과 장치만으로 유관은 이성의 끈을 놓아버렸다. 그리고 누구도 말릴 수 없는 검귀가 되어 강호를 휘젓기 시작했다.

이것이 종리청이 꾸민 모종의 음모라는 것도 깨닫지 못한 채 점창은 한바탕 난리가 났고, 유관을 잡아들이기 위해 모든 방법을 아끼지 않았다.

그러나 여기엔 그들로선 알지 못하는 종리청만의 계산이 깔려 있었다. 점창조차 파악하지 못한 유관의 신상 내력에 대해 종리청은 훤히 꿰뚫고 있었던 것이다.

종리청은 유관의 부친이 살막의 막주인 살황이라는 사실을 알고 있었다. 하지만 언제부턴가 살막은 강호에서 조용히 모습을 감췄고, 종리청은 유관의 목숨을 담보로 그를 끌어내려 했다. 살수들의 지존이라는 살황마저 손아래 둘 수 있다면 의천맹은 그야말로 호랑이 등에 날개를 단 것과 다름없었기 때문이다. 하지만 끝내 유장령은 나타나지 않았고, 종리청은 가치가 없어진 유관의 죽음을 방관했다.

종리청이 마른 웃음을 흘리며 하운과 마풍영을 노려봤다.

"살아서 이곳을 벗어날 수 있으리라 생각하는가?"

종리청의 말에 대답한 사람은 마풍영이었다.

"그보다 뭔가 잊은 것 같지 않나?"

"……?"

의아해하는 종리청을 향해 마풍영이 진심으로 유쾌한 듯 웃음을 터뜨렸다.

"이래서 정파란 작자들은 안 돼. 물러도 너무 무르단 말이지."

"무슨 소리냐?"

마풍영은 대답 대신 턱짓으로 한곳을 가리켰다.

순간 종리청의 얼굴이 돌처럼 굳어졌다.

이 세상의 것이라곤 생각할 수 없는 가공할 살기!

천천히 신형을 일으키는 단리백의 전신에서 쏟아지는 농밀한 살기가 칼날처럼 전신을 에어내고 있었다.

순간 검단곡에 운집한 모든 이의 시선이 단리백에게 모아졌다. 살기를 느낀 것은 비단 종리청뿐만이 아니었던 것이다.

단리백이 천천히 입을 열었다.

"그래…… 확실히… 보이는군."

잔뜩 긴장한 중인들을 향해 얼음장 같은 단리백의 음성이 이어졌다.

"어둠 너머 입을 벌린 나락(奈落)이……."

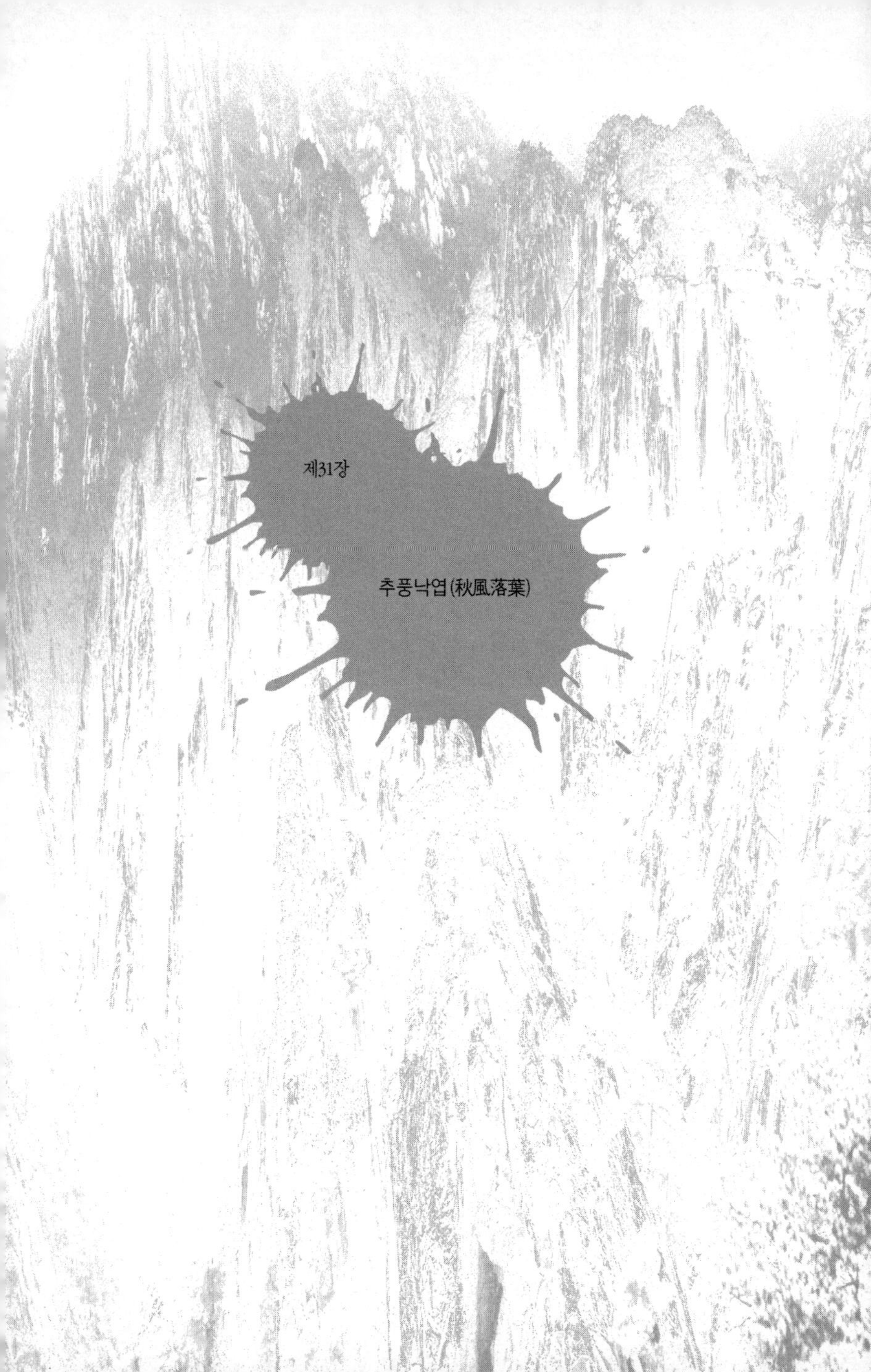
제31장

추풍낙엽(秋風落葉)

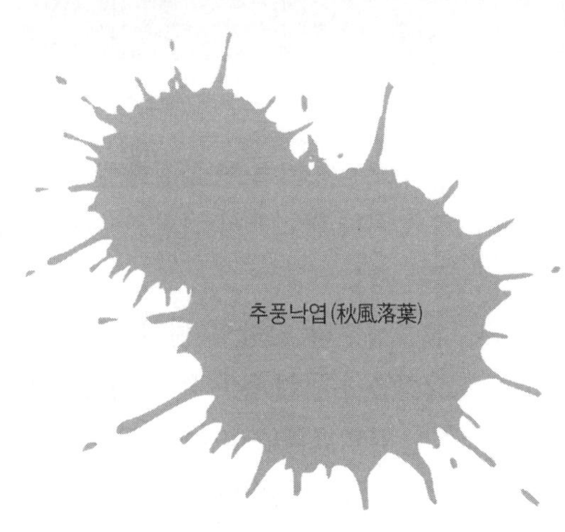

　단리백의 음성은 금방이라도 끊어질 것처럼 위태로웠다. 하지만 그 안에 담겨진 명백한 살기는 뚜렷하게 전해졌다.

　"이런 미친!"

　오문호가 욕설을 뱉으며 단리백을 향해 다가갔다.

　붉어진 그의 얼굴엔 잠시나마 단리백의 기세에 주춤했던 자신에 대한 부끄러움이 담겨 있었다. 하지만 단리백의 입가에 걸려 있는 서늘한 미소를 발견한 순간 그 자리에 발이 얼어붙어 버렸다.

　어둠 속에서 선명히 드러난 미소. 그 안엔 지옥에서나 어울릴 법한 소름 끼치는 살의가 담겨 있었던 것이다.

오문호는 돌연 불길함에 사로잡혔다.

이때 단리백이 천천히 손을 들어 머리 위로 가져갔다.

콱!

정수리 근방의 머리카락에서 무언가를 움켜쥔 단리백이 이를 천천히 뽑아 들기 시작했다.

단리백의 손을 따라 기다란 금침이 뽑혀 나오기 시작했다.

스스로 천령혈(天靈穴)에 꽂아 마기를 구속하고 있던 제마봉공(擠魔封恐)의 금제가 단리백의 의지에 의해 깨지는 순간이었다.

잠시 금침을 바라보던 단리백이 움켜쥔 손에 힘을 넣었다.

와작!

세 치 길이의 금침이 산산조각 나며 허공에 흩어졌다.

그와 동시에 단리백의 어깨에 박혀 있던 검은 물체가 무서운 속도로 튀어나왔다.

"으악!"

어깨를 감싸쥔 오문호가 비명을 지른 것도 그때였다.

뒤늦게 자신의 어깨에 끝 부분만 남긴 채 박혀 있는 길쭉한 나무 못을 발견한 오문호의 얼굴이 무참히 구겨졌다.

'대체 언제……!'

단리백의 어깨에 자신이 찔러 넣었던 생사전이 분명했다.

눈으로 볼 수도, 그 어떤 기척도 느끼지 못했다. 그저 짙은 살기가 자신에게 향한다 싶은 순간 극렬한 고통이 어깨를 꿰뚫었던 것이다.

부르르.

무심코 단리백과 시선이 마주친 오문호가 벼락을 맞은 듯 몸을 떨었다.

'인간의 눈이 아니다!'

유리알처럼 투명한 단리백의 눈!

무저갱보다 어두워 그 깊이조차 짐작할 수 없는 단리백의 눈에서는 말로는 형용할 수 없는 무시무시한 살기가 소용돌이치고 있었다.

오문호는 본능적으로 깨달았다. 무언가 터무니없이 엄청난 것이 단리백의 내부에서 기어나오려 한다는 것을.

그때였다.

스스스스.

단리백의 전신에서 끔찍한 흑색 서기가 뭉클거리며 쏟아지기 시작했다.

삽시간에 피어오른 흑색 서기는 이내 안개처럼 단리백의 전신을 삼켜 버렸고, 보이는 것이라곤 어둠 속에 도사리는 핏빛 안광뿐이었다.

한 목숨 부지하자면 이 순간 뒤도 돌아보지 않고 이 자리를 벗어나야만 한다는 생각이 오문호의 머릿속에 맴돌았다. 그러나 그는 그 자리에 못 박힌 듯 단 한 걸음도 옮길 수 없었다. 뱀 앞에 놓인 개구리처럼 이미 단리백의 기세에 사로잡혀 옴짝달싹할 수 없었던 것이다.

스윽.

흑색 서기 안에서 불쑥 하나의 손의 튀어나왔다.

그 손이 천천히 움직여 자신의 목줄기를 잡아오자 오문호는 지독한 초조함과 더불어 미칠 듯한 공포에 휩싸였다. 일단 단리백이 움직이기 시작하자 오문호가 느끼는 위압감은 감당할 수 있는 수준이 아니었던 것이다.

마음속 깊숙이 눌러두었던 공포가 다시금 머리를 쳐들었다.

"우왁!"

비명에 가까운 고함 소리와 함께 오문호는 뒤도 돌아보지 않고 달아나기 시작했다.

종리청과의 약속도 중요 하지만 우선은 자신부터 살고 볼 일이다. 하지만 전신을 예리하게 헤집는 살기는 조금도 줄어들지 않고 있었다.

오문호의 머리가 칠십 평생에서 가장 빠르게 돌아갔다.

사실상 지금의 단리백이 마음을 바꾸지 않는 이상 자신은 결코 그의 손아귀를 빠져나갈 수 없음을 잘 아는 그였다. 이미 십 장 안의 전역은 그의 지배 아래 놓여 있음을 본능적으로 깨달은 것이다.

그렇다면…….

이를 악문 오문호가 팽이처럼 신형을 돌리며 단리백과 정면으로 마주섰다.

이래 죽으나 저래 죽으나 죽기는 매한가지.

그 역시 천하를 떨어 울리는 절정고수 중 한 명이었다. 아무리 단리백의 기세가 심상치 않다곤 하나 그는 이미 위중한 부상을 안고 있는 상황. 따라서 전력을 다한 기습 공격을 쉽사리 막아낼 수는 없을 것이다.

소용없는 도주보다는 오히려 반격을 꾀함으로써 실낱같은 살길을 찾으려는 것이다.

쐐애액!

은은히 납빛으로 물든 탈명교에서 칼날 같은 기운이 폭출되며 대기를 찢었다. 그리곤 단리백의 목에 이르러 날카로운 이빨을 마주 닫았다.

오문호는 이번 공격으로 단리백을 죽이겠다는 가당치 않은 생각은 하지도 않았다. 그저 최소한의 부상만 입힐 수 있다면 그 틈을 이용해 달아날 기회를 얻을 수 있으리라는 것이 그가 노린 바였다. 하지만 이것이 얼마나 무모한 생각이었는지를 깨닫는 데는 그리 오랜 시간이 걸리지 않았다.

뚝!

장난처럼 내민 단리백의 손짓 한 번에 강철도 종잇장처럼 자른다는 탈명교가 무참히 꺾여 나갔다.

무방비 상태로 환하게 벌어진 자신의 가슴. 그리고 느리게 날아드는 단리백의 손을 발견한 오문호는 얼굴이 시커멓게 죽어버렸다.

'아, 안 돼!'

비명 소리는 입 안에서 맴돌 뿐이었다.

와작.

그리 크지 않은 소리. 그러나 이미 그 순간 단리백의 손은 오문호의 가슴뼈를 부수며 심장을 터뜨리고는 등 뒤로 빠져 나와 있었다.

비명을 지를 틈도 없이 오문호는 작살에 꿰인 물고기처럼 간헐적인 경련을 일으키다 힘없이 늘어졌다.

순간 단리백의 몸에서 시커먼 서기가 쭉 피어올라 오문호의 육신을 덮어버렸다.

뿌드득!

섬뜩한 소리가 터져 나오나 싶더니 오문호의 몸이 한순간에 피안개로 화해 흔적도 없이 사라졌다. 죽이는 것만으로는 분이 풀리지 않아 강기로 그의 전신을 으스러뜨려 버린 것이다.

오문호의 죽음 앞에 중인들은 아연실색했다. 한 시대를 풍미했던 십대고수의 죽음치곤 허무하기 짝이 없는 개죽음이었다.

떠도는 혈향 가운데 우뚝 서 있는 단리백의 모습은 그야말로 지옥의 수라를 방불케 하고 있었다.

이때 누군가의 입에서 경악성이 터져 나왔다.

"저… 저기!"

그가 가리킨 곳. 정확히는 단리백의 발과 지면 사이를 가리킨 그의 얼굴은 창백하다 못해 파랗게 질려 있었다. 단리백의 발이 지면을 밟고 있는 것이 아니라 한 자쯤 허공에 떠 있음을 발견했던 것이다.

"능공허도(凌空虛渡)!"

뒤늦게 이를 발견한 사도명이 어깨를 부르르 떨었다.

능공허도라니…… 그조차도 전설로나 치부해 버릴 만큼 황당한 일이 눈앞에서 펼쳐지고 있었나.

사도명이 굳은 얼굴로 뭐라고 말을 꺼내기도 전이었다.

단리백이 한 손을 앞으로 뻗자 강력한 흡인력이 사도명의 전신을 옭아맸다.

일순 사도명의 신형이 단리백 쪽으로 주르륵 끌려왔다.

"어엇!"

사도명의 안색이 놀람과 당황으로 창백하게 변했다. 하지만 그 역시 십대고수 중 한 명으로 혁혁한 명성을 날리고 있는 인물.

"하압!"

기합과 함께 천근추를 시전하자 그의 두 발이 지면에 깊은 고랑을 남기며 무릎까지 깊숙이 파고들었다.

이때 사도명은 단리백을 덮고 있는 흑색 서기 사이로 언뜻 드러난, 입꼬리에 매달린 비웃음을 발견했다. 동시에 지면에 박혀 있던 그의 발이 무 뽑히듯 쑥 딸려 나왔다.

"헉!"

거구의 사도명이 마치 가랑잎처럼 단리백에게 끌려가기 시작했다.

"이익!"

오기가 치밀어 오른 사도명이 남은 진력을 모두 끌어 모아 전면을 향해 후려쳤다.

쩌릉!

허공에서 뭉쳐진 뇌전구가 단리백을 향해 뿌려졌다. 기존의 힘에 흡입력이 더해진 천극뇌정추는 무시무시한 속도로 단리백을 향해 쇄도했다.

그의 반격을 예상하지 못한 듯 단리백은 우두커니 서서 눈앞으로 달려드는 천극뇌정추를 바라볼 뿐이었다.

천극뇌정추가 그대로 단리백에게 작렬했다.

쩌앙!

굉음과 함께 뇌전의 푸른 불꽃이 사방으로 비산했다.

"하하!"

회심의 일격이 성공하자 사도명이 커다란 웃음을 터뜨렸다. 하지만 이내 그의 얼굴에서 웃음이 사라졌다.

전신을 옥죄는 흡입력이 조금도 사라지지 않고 있었다. 뿐만 아니라 자욱이 피어오르는 먼지 속에서 느껴지는 끔찍한 존재감은 변함없이 가슴을 짓누르고 있었다.

사도명의 얼굴이 하얗게 탈색되었다. 전면을 뒤덮은 먼지 가운데 번뜩이는 핏빛 안광을 발견한 것이다.

이윽고 먼지가 걷히자 사도명은 할 말을 잃고 말았다.

단리백은 여전히 그곳에 서 있었다. 안개처럼 일렁이는 흑색 서기가 조금 옅어졌을 뿐이다.

손대면 닿을 듯한 가까운 거리까지 이르는 순간, 흑색 서기를 헤치며 불쑥 하나의 손이 튀어나왔다.

사도명이 기함하여 양팔을 교차해 단리백의 손을 막아갔다.

콰직!

"……!"

끔찍한 고통에 사도명이 입을 벌렸다. 그러나 비명조차 지를 수 없었다. 순식간에 양팔을 부러뜨린 단리백의 손이 자신의 정수리를 향해 떨어지고 있었기 때문이다.

뻑!

가볍게 누른 듯했으나, 그 가벼운 손짓에 사도명의 이마가 오래된 놋그릇마냥 움푹 찌그러졌다.

'어떻게 이런 무공이……!'

코와 입에서 폭포수처럼 피를 쏟으면서도 사도명은 금강불괴에 가까운 자신의 외문기공이 어떻게 이처럼 쉽게 박살났는지를 이해하지 못하고 있었다.

부르르.

채 숨이 끊어지지 않은 사도명이 급살을 맞은 듯 몸을 떨었다. 두 팔을 망가뜨리고 치명적인 일격을 가한 것도 모자라 단리백의 손이 그대로 그의 목을 움켜쥔 것이다.

그리고 뒤이어 또 하나의 손이 흑색 서기를 뚫고 튀어나왔다.

턱.

그 손은 그대로 사도명의 정수리 위에 올려졌다.

"안 돼!"

단리백이 무엇을 하려는지 짐작한 사도명이 처절한 비명을 토했다.

그 순간 단리백의 손이 움직였다.

뿌드득!

잔혹한 음향이 울려 퍼지는 것과 동시에 몸서리처지게 두려운 광경이 펼쳐졌다. 단리백이 사도명의 목을 엿가락처럼 꼬나 싶더니 그대로 비틀어 끊어버린 것이다.

푸학!

머리를 잃은 사도명의 목에서 뒤늦게 핏줄기가 뿜어졌다.

불과 두어 호흡 사이에 벌어진 일이었다. 이곳 검단곡에는 수많은 고수들이 운집해 있었으나 하나같이 경악성만 토해내고 있을 뿐 어느 누구 하나 움직일 엄두를 내지 못하고 있었다.

그때였다.

파파파파팍파팍!

가벼운 소음과 함께 단리백 주위로 일곱 개의 깃발이 꽂혔
다. 각각 묘(寅), 사(巳), 오(午), 미(未), 신(申), 유(酉), 술(戌)이
라 새겨진 깃발이 바람에 펄럭이는 것을 발견한 종리청이 크
게 놀라 소리쳤다.

"칠종미류진(七綜靡劉陣)!"

각각의 깃발에 봉인된 기운을 일거에 쏟아내 적을 섬멸하
는 능곡유의 필살절예(必殺絕藝). 단, 시전자조차 적과 함께
공멸하는 동귀어진의 수법이었다.

아니나 다를까, 칠종미류진 안에서 단리백과 마주 서 있는
인물은 능곡유가 틀림없었다.

콰작!

능곡유가 묘자가 새겨진 깃발을 걷어차자 깃대가 부러지
며 무서운 기운이 쏟아졌다. 이를 신호로 나머지 깃발이 차례
대로 부서지며 그 안에 묶여 있던 십이지신의 기운이 일거에
쏟아져 나와 예리한 칼날처럼 소용돌이치기 시작했다.

종리청이 무어라 입을 열기도 전에 능곡유가 마지막 힘을
쥐어짜 소리쳤다.

"총사! 어서 종여서생을! 칠종미류진만으론 저자를 어찌하
지 못하오! 고작 잠시나마 그의 발을 묶어두는 것이 전
부……."

점차 짙어지는 경력의 폭풍에 묻혀 능곡유의 마지막 말은

들리지도 않았다. 하지만 종리청은 그의 생각을 충분히 짐작할 수 있었다.

종리청이 황급히 고개를 돌려 종여서생을 찾기 시작했다. 그리고 이내 멀찍이 떨어진 바위 아래 잔뜩 몸을 웅크린 채 떨고 있는 그를 발견했다.

"어서 굉천뢰를!"

"으으……!"

종리청의 음성을 듣고도 종여서생은 두려움에 질려 옴짝달싹도 하지 않았다.

보다 못한 종리청이 노기를 터뜨리며 그의 뒷덜미를 움켜잡았다.

"무, 무슨 짓을?"

당황한 종여서생을 향해 종리청이 소리쳤다.

"진법 안에 굉천뢰를 전부 쏟아 넣으시오! 그러지 않으면 우린 이곳에 뼈를 묻게 될 것이오!"

그리곤 종여서생을 칠종미류진이 펼쳐진 곳을 향해 힘껏 집어 던졌다.

"으아아아!"

두려움에 휩싸인 종여서생은 광기 어린 비명을 터뜨리며 진법 안으로 자신이 지니고 있던 여덟 개의 굉천뢰를 모조리 쏟아 넣었다.

번쩍!

섬광과 함께 여덟 발의 굉천뢰가 동시에 폭발했다.

무지막지한 지진이 대지를 뒤흔들었으나 예상외로 굉음은 터져 나오지 않았다. 칠종미류진의 삼엄한 진세에 갇혀 소리조차 새어 나올 수 없었기 때문이다. 하나 파괴력이 한 곳으로 모아진 만큼 그 위력은 능히 태산도 허물 수 있을 만큼 엄청났다.

칠종미류진이 순식간에 박살 나며 지독한 먼지 구름이 검단곡 전체를 집어삼켰다.

주춤거리며 일이선 종여서생이 자욱한 먼지 속을 뚫어져라 응시했다.

그러기를 잠시.

약간의 시간이 흘러 먼지가 걷히기 시작하자 깊이를 짐작하기도 힘든 거대한 균열이 모습을 드러냈다.

짜자자작!

"하……."

굉천뢰의 위력에 스스로도 놀랬던지 종여서생이 입을 벌리며 감탄성을 흘렸다. 무려 십여 장에 달하는 거대한 균열은 아직도 계속해서 길이를 늘려가고 있었던 것이다.

"어?"

한참을 멍하니 서 있던 종여서생이 무언가를 발견한 걸음을 옮겼다. 그리곤 시체처럼 늘어져 있는 능곡유 곁에 다가섰다.

“으……."

종여서생이 발끝으로 툭툭 건드리자 능곡유의 입에서 가느다란 신음이 흘러 나왔다.

본래대로라면 칠종미류진에 모든 진기를 쏟아 붓고 탈진해 죽었어야 할 능곡유였다. 하지만 굉천뢰에 의해 칠종미류진이 와해되는 바람에 운 좋게 목숨이 붙어 있었던 것이다.

그렇다고 온전한 것도 아니었다.

그의 전신에는 폭발에 휩쓸린 깃대의 파편들이 암기처럼 틀어박혀 있었고, 진기의 역류로 인해 오장육부의 기혈은 뒤엉킨 실타래마냥 제자리를 벗어나 있었다. 굉천뢰의 폭발 속에서도 기적적으로 살아남은 그였지만 생명이 얼마 남지 않았던 것이다.

이때 능곡유가 입술을 달싹였다.

종여서생이 의아한 얼굴로 능곡유에게 다가섰다. 그러고도 그의 음성이 들리지 않자 종여서생은 바짝 귀를 갖다댔고, 그제야 실낱같은 능곡유의 음성을 들을 수 있었다.

“도망… 쳐……."

“……!"

화들짝 놀라 신형을 일으키던 종여서생이 그 자리에 굳어졌다. 불과 한 자도 되지 않는 거리에서 자신을 응시하는 핏빛 눈동자를 발견했기 때문이다.

굉천뢰를 정면에서 여덟 발이나 안겼건만 단리백이 내뿜

는 위압감은 조금도 줄어들지 않았다. 아니, 오히려 흉성만 자극한 듯 그의 눈에서는 지독한 살의만이 이글거리고 있었다.

콱!

"으악!"

단리백의 손이 자신의 양어깨를 움켜잡자 종여서생이 비명을 지르며 발버둥치기 시작했다. 하나 여타 십대고수들에 비해 현저히 무공이 떨어지는 그였다. 신력을 자랑하는 사도명조차 어린아이 손목 비틀듯 기지고 놀던 단리백에게서 그가 벗어날 길은 전무했다.

뿌득! 뿌득!

"끄아악!"

뼈가 으스러지는 소리와 함께 구천유부에서 토해내는 것 같은 참혹한 비명 소리가 허공을 찢어발겼다.

결국 단리백이 손에 의해 종여서생은 사지가 갈가리 찢겨져 나갔다.

털썩.

핏물에 잠긴 종여서생을 뒤로 하고 단리백이 돌아섰다.

그의 눈에서 핏빛 안광이 쭉 피어오르며 한 사람의 얼굴에 고정되었다.

"……!"

종리청의 얼굴이 두려움으로 일그러졌다.

벌레를 잡아 죽이듯 간단하게 종여서생의 사지를 찢어버
린 단리백이 천천히 자신을 향해 다가서고 있었다.

사도명은 목이 뜯긴 채 쓰러져 있었고, 종여서생은 형체를
알아보기 힘든 시체가 되어 피바다 속에 누워 있었다. 비록
아직 숨이 끊어지지 않았으나 능곡유는 내부가 박살 나고 전
신이 심하게 그슬려 손가락 하나 움직일 수 없게 되었다. 하
지만 시신조차 남기지 못하고 피안개로 사라진 오문호에 비
하면 운이 좋은 편이었다.

암담함이 밀려왔다. 숨 몇 번 내쉴 짧은 순간에 의천맹의
핵심 전력이었던 십대고수 네 사람이 모두 비명횡사하고 만
것이다.

유리하게 돌아가던 장내의 상황이 손바닥 뒤집히듯 바뀌
어 버렸다.

현실을 부정하고 싶었다. 하나 이건 현실이고, 또한 눈앞에
닥친 실제 상황이었다.

단 몇 번의 움직임으로 이곳에 모여 있던 수백의 무인들의
기를 단숨에 꺾어버린 단리백이 자신을 향해 신형을 움직여
오고 있는 것이다.

이때 단리백의 앞을 가로막는 일단의 인영들이 있었다. 명
현자의 손발을 묶고 있던 집법사자들이었다.

목숨을 초개와 같이 여기는 무인의 투혼. 하지만 그 눈물겨
운 노력도 단리백 앞에서는 무의미했다.

종리청이 황급히 소리쳤다.

"안 돼! 물러서라!"

그러나 그의 외침은 한 박자 늦었다.

단리백이 천천히 손을 움직여 휘두르는 순간 칠흑처럼 어두운 흑색 서기가 오 장에 달하는 공간을 아우르며 전면을 향해 쇄도했다.

꽝!

머리가 울릴 정도로 매서운 폭음 소리가 고막을 두드렸다.

비명 소리도 있었지만 폭음 소리에 묻혀 버렸나.

뽀얗게 피어올랐던 흙먼지가 가라앉고 장내의 변한 모습이 확연히 중인들의 시야에 들어왔다.

"어찌 이런……."

종리청의 입에서 신음이 흘러나왔다. 하지만 이미 그때는 즐비하게 늘어선 시신들이 바닥을 가득 메우고 난 다음이었다.

도저히 믿고 싶지 않았다.

한가운데가 마치 분화구처럼 움푹 파여 나간 것 따위는 문제가 아니었다.

핏물 가득한 웅덩이 안에 누가 누군지 구분할 수도 없을 정도로 처참한 육괴 덩어리로 변해 뒤엉켜 있는 수십 명의 무인들.

의천맹 안에서도 추리고 추린 정예들이었다. 그런 그들이 손 한 번 제대로 써보지도 못하고 순식간에 참혹한 주검으로 변한 것이다.

실로 만부막적(萬夫莫敵)이란 말이 무색할 정도였다.

단리백의 가공할 신위를 몇 번이고 겪어온 종리청이었으나 지금처럼 뼈저리게 통감한 적은 없었다.

그 어떤 희대의 절공을 퍼붓는다 해도, 천하의 모든 고수들을 모아 합공한다 해도 단리백을 쓰러뜨리지 못할 것 같았다. 여덟 개의 굉천뢰를 가슴에 안겨 터뜨렸는데도 멀쩡히 움직이는 지독한 괴물.

이때 누군가를 발견한 단리백이 그 자리에 멈춰 섰다. 그리곤 허공을 움켜쥐듯 손을 내밀었다.

단리백이 손을 뒤로 당기는 순간,

"헉!"

쌍검을 움켜쥔 채 망연자실하게 서 있던 풍적문이 눈을 홉뜬 채 단리백에게 불쑥 딸려왔다.

"으악!"

공포에 휩싸인 풍적문이 미친듯이 쌍검을 휘둘렀다.

츠츠츠춧!

두 자루 검에서 피어오른 무수한 검기가 단리백을 향해 빗발처럼 쏟아졌다. 하나 이중 그 어느 것도 단리백에게 상처를 입히지 못했다. 뭉클거리는 흑색 서기에 닿기 무섭게 산산이 흩어져 버렸기 때문이다.

턱.

힘없이 끌려온 풍적문이 단리백의 손아귀에 여지없이 목줄을 틀어 잡혔다.

특별한 초식도 구사하지 않은 채 이루어진, 실로 간단하기 짝이 없는 완벽한 한 수.

두려움에 질린 풍적문은 온몸에서 힘이 빠져나가는 것을 느꼈다.

쨍그랑.

바닥에 뒹구는 두 사루의 섬.

공포에 일그러진 풍적문의 얼굴을 보며 단리백은 씨익 웃음을 머금었다. 보는 이의 혼백마저 얼려 버릴 것 같은 잔혹하기 그지없는 미소였다.

"제발……!"

우두둑.

풍적문의 애원은 목이 부러지는 끔찍한 소리에 묻히고 말았다.

털썩.

수수깡처럼 목이 꺾인 풍적문의 시신이 차가운 바닥 위에 무너졌다.

두계산의 최후는 그보다 더욱 비참했다.

핏.

희끗한 무언가가 자신을 향해 날아들자 두계산의 얼굴은

사색이 되었다.

그것이 바닥에 떨어져 있던 풍적문의 검이라는 것을 알아본 두계상은 또다시 나려타곤을 펼쳐 위기를 모면하려 했다. 하지만 그의 운은 거기까지였다. 목을 향해 날아드는 첫 번째 검은 바닥에 몸을 굴려 피했으나, 미처 균형을 잡기도 전에 날아든 한 자루 검이 어깨부터 옆구리까지 길게 찢어놓았던 것이다. 그리고 그가 휘청이는 순간, 어느새 다가온 단리백의 수도가 그대로 그의 허리를 가르고 지나갔다.

우드득!

썩은 짚단처럼 쓰러지면서도 두계산은 비명조차 지르지 못했다. 내장과 함께 쏟아지는 자신의 피를 보며 그대로 절명해 버린 것이다.

여기서 멈추지 않고 단리백은 계속해서 움직였다.

두계산 바로 뒤에 서 있던 인물은 강소성에서 세 손가락 안에 드는 고수라 알려진 풍양곤(風樣棍) 유악이란 자였다.

유악은 자신 앞에 서 있던 풍적문과 두계산이 차례대로 절명하고 순식간에 단리백이 자신에게 짓쳐들자 안색이 대변했다. 하나 고수답게 재빨리 허공으로 몸을 솟구치더니 자신의 무기인 단봉을 뽑아 벼락같이 열두 번을 휘둘렀다.

실로 풍양곤이라는 별호가 어울리는, 쾌속한 공격이었다.

퍼퍼퍼퍽!

그가 휘두른 단봉은 정확히 단리백의 어깨와 머리를 가격

했다. 하나 고통에 얼굴이 일그러진 것은 오히려 단봉을 휘두른 유악이었다.

상상하기 힘든 반탄력에 팔목이 부러진 유악은 퉁퉁 부어오른 손목을 움켜쥔 채 사색이 되어 뒤로 물러섰다. 그러나 단리백의 주먹이 훨씬 빨랐다.

쾅!

단 한 주먹에 유악은 가슴뼈가 무너지며 혀를 길게 빼문 채 십여 장 밖으로 훌훌 날아가 버렸다.

순식간에 수십 명의 고수가 피떡이 되어 쓰러지자 장내는 완전히 아수라장이 되어버렸다.

겁에 질린 몇 명의 인물들이 슬금슬금 꽁무니를 빼려 했고, 몇 사람은 손을 모아 단리백을 향해 달려들었다.

하나, 모두 부질없는 짓이었다.

콰쾅!

다시 세 명의 고수가 피분수를 뿌리며 나가떨어졌다.

낙양 일대를 주름잡던 오룡문의 문주 엽홍수는 자신의 성명절기인 거검(巨劍)을 채 반도 휘두르지 못하고 부서진 검 조각에 오히려 머리가 박살 나고 말았다.

혈용쌍도(血龍雙刀)라는 외호로 관동 인근에서 혁혁한 명성을 날리던 탁무염, 탁무위 형제 역시 마찬가지. 자신의 무공을 제대로 펼쳐 보기도 전에 각각 가슴과 배에 커다란 구멍이 뚫려 눈을 까뒤집은 채 즉사했다.

“우왁!”

몇 명이 공포에 질려 사방으로 도망쳤다.

팟!

허공을 찢는 다섯 줄기의 섬뜩한 섬광.

픽! 퍼억!

둔탁한 소음과 함께 달아나기 위해 허공에 신형을 띄웠던 다섯 명의 신형이 급살을 맞은 듯 경련을 일으켰다.

혼백을 가르는 참담한 비명 소리도, 고막을 아프게 하는 폭음도 없었다. 하지만 바로 그 순간 어깨 위에 매달려 있던 다섯 개의 머리가 폭죽처럼 터져 나갔고, 잠시 전까지 살아서 움직이던 다섯 개의 목숨이 머리 없는 시체가 되어 나뒹굴고 있었다.

이곳에 모인 인물 대부분은 각자 이름깨나 알려진 무인들이었지만 더 이상 어찌해 볼 수 없는 절대적인 단리백의 신위 앞에 그저 얼이 빠진 채 망연자실할 뿐이었다.

“크크큭.”

단리백의 입술을 비집고 모골이 송연한 웃음소리가 흘러나왔다.

그 순간 단리백은 스스로의 웃음소리에 해연히 놀라고 말았다. 광기에 젖어 미쳐 가는 자신의 모습을 깨달았기 때문이다.

하나 모든 것은 이미 늦어버렸다.

장내를 떠다니는 비릿한 혈향이 더없이 달콤하게 느껴지던 순간부터, 아니, 제마봉공의 금제를 해제하는 순간부터 단리백은 더 이상 단리백이 아니었던 것이다.

지금 그를 지배하고 있는 것은 이성이 아니었다.

끝없이 밀려드는 갈증.

피를 갈구하는 살육의 의지는 다스릴 수도, 제어할 수도 없는 강렬한 유혹으로 그를 움직이고 있었다.

단리백이 고개를 돌려 전면의 무인들을 바라봤다.

또다시 그의 일굴에 잔인한 비소가 떠올랐다.

흠칫하며 뒷걸음질치는 그들의 모습을 보고 있자니 허파를 간질이는 듯한 묘한 쾌감이 살심을 더욱 부추겼다.

우우우웅!

단리백이 천천히 손을 들어 올리자 수만 마리의 벌 떼가 날갯짓하는 듯한 소리와 함께 꼬챙이 형태의 흑색 강기 수십 개가 허공을 가득 메웠다.

중인들의 안색이 시커멓게 물들었다.

그 순간 단리백이 손을 까닥였다.

쾌애애액!

끔찍한 파공성을 싣고 소나기처럼 전면으로 폭사되는 강기의 창!

"피, 피햇!"

누군가의 외침에 검단곡에 운집해 있던 무인들이 메뚜기

떼처럼 사방으로 튀어 오르기 시작했다. 하지만 그조차 의미 없는 발버둥에 불과했다.

쾨득!

"크악!"

처참한 비명과 함께 사방에서 핏물이 난무하고 주인을 잃은 팔다리와 수급이 어지럽게 흩어졌다.

몇몇은 두려움에 질린 얼굴로 사력을 다해 이와 맞섰으나 십대고수조차 어찌하지 못한 단리백의 공격을 막는 것은 역부족이었다.

"으아악!"

"컥!"

경악과 공포가 한데 뒤섞인 처절한 비명 소리가 연거푸 터져 나왔다. 동시에 사방으로 자욱한 피보라가 뿌려졌다.

무려 오십을 헤아리는 무인들이 순식간에 참혹한 주검만을 남기고 절명했다.

쓰러져 가는 무인들을 바라보던 종리청이 이를 악물었다. 하나 이미 작금의 사태는 그로서는 도저히 어찌해 볼 수 있는 상황이 아니었다.

그때였다.

공포에 짓눌려 굳어 있는 무인들을 바라보던 단리백의 얼굴에 더없이 사이한 미소가 피어올랐다.

"우욱!"

종리청은 돌연 지독한 현기증과 더불어 머릿속이 하얗게 비어가는 느낌을 받았다. 그리고 그 순간 믿지 못할 일이 벌어졌다.

단리백은 분명 손 하나 까딱하지 않고 있었다. 그런데 돌연 사방에서 핏물이 솟구치기 시작했다.

의아하여 주위를 둘러보던 종리청은 당혹감을 금치 못했다. 자신들의 병기를 들어 주저없이 스스로 목을 그어가는 무인들의 모습이 눈에 들어왔기 때문이다. 병기가 없어 스스로 천령개를 내려치는 자도 있었고, 바닥에 떨어진 병기를 주어 심장에 박아 넣는 이도 있었다.

그들의 눈은 한결같이 초점이 없었다.

"섭혼소(攝魂笑)!"

종리청은 뒤늦게 그것이 단리백의 얼굴에 떠오른 웃음 때문임을 깨달았다.

종리청 역시 섭혼술을 펼칠 수 있었고, 이에 대한 조예 또한 깊은 편이었다. 하지만 이토록 광범위한 섭혼술은 상상도 할 수 없었다. 게다가 일반인과 달리 이들은 무공을 익힌 무인들이었다.

이때 따가운 시선을 느낀 종리청이 고개를 들었다.

"……!"

종리청의 얼굴이 하얗게 질려갔다. 핏빛이 감도는 유리알처럼 투명한 눈동자와 시선이 마주친 것이다.

단지 눈만 마주쳤을 뿐이다. 하나 종리청은 당혹감을 금치 못했다. 강렬한 죽음의 유혹에 사로잡힌 자신을 깨닫는 순간 이미 자신은 바닥에 떨어져 있는 검을 주워 목으로 가져가고 있었기 때문이다.

'안 돼!'

주륵.

검날에 베인 피부에서 한줄기 핏물이 흘러내렸다. 하지만 자신의 의지와 상관없이 검날은 더욱 깊이 파고들고 있었다.

턱.

이때 만약 누군가가 그의 손목을 붙들지 않았다면 종리청은 결코 죽음을 피할 수 없었을 것이다.

"능 대협!"

자신의 손목을 붙든 사람이 능곡유임을 깨달은 종리청은 있는 힘껏 자신의 혀끝을 깨물었다.

"큭!"

극렬한 통증과 함께 순식간에 입 안에 비릿한 핏물이 고였다. 하지만 이를 통해 간신히 정신을 바로잡을 수 있었다.

잘려진 혀끝을 핏물과 함께 뱉어낸 종리청이 능곡유를 붙들기 위해 손을 뻗는 순간이었다.

"……!"

종리청의 눈빛이 급격히 흔들렸다. 눈이 있어야 할 곳에 퀭한 구멍만 남아 있는 능곡유의 얼굴을 확인했기 때문이다. 단리백의 사념을 벗어나기 위해 그는 스스로 눈을 파버린 것이다.

능곡유가 입을 열었다.

"저건 섭혼소 따위가 아니야. 그와는 견줄 수도 없는 지독한 것이지. 마음 깊숙이 내재된, 근본적인 공포를 드러내는 순간 저들은 이미 지독한 암시에 걸린 것일세. 그리고 그것을 가능하게 한 것은 저자의 마령안(魔靈眼)…… 쿨럭!"

채 말을 끝맺지 못한 능곡유는 연신 시커먼 피를 게워냈다.

종리청이 주위를 돌아보며 황급히 외쳤다.

"눈을 감아! 그와 눈을 마주쳐선 안 돼!"

그러나 이미 스스로 목숨을 끊은 이들의 숫자는 기백을 헤아리고 있었다.

"으헝!"

웅혼한 내력이 실린 사자후(獅子吼)가 대기를 뒤흔든 것도 그때였다.

"왁!"

"우웩!"

내공이 약한 몇몇 이가 피를 토하며 바닥에 주저앉았다. 그리고 내공이 뛰어난 몇몇 이는 홍적문의 사자후에 힘입어 본래의 정신을 찾을 수 있었다. 하지만 홍적문은 오랫동안 잊고 있던 불호를 자신도 모르게 입에 담고 말았다.

"아미타불……."

실로 눈 뜨고 보지 못할 일이 눈앞에서 벌어지고 있었다.

몇 명은 사자후로 구할 수 있었지만 절반이 넘는 대부분의 무인들은 여전히 이지가 제압된 상태였다. 자신의 목을 긋는 건 예사였고, 심지어 마구잡이로 칼을 휘둘러 주위 사람들은 자신의 저승길 동료로 삼는 이들도 있었다.

사방에 핏물이 고이고 시신이 넘쳐 나기 시작했다.

더욱 끔직한 것은 웃음을 머금고 이를 지켜보는 단리백의 존재였다.

왈칵.

홍적문이 한 움큼의 핏물을 토해냈다. 내상을 입은 상태에서 사자후를 시전하느라 무리하게 내공을 끌어올린 탓이다.

짝짝짝.

이때 난데없는 박수 소리가 장내에 울려 퍼졌다.

"그것이 네 안에 똬리를 틀고 있던 나락인가? 멋지군. 말로는 표현할 수 없을 정도로 훌륭해. 그 위용, 그리고 기품. 이 야말로 진정한 마(魔)의 현신(現身)이 아닌가."

마풍영이었다.

그는 혼절한 임소하를 한쪽에 내려놓은 채 진심으로 감탄한 듯 입을 열고 있었다.

단리백의 투명한 눈이 마풍영을 향했다.

마풍영은 단리백의 눈을 피하지 않았다. 오히려 정면으로 시선을 마주한 그의 얼굴에는 웃음마저 떠올라 있었다.

"마령안은 나에게 통하지 않아. 이미 말했잖아. 너와 난 동류라고."

마풍영이 말을 이어갔다.

"어때? 바닥이 보이지 않는 나락에 스스로를 던진 기분이? 구속하고 있던 제약을 모두 던져 버리고 진정한 자신을 해방시킨 느낌은?"

단리백은 대답 대신 마풍영을 향해 움직이기 시작했다.

스윽.

바닥을 미끄러지듯 유령처럼 다가서는 단리백의 모습에 마풍영의 얼굴에서 웃음이 사라졌다.

마풍영은 재빨리 임소하를 낚아챘다. 그리곤 혼절한 그녀를 붙들어 단리백이 얼굴을 똑바로 볼 수 있게 했다.

"어이, 조심해야지. 자네의 소중한 질녀가 다치기라도 하면 어쩌려고?"

"크큭."

그러나 돌아온 것은 자욱한 살기가 묻어나는 단리백의 웃음뿐이었다.

은근한 협박이 먹히지 않자 마풍영이 노골적인 살기를 피워 올리며 임소하의 목에 자신의 손을 가져갔다.

"신중히 생각하는 게 좋을 거야, 친구."

멈칫.

단리백이 그 자리에 멈춰 서자 마풍영은 그럴 줄 알았다는 듯 고개를 끄덕였다.

"좋아. 장난은 그만두지."

마풍영이 진지한 얼굴로 말을 이어갔다.

"제안을 하나 하지. 본 교로 오게."

마풍영이 말을 이어갔다.

"마지막 제안이니 잘 생각해. 지금의 자네를 인정하고 포용할 수 있는 곳은 본 교뿐이야."

말없이 자신을 응시하는 단리백의 모습에 마풍영의 얼굴이 점차 일그러지기 시작했다.

마풍영이 막 입을 열어 무언가를 말하려던 순간이었다.

무언가 이상한 점을 깨달은 마풍영이 입을 다물었다.

인간다운 감정이라곤 찾아볼 수 없는 얼음장 같은 얼굴. 그 너머에 도사리고 있는 지독한 살기를 느끼지 못할 만큼 마풍영은 어리석은 인물이 아니었다.

"이봐, 뭔가 잊고 있는 거 아니야?"

임소하를 거론하던 마풍영의 얼굴이 당혹감에 물들었다. 돌연 눈앞으로 거대하기 그지없는 흑색 강벽이 짓쳐들었던 것이다.

임소하의 안위 따위는 완전히 무시한 무지막지한 한 수.

"……!"

임소하를 인질로 대화를 끌어가려던 마풍영이었으나 정작 그녀를 위험에 처하게 만들 수는 없는 일.

마풍영이 황급히 임소하를 끌어당겨 품에 안았다. 그리곤 정면을 향해 일장을 내갈기려 했다.

'천강마벽? 아니야!'

막 일장을 뿌리려던 찰나 마풍영이 일순 주춤했다.

천강마벽이라면 자신의 성명절기인 풍멸쇄심수로 한 번은 받아낼 수 있었다. 하지만 왠지 모르게 껄끄러웠다. 얼핏 보기엔 천강마벽과 흡사했으나 그보다 더욱 위험한 무언가가 느껴졌다.

"쳇!"

결국 마풍영은 물러서는 쪽을 택했다.

황급히 몸을 뺀 마풍영이 전권에서 벗어나려 할 때였다.

콰르륵!

흑색의 거대한 강벽이 살아 있는 생물처럼 꿈틀거리더니 돌연 무서운 속도로 마풍영과 임소하를 집어삼켜 왔다.

"망할!"

욕설과 함게 마풍영이 전력을 기울인 일장을 정면을 향해 퍼붓기 시작했다.

꽈꽈꽈꽝!

귓청을 울리는 굉음과 함께 십 장을 아우른 거대한 흑색 서기가 요동치듯 흔들렸다.

마풍영의 얼굴이 급격히 굳어진 것도 그때였다. 전력을 기울인 풍멸쇄심수건만 코앞에 다다른 강벽은 조금도 흩어지거나 와해되지 않았던 것이다.

이를 정면으로 버텼다간 자신은 몰라도 임소하의 목숨은 한 줌 핏물로 사라지고 말 터.

마풍영이 고심을 거듭하는 순간 절벽이 무너지듯 거대한 흑색 강벽이 두 사람을 덮어버렸다.

"안 돼!"

이를 지켜보던 종리청의 입에서 자신도 모르게 당혹성이 터져 나왔다. 이 모든 것이 임소하를 얻기 위해 감내한 일이었다. 여기서 그녀를 잃는다면 지금까지 치른 모든 희생과 노력이 물거품이 되어버리고 마는 것이다.

뻑! 뿌드득!

안개와도 같은 흑색 강벽 너머로 끔찍한 소리가 터져 나왔다.

동시에 무언가가 으깨지나 싶더니 짓이겨진 살점과 피보라가 튀어 올랐다.

꽈앙!

뒤이어 지축을 뒤흔드는 폭음과 함께 자욱한 먼지가 검단곡 전체를 뒤덮었다.

종리청은 망연자실한 얼굴로 전면을 응시했다. 하지만 잠시 후 먼지를 뚫고 튀어나온 인영을 발견한 그의 얼굴에 한줄기 희망이 떠올랐다.

마풍영의 모습은 보이지 않았다. 먼지 속에서 튕겨나온 인영은 오직 임소하뿐이었다. 아무래도 마풍영은 자신을 희생하여 그녀를 지켜낸 모양이었다.

종리청이 임소하를 향해 신형을 날렸다. 그녀만 얻는다면 이 자리를 벗어나는 것쯤은 그에게 있어 어려운 일도 아니었다.

종리청이 막 임소하를 낚아채려는 순간이었다.

턱!

강한 손아귀에 어깨를 잡힌 종리청이 대경하여 고개를 돌렸다.

"어이, 남이 고생해서 지켜낸 것을 거저 가져가면 곤란하지."

"……!"

종리청의 얼굴이 굳어졌다. 그도 그럴 것이, 그의 어깨를 붙든 사람은 다름 아닌 마풍영이었던 것이다.

"어떻게!"

종리청은 믿을 수가 없었다. 분명 흑색 강벽 안에서 무언가가 으스러지는 광경을 똑똑히 보았기 때문이다. 하지만 자욱하던 먼지가 완전히 가라앉자 비로소 어찌 된 영문인지를 깨달을 수 있었다.

마풍영의 오른쪽 어깨는 심하게 짓이겨져 형체조차 알아볼 수 없었다. 더구나 그 아래 있어야 할 팔은 보이지도 않았다.

마풍영이 실소하며 입을 열었다.

"아, 이거? 달리 방법이 없었어. 방금 전의 그건 단순한 무공이 아니야. 스스로 영성(靈性)을 지닌 마기 그 자체라 피를 마시기 전엔 만족을 못하거든. 별수없이 팔 하나 던져 주고 빠져나왔지."

"이런 지독한……."

"크큭, 자신의 목적을 위해 수백 명의 목숨을 미끼로 던진 네놈은 어떻고? 그거 알아? 네놈들이 마교라 부르는 우리조차 그런 짓은 못해. 따지고 보면 네놈이 훨씬 질이 나쁘다고. 그리고……."

콱!

종리청의 얼굴이 와락 일그러졌다. 마풍영이 손아귀에 힘을 넣자 그의 손가락이 어깨 깊숙이 파고들었던 것이다.

우직!

마풍영은 그대로 종리청의 오른쪽 어깨를 송두리째 뜯어버렸다.

"으악!"

처참한 비명을 터뜨린 종리청이 뜯겨져 나간 어깨를 움켜쥐며 주저앉았다.

그런 종리청을 향해 마풍영이 비릿한 웃음을 머금었다.

"이건 벌이야. 함부로 남의 것을 욕심내면 안 되지."

그리고 나서 마풍영은 자신의 손에 들고 있던 종리청의 팔을 으스러진 자신의 오른쪽 어깨에 가져갔다. 그러자 믿을 수 없는 일이 벌어졌다.

마풍영의 전신에서 새카만 서기가 뭉클거리며 쏟아지나 싶더니 순식간에 그의 어깨를 덮었다. 그리곤 안개처럼 일렁이는 흑색 서기 안에서 빠른 속도로 상처가 아물어가고 있었다.

뼈와 핏줄이 순식간에 이어지고, 근육과 근육이 결합하더니 종국엔 피부마저 재생되어 상처를 덮고 있었다.

"이건……."

놀라움에 입을 다물지 못하는 종리청을 뒤로하고 마풍영이 새로 생긴 오른손을 들었다 놓으며 얼굴을 찌푸렸다.

"완전히 움직일 수 있게 되려면 하루는 족히 걸리겠군."

그리곤 종리청을 돌아보며 냉소를 머금었다.

"왜? 억울한가?"

"이 악마같은 놈……!"

"어이, 네놈이 그딴 말을 주절대면 곤란하지."

퍽!

마풍영이 종리청의 가슴을 걷어차 넘어뜨렸다.

종리청을 내려다보던 마풍영이 싸늘한 얼굴로 말을 이어갔다.

"개처럼 바닥을 기는 모양새가 무척이나 잘 어울리는군. 그래, 개라면 본디 그런 모습이 바람직하지. 안 그런가? 황실의 개?"

"……!"

"놀란 얼굴이로군. 내가 모르고 있으리라 생각했나?"

종리청의 얼굴은 그야말로 절망에 물들어 버렸다. 설마 이마저 알고 있었을 줄이야.

마풍영의 말은 사실이었다.

오랜 정사대전 이후 구대문파를 비롯한 정파의 손실은 헤아릴 수 없을 만큼 막대했다. 오랜 역사를 자랑하던 구대문파조차 수습하기 힘든 손실을 메우기 위해 봉문을 선택해야만 했던 것이다.

의천맹의 피해 역시 이에 못지않았다. 그럼에도 불구하고 의천맹이 곧바로 사파와 전쟁을 치를 수 있었던 것은 암암리에 황실의 지원이 있기 때문이었다.

아니, 애초부터 종리청은 황실의 사람이었다.

금의위 소속 무림도독부 북진무사. 그것이 금의위 내에서 그가 지닌 직책이었다.

금의위는 홍무(洪武) 십오 년에 설치된 황제의 직속 기관으로, 처음엔 황성과 수도의 호위가 주된 임무였다. 하지만 점차 성격이 바뀌어 죄인을 체포하고 심문하는 특무 기관으로 형태를 갖추게 되었다.

심지어 황제의 직속 기관인 만큼 별도의 조옥(詔獄)을 두어 형부의 법률 절차를 밟지 않고 죄인을 투옥시켰으며, 병권과

형권마저 한 손에 쥐고 있어 그야말로 공포 정치의 주역이라 할 수 있었다.

그러한 연유로 당금의 금의위는 웬만한 관리는 체포, 구금 까지도 할 수 있는 막강한 위세를 누리고 있었다.

북진무사.

종리청은 금의위 안에서도 수장인 지휘사 바로 아래 자리 였고, 품계로 따진다 해도 정삼품에 해당하는 고위직이었다. 하지만 다른 부서와 달리 무림도독부는 대외적으로 존재하지 않는 부서였다.

명교의 힘을 등에 업고 일어선 명나라를 건국한 홍무제는 건국 이후 철저히 명교를 탄압했다. 상무(尙武) 정신과 단합 된 교리로 무장한 그들의 저력에 두려움을 느꼈기 때문이다.

이후 마교도로 배척된 명교는 조정의 지속된 탄압을 견디 지 못해 청해 너머로 쫓겨갔고, 남아 있던 교도들 역시 뿔뿔 이 흩어져 버렸다. 여기에 그치지 않고 홍무제 이후로도 황실 은 무림을 견제하는데 있어 수단과 방법을 가리지 않았다.

그 방편 중의 하나가 금의위 내에 무림을 담당하는 부서를 따로 만들어 비밀리에 무림을 관리하는 것이었다.

의천맹이 구대문파의 봉문을 알게 모르게 주도한 것도 같 은 맥락이었다.

검단곡에 모여 있는 중인들을 향해 마풍영이 비릿한 조소 를 던진 것도 그때였다.

"이 자리에 벌 떼처럼 모인 자들 중 한 번도 의심해 본 이가 없단 말인가?"

"무슨 소리냐!"

누군가의 외침에 마풍영이 고개를 돌렸다.

당혹감을 애써 감추며 자신을 노려보는 혁련세가의 장로 혁련무위를 발견한 마풍영이 다시금 입을 열었다.

"도저히 믿지 못하겠다는 얼굴이로군."

마풍영이 키득거리며 말을 이어갔다.

"듣자니 권왕의 처와 딸, 그리고 팽문호라 했던가? 하북팽가의 장로와 진주언가의 가주가 학정홍에 중독되었다지? 그리고 본 교가 그 음모의 배후로 지목되었고. 그런데 참 이상하단 말이야. 어째서 정작 나는 그와 같은 사실을 몰랐을까?"

중인들 가운데 한 사람이 앞으로 나섰다.

진주언가의 장로 언고연이었다.

"당신은 누구요?"

"그대들이 마교라 부르는 곳의 호법."

"……!"

"그리고 현재 중원에서의 모든 본 교 활동은 나의 지시하에 이루어지고 있지."

"호교마장……."

언고연이 안색을 대번에 굳히며 자신도 모르게 침음성을 흘리고 말았다. 과거 치열했던 정마대전 이후 처음으로 존재를 드러낸 호교마장, 그 이름이 지닌 무게 때문이었다.

"믿을 수 없다!"

끝까지 현실을 부정하는 혁련무위의 모습에 마풍영이 혀를 찼다.

"쯧쯧, 대체 그 쓸모없는 머리통은 왜 무겁게 어깨에 올려놓고 다니는지 모르겠군. 이봐, 하운."

지금까지 침묵을 지키고 있던 하운이 앞으로 나서 종리청을 가리켰다.

"학성룡의 하독을 나에게 넝령한 사람은 바로 송리청이오. 나 역시 집법사자들에게 같은 명령을 내렸고. 평소 세가와 출입이 잦았던 집법사자를 의심하는 이는 아무도 없었소."

하운이 종리청의 심복임은 의천맹 사람이라면 누구나 잘 알고 있는 사실이었다. 그의 입에서 나온 말이기에 믿지 않을 도리가 없었다.

뜻밖의 사실에 중인들은 아연실색하고 말았다.

지금껏 의천맹이라는 이름하에 모여 있던 오대세가의 무인들은 허탈함을 넘어 분노마저 느끼고 있었다.

수백 년간 이어져 온 관과 무림의 상호 불가침. 서로가 암묵적으로 인정해 온 가치관이 산산조각 나는 순간이었다. 마풍영의 말대로라면 자신들은 지금껏 종리청, 나아가 황실의 계략에 놀아난 것과 다름없었기 때문이다.

검단곡 전체가 술렁이는 가운데 마풍영이 입을 열었다.

“이 모든 촌극도 여기까지야. 무엇 때문에 우리가 그동안 숨을 죽이고 있었다 생각하는가?”

“그럼……!”

종리청은 문득 깨닫는 바가 있었다. 이 모든 것을 알고도 지금껏 모습을 드러내지 않았던 마교가 움직이기 시작했다면 분명 그들이 믿는 무언가가 있을 것이다.

아니나 다를까, 이어진 마풍영의 말에 종리청의 얼굴이 일그러졌다.

“머지않아 이 땅 위에 새로운 나라가 건국될 것이다. 종교적 신념으로 하나 된 이상적인 국가. 빈부도 없고, 계급도 없으며 군림하거나 억압하지 않는, 종교 아래 만백성이 평등함을 구가하는 나라가. 이를 위해 그녀가 필요한 것이지.”

멀찍이 서서 두 사람의 대화를 듣고 있던 능곡유는 비로소 마교가 임소하를 노리는 이유를 알 수 있었다.

그들은 무림의 세력이기 전에 철저한 종교 집단. 우두머리인 교주의 결정에 앞서 교도들의 민심을 수렴하고 그들을 설득할 만한 종교적 수단이 필요했다.

그것이 바로 신탁(神託)이었다.

대대로 명교에는 신녀란 존재가 있어 이 역할을 수행해 왔다.

임소하가 천룡의 인을 지니고 있음은 이제 확실해졌다.

죽음의 점괘만을 허락받은 능곡유와 달리 천룡의 인은 하

늘이 내린 것. 그녀라면 천기를 언급한다 해도 천형의 대가를
치르지 않을 것이 틀림없었다. 하늘의 의지를 헤아리는 신탁
을 맡기기에 이보다 적합한 인물은 없는 것이다.

"하지만 그전에……."

말끝을 흐린 마풍영이 천천히 신형을 돌렸다.

"눈앞의 위기를 넘기는 게 급선무로군."

이십 장 남짓한 거리. 단리백이 가공할 살기를 흘리며 거리
를 좁혀오고 있었다.

이때 마풍영의 등 뒤로 유령처럼 홀연히 나타난 인영이 있
었다.

문사 같은 차림을 오십대의 초로인.

청수한 느낌을 주었던 그의 청삼은 곳곳이 찢기고 바스라
져 넝마와 다름없었다. 더구나 이마에서 눈두덩을 지나 뺨까
지 이어진 검상은 아직 채 아물지도 않은 상태였다.

마풍영이 슬쩍 웃으며 입을 열었다.

"서신은 전했나?"

"예."

"꽤나 고생했나 보군."

약간은 냉소적인 마풍영의 말에 초로인, 마하발특마는 그
저 고개를 끄덕였을 뿐이다.

"그녀는?"

이어진 마풍영의 질문에 마하발특마가 특유의 건조한 음

성으로 대답했다.

"반 각 정도 후에 이곳에 도착할 것 같습니다."

"반 각이라… 반 각만 버티면 된다 이거지?"

고개를 끄덕이며 되뇌이던 마풍영이 오 장 거리까지 다가선 단리백을 바라봤다. 그리곤 입을 열었다.

"지금의 자네 모습을 나 혼자 보기 아까워 한 사람을 초대했네. 자네도 익히 아는 사람이야. 그리고 자네의 목숨을 거둘 수 있는 유일한 사람이기도 하지. 자, 그때까지 우리는 여흥을 즐겨보지."

순간 마풍영의 전신에서도 끔찍한 마기가 뭉클거리며 쏟아져 나왔다.

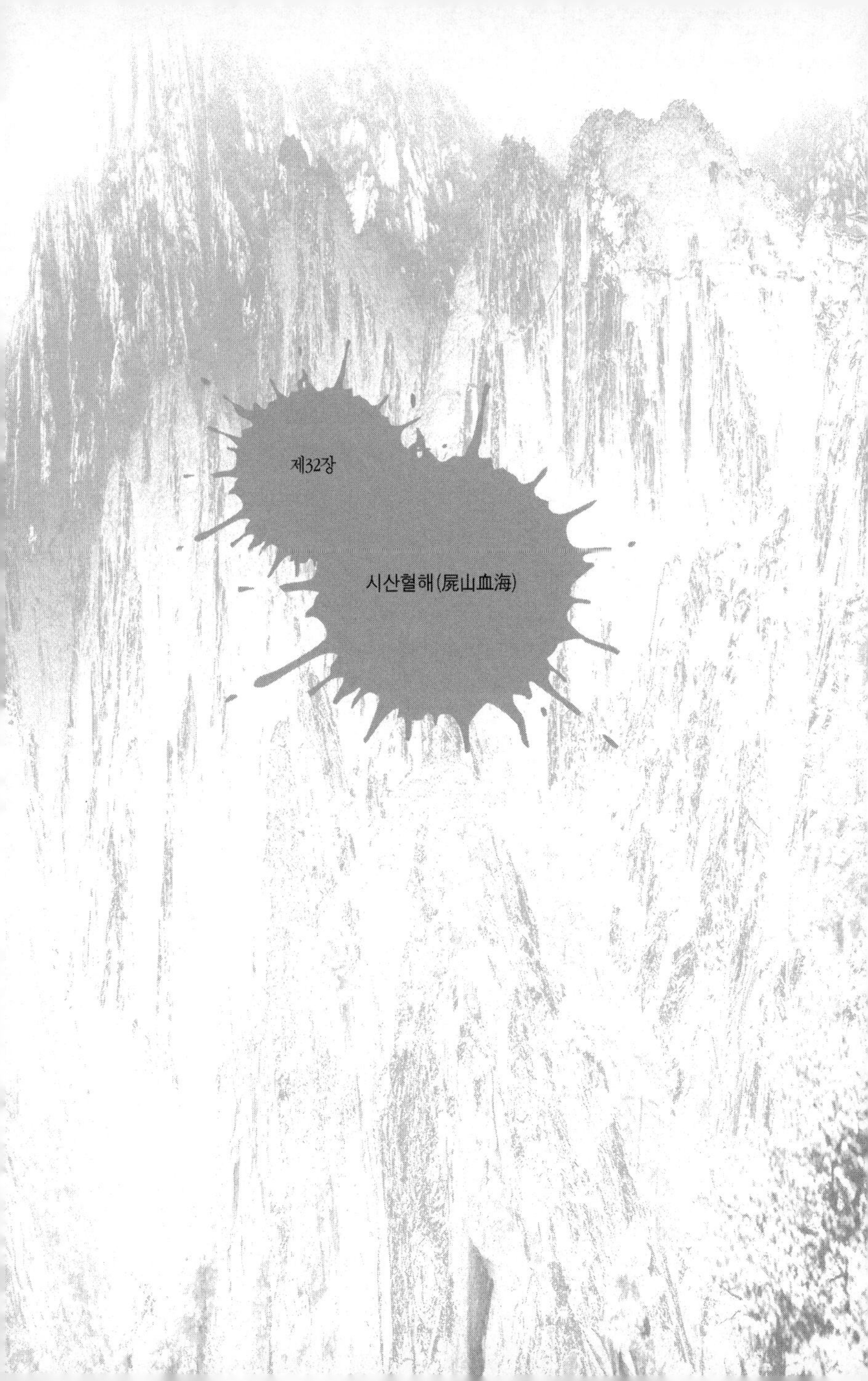제32장

시산혈해(屍山血海)

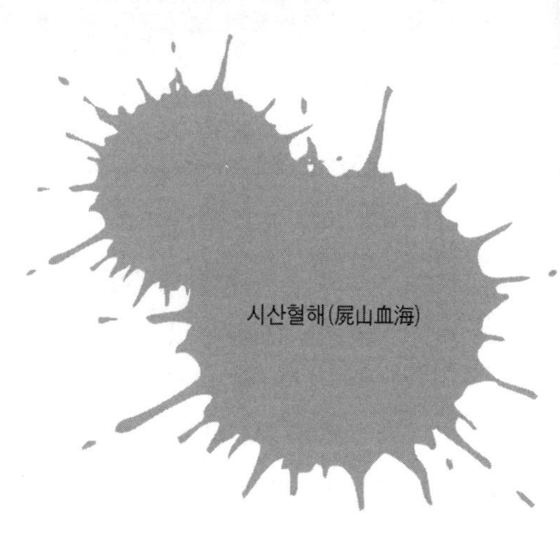

　제아무리 고수라 해도 어둠 속에서, 그것도 오랫동안 인적이 끊긴 산속에서 길을 찾는 건 어려운 일이었다.

　한초설 역시 그러했다.

　성양산에 들어선 이후 그녀는 경공을 전개해 성양산 전체를 뒤지기 시작했다. 인근의 지형을 잘 알지 못하는 그녀로선 달리 방법이 없었던 것이다. 하지만 끝이 보이지 않는 숲 속에서 검단곡을 찾기란 몹시 어려운 일이었다.

　그렇게 얼마를 헤맸을까.

　돌연 밤하늘을 환히 밝히는 섬광이 번쩍였고, 뒤이어 엄청난 굉음이 천지를 울렸다.

나뭇가지를 발판 삼아 허공에 몸을 띄워 올린 한초설은 폭발의 근원지가 십 리가량 떨어져 있음을 발견했다.

한초설은 초조함에 가슴이 터져 나갈 것만 같았다.

상당한 거리가 있음에도 불구하고 이곳까지 여진이 느껴질 만큼 폭발의 위력은 그야말로 엄청났기 때문이다. 그녀가 아는 범위에서 이와 같은 폭발력을 지닌 무기는 벽력당의 기보인 굉천뢰밖에 없었다.

제아무리 단리백이라 할지라도 굉천뢰 앞에서 무사할 리 없었다. 게다가 그곳엔 십대고수 다섯 명과 수백에 달하는 무인들이 포진해 있다 하지 않았던가. 하지만 단리백이 이를 버텨냈다 하더라도 정작 그녀가 진정으로 우려하는 일은 따로 있었다.

'아니야. 그럴 리 없어.'

불길한 생각이 떠오르자 한초설은 고개를 저어 이를 떨쳐 내려 했다. 하지만 검단곡에 가까워지면 가까워질수록 알 수 없는 불안한 예감에 휩싸였다.

그렇게 얼마를 달렸을까.

지잉.

등에 메고 있던 현사검이 나직한 검명을 토하는 순간 한초설이 흠칫하며 멈춰 섰다.

'설마!'

한초설이 검을 풀어 조심스레 손에 들었다. 미세하게 떨고

있는 현사검의 유백색 검신 위로 흐릿한 서기가 맺혀 일렁이
는 모습이 눈에 들어왔다. 진기를 운용하지 않은 상태에서 현
사검 스스로 발현한 기운이었다.

"안 돼!"

한초설의 신형이 한줄기 빛살이 되어 검단곡으로 쏘아졌
다. 하지만 검단곡과 가까워질수록 현사검의 검명(劍鳴)은 더
욱 짙어졌다. 더불어 마치 무언가에 공명하듯 현사검은 그녀
의 손안에서 더욱 심하게 요동치기 시작했다.

한초설은 설신검문의 독문심법인 현음신기(賢陰眞氣)를 극
성으로 끌어올렸다.

스스스.

그녀의 전신 위로 새하얀 서리가 덮이나 싶더니 이는 곧 현
사검으로 옮겨갔다.

그렇게 현사검이 뿜어내는 사기(邪氣)를 억누른 한초설이
막 검단곡에 들어섰을 때였다.

"……!"

한초설의 눈빛이 급격히 흔들렸다.

가히 시산혈해(屍山血海)라는 말이 무색할 만큼 잔혹한 지
옥도가 눈앞에 펼쳐져 있었다.

웅덩이처럼 고여 있는 핏물 가운데 잠겨 있는 참혹한 시신
들. 그 숫자는 무려 수백을 헤아리고 있었다. 그리고 살아남
은 사람들조차 공포에 질린 채 그 자리에 얼어붙어 있었다.

그러나 그녀가 충격을 받은 것은 그것 때문이 아니었다.

사람들의 시선이 모아진 곳.

그곳에 그토록 그녀가 찾던 사람이 있었다.

"오라버니……."

한초설은 질끈 눈을 감았다. 차마 눈 뜨고 그의 모습을 볼 수 없었다.

그녀가 알던 단리백이 아니었다.

핏빛 안광에 유리알처럼 투명한 눈동자. 잔인하기 짝이 없는 흉소(凶笑)를 머금고 있는 그에게서는 인간다운 무엇도 찾아볼 수 없었다. 게다가 그의 전신을 안개처럼 휩싸고 있는 흑색 서기는 그녀가 우려하던 것이 결국 현실이 되었음을 말해주고 있었다.

그런 단리백 중심으로 아직도 끊임없이 피보라와 비명이 터져 나오고 있었다. 그야말로 눈 뜨고 볼 수 없는 도륙.

그때였다.

'저자는……!'

마풍영을 발견한 한초설이 해연히 놀라 그를 바라봤다. 분명 그는 흑암보에서 단리백에게 죽지 않았던가.

그리고 보니 단리백은 마구잡이로 사람들을 주살하는 게 아니었다. 단리백의 상대는 오직 마풍영이었고, 죽어가는 이들은 대부분 그들의 싸움에 애꿎게 휘말린 것뿐이었다.

마풍영의 무위는 대단했다.

단리백에게 약간 밀리는 듯했으나 과거 흑암보에서 그가 보였던 무위와는 차원이 달랐다.

단리백은 현재 현마(現魔)의 경지에 들어선 상태.

그녀가 아는 한 지금의 단리백과 대등하게 겨룰 만한 인물은 강호 전체를 뒤져도 존재하지 않는다. 그런 단리백의 공세를 버텨내고 있다는 사실만으로도 마풍영 역시 이미 인간의 경지를 뛰어넘고 있었다.

그야말로 경천동지.

두 사람의 싸움은 십대고수인 그녀조차 처음 보는 무지막지한 것이었다.

그러다 문득 한초설은 마풍영에게서 특이한 점을 발견했다.

그가 지닌 독특한 분위기. 유사함을 넘어 단리백과 동질의 것이라 여겨지는 마기가 마풍영에게서 발현되고 있었다.

짚이는 바가 있었다.

"마령단……."

마풍영은 마교의 인물. 비록 지금은 존재하지 않는 마령단이라 하나 그중 몇 개가 마교 안에 존재한다 해도 이상한 일은 아니었다. 애초부터 마령단은 마교의 물건이었기 때문이다. 하지만 거기에도 이상한 점이 있었다.

마령단을 복용하는 자는 마기에 잠식당해 결과적으로 인성을 잃고 만다. 하지만 이지를 지닌 마풍영의 눈빛은 정상인

과 다름없었다. 그럼에도 불구하고 마기를 자유자재로 다루
는 그의 모습은 의아함을 자아내기 충분했다.

이때 우연히 마풍영과 한초설의 시선이 마주쳤다.

씨익 웃는 마풍영의 모습에 한초설의 얼굴이 굳어졌다.

마치 자신을 기다리고 있었다는 듯한 의미가 내포된 웃음.

문득 따가운 시선을 느낀 한초설이 고개를 돌렸다. 그러자
자신을 노려보는 마하발특마의 모습이 눈에 들어왔다.

그의 얼굴에 자신이 남긴 검상을 확인하는 순간 한초설은
그로 하여금 자신에게 서신을 전하게 한 사람이 마풍영이었
음을 깨달았다.

단리백을 피해 연신 물러서던 마풍영이 자세를 고쳐 잡은
것도 그때였다.

우우웅.

마풍영의 양손으로 흑색 서기가 뭉쳐 갔다. 처음엔 흐릿하
던 그것은 이내 먹물처럼 짙어져 그의 손과 양팔까지 감쌌고,
종국엔 그의 전신까지 삼켜 버렸다.

크어엉!

돌연 사위를 울리는 포효가 울려 퍼졌다.

"……!"

한초설의 얼굴이 굳어졌다.

난데없는 짐승의 울부짖음은 마풍영에게서 터져 나왔다.
아니, 정확히는 그의 전신을 감싼 채 안개처럼 일렁이는 흑색

서기 안에서 터져 나온 것이었다. 하나 이어질 놀라움에 비하면 이는 아무것도 아니었다.

스스슥.

마풍영의 전신을 감싸고 있던 흑색 서기가 서로 뒤엉키더니 점차 뚜렷한 형체를 갖추기 시작했다.

"……!"

중인들은 경악했다.

그것은 한 마리의 짐승이었다.

지옥에 떨어진 인간들을 먹이로 삼는다는 만마수(萬魔獸)의 모습이 그러할까.

오 장의 공간을 아우르는 거대한 체구, 더없이 흉포한 이빨과 발톱을 지닌 그것은 마치 지옥에서 뛰쳐나온 악귀처럼 가공할 위압감을 뿜어내며 전면을 응시하고 있었다. 귀화가 일렁이는 두 눈에서 느껴지는 포악함은 세상의 그 어떤 짐승과도 비교가 되지 않았다.

현세에 존재할 수 없는 명부마도(冥府魔道)의 짐승이 모습을 드러낸 것이다.

비록 그것이 실제하는 짐승이 아닐지라도 육안으로 확인할 수 있을 만큼 유형화된 마기는 그들로선 상상도 해본 적이 없는 무시무시한 광경이 아닐 수 없었다.

반면 한초설은 침음성을 흘렸다.

예전 이와 비슷한 장면을 본 적이 있었다.

단리백이 무공을 되찾기 위한 방편으로 마령단을 복용한 강호사사 일행으로부터 마기를 흡수했을 당시, 그녀는 단리백의 등 뒤로 모습을 드러냈던 거대한 흉신상을 목격했던 것이다.

마풍영이 손을 들어 전면을 가리켰다.

그 순간 거대한 짐승이 뛰쳐나가 단리백을 향해 달려들었다.

콰아앙!

고막이 찢어질 것 같은 충격파가 대기를 찢어발겼다.

내공이 약한 이들은 울컥 피를 토하며 주저앉았고, 뛰어난 무공을 지닌 자들조차 내부를 뒤흔드는 충격에 안색이 창백해져 있었다.

뒤늦게 정신을 차린 그들이 고개를 들었을 때 장내엔 믿기 힘든 광경이 펼쳐져 있었다.

짐승의 이빨이 무언가에 막혀 있었다.

단리백의 전면에 나타난 거대한 형상.

크기만으로도 만마수를 압도하는 거대한 흉신상이 두 손으로 날카로운 짐승의 턱을 붙들고 있었던 것이다.

이마 위로 돋은 한쌍의 날카로운 뿔과 붉은 흉광이 번뜩이는 눈. 더없이 사이하면서도 마주한 것만으로도 숨이 멎을 것 같은 위압감을 지닌 존재.

그 모습을 알아본 종리청이 대경실색했다.

"할발라(磄撥羅)!"

공포로 만마를 다스리며 군림하는 유계(幽界)의 마존(魔尊).

눈으로 보고 있으면서도 종리청은 믿을 수가 없었다.

능곡유 역시 마찬가지였다. 비록 눈은 멀었으나 뼛속까지 저려오는 마신(魔神)의 존재감은 그 역시 느낄 수 있었던 것이다.

능곡유는 자신도 모르게 불가와 민담 사이에 전해지던 전설을 읊어가고 있었다.

"비사문천(毘沙門天) 휘하에 성정이 흉폭하고 잔인한 수하가 있어 그 이름을 할발라라 하니."

비사문천은 수미산(須彌山)의 제사층 수징타(水精埵)에서 야차(夜叉)와 나찰(羅刹)의 무리를 거느리고 북구로주(北俱盧洲)를 다스리는 북방신이다.

능곡유의 말이 이어졌다.

"그를 두려워한 수많은 야차와 나찰이 그에게 복종하여, 그 힘이 점차 커지니 비사문천을 위협하기에 이르렀도다."

이어질 내용은 종리청 역시 알고 있었다.

통제를 벗어나 자신을 거역하기 시작한 할발라를 비사문천은 지옥으로 내치려 했고, 이에 할발라는 십만의 야차와 십만의 나찰을 거느리고 비사문천에게 반기를 들었다. 그 힘이 워낙 강대해 비사문천은 곤경에 처했고, 결국 다른 사방신들의 힘을 빌려서야 간신히 그를 지옥 밑바닥에 감금할 수 있었다는 이야기였다.

황당함과 당혹감을 금치 못하는 가운데 중인들의 얼굴이

시커멓게 죽어갔다. 두 마물이 뿜어내는 지독한 마기에 심맥이 상하기 시작한 것이다.

한초설의 눈에 이채가 떠오른 것도 그때였다.

마풍영이 소환한 짐승에게서는 달리 영성(靈性)이 느껴지지 않았다. 다만 지독한 마기가 응집된 파괴의 의지만이 존재할 뿐이다.

그와 달리 단리백의 전면에 나타난 흉신상의 얼굴에서는 감정이 드러나 있었다. 특히나 짜증스러운 기색이 역력한 두 눈에서는 천 년 묵은 영물보다 더욱 교활하고 포악한 영성이 느껴졌다.

"어떻게……?"

한초설은 좀처럼 이해할 수가 없었다.

처음 단리백의 내부에 봉인되어 있던 마기는 이런 것이 아니었다. 하지만 눈앞에 구현된 마기는 그녀의 예상을 벗어난, 완전히 다른 존재가 되어 있었다.

"설마!"

기억을 되짚어가던 한초설의 눈빛이 급격히 흔들렸다.

흉신상이 처음 모습을 드러냈던 그때, 단리백은 제마봉공을 통해 마기를 구속해 놓은 상태였다.

단리백이 지닌 모든 무공은 경하기를 기반으로 한 것. 하지만 그 힘의 원천은 마기였다. 따라서 제마봉공으로 인한 무공의 제약이 따르고 있었다. 그러나 잃어버린 무공을 회복하기

위해 마령단의 마기를 흡수하는 순간, 단지 파괴의 본능만을
지니고 있던 단리백 내부의 마기가 영성을 갖추어 깨어났고,
유계의 존재마저 불러들일 만큼 그 힘이 강대해진 것이다.

그때였다.

거대한 흉신상이 자신의 목을 물어뜯기 위해 마구 몸부림
을 치는 만마수의 턱을 양손으로 벌리기 시작했다.

크허엉!

짐승의 울부짖는 소리가 검단곡 전체를 울렸다.

하지만 이도 잠시.

찌이익!

우악스러운 흉신악상의 손에 만마수의 턱이 그대로 찢겨
져 나갔다.

"크아악!"

그와 동시에 처절한 비명 소리가 메아리쳤다.

고개를 돌린 한초설은 전신에서 피를 뿜으며 쓰러지는 마
풍영의 모습을 확인할 수 있었다.

마풍영은 그 자리에 쓰러진 채 한참 동안 미동도 하지 않았
다.

이때 갈가리 찢겨 형태를 잃은 만마수가 흐릿한 안개처럼 허
공을 떠돌다 마풍영의 전신으로 빨려들 듯 사라졌다. 죽은 듯
누워 있던 마풍영의 입에서 욕설이 터져 나온 것도 그때였다.

"빌어먹을……!"

비틀거리며 힘겹게 신형을 바로 세운 마풍영이 한초설을 향해 고개를 돌렸다.

"언제까지 구경만 하고 있을 생각이지?"

말을 하면서도 마풍영은 연신 검붉은 핏물을 게워내고 있었다.

단리백과 백중지세로 겨루던 처음의 기세는 어디에서도 찾아볼 수 없었다. 건드리기만 해도 쓰러질 것처럼 휘청이는 신형은 둘째 치고, 하얀 분칠을 한 것처럼 창백한 얼굴에서는 핏기 한 점 찾아볼 수 없었다.

그럼에도 불구하고 마풍영은 웃고 있었다.

말없이 자신을 노려보는 차디찬 한초설의 눈빛에 마풍영이 손을 들어 그녀의 손에 들린 현사검을 가리켰다.

"설산검문에 대대로 전승되어온 의무. 이행할 생각이 없는 것인가?"

한초설의 눈빛이 미미하게 흔들리는 것을 마풍영은 놓치지 않았다.

마풍영이 말을 이어갔다.

"아주 오래전, 구자기라는 장인이 그의 말년에 한 자루 검과 한 자루 도를 만들었다. 검의 이름은 현사(顯邪), 도의 이름은 파정(破正)."

"……!"

낯빛을 차갑게 굳힌 한초설이 침음성을 삼켰다.

마풍영의 말대로였다.

수백 년도 더 된 아주 오래전, 무림 역사 이래 가장 융성했던 정파의 부흥기 당시 사파가 깡그리 사라질 뻔한 적이 있었다.

정도 문파에 적을 둔 강호인의 수가 십만을 넘어선 반면, 사파의 생존자 숫자는 겨우 수백을 헤아릴 정도였다 하니 사파의 암흑기라 불리우는 당금의 상황조차 그때와는 비교할 바가 못되었다.

사파의 기둥 역할을 하던 사황교(邪皇教)는 자신들의 사활을 걸고 파정도와 현사검을 민들이 강호에 풀어놓았다.

수만 명에 달하는 망자의 원념(怨念)이 깃든 한 쌍의 병기는 강호에 일대 혈겁(血劫)을 몰고 왔다.

현사검과 파정도에는 각각 사기(邪氣)와 마기(魔氣)가 담겨 있었는데, 이는 무공도 모르는 촌부조차 천하를 떨어 울리는 고수로 탈바꿈시키는 힘이 있었다. 하물며 무공을 익힌 고수라면 말할 것도 없었다.

혈안이 된 무림인들은 파정도와 현사검을 손에 넣기 위해 물불을 가리지 않았다.

정파가 내걸었던 파사현정(破邪顯正)을 뒤집어 파정현사(破正顯邪)라 이름 붙인 구자기의 염원대로, 두 자루 병기는 강호에 피바람을 불러왔다.

탐욕에 눈이 먼 남편이 부인을 살해하고 제자가 스승을 시해하는 패륜이 도처에서 끊이지 않았던 것이다.

이후 사황교는 멸문했지만 파정도와 현사검으로 인한 피바람은 오랜 시간 동안 끊어지지 않는 혈겁의 사슬이 되어 정파무림을 흔들어놓았다. 그사이 간신히 명맥을 이은 사파는 조금씩 힘을 축적하여 그들과 균형을 이룰 수 있었다.

그리고 어느 순간 파정도와 현사검은 거짓말처럼 강호에서 사라졌다.

간혹 파정도와 현사검이 강호에 모습을 드러낼 때마다 무림은 가혹하리만치 큰 피의 대가를 치러야만 했다. 하지만 언제부턴가 완전히 행방이 묘연해져 지금은 오래된 전설로만 전해질 뿐이었다.

한초설은 파정도와 현사검의 행방을 알고 있는 몇 안 되는 사람 중 하나였다.

설산검문의 개파조사였던 초대 검후 손위령.

그녀가 현사검을 맡아 봉인한 이후 설산검문 대대로 그 의무를 후인에게 넘겨왔고, 그것이 지금까지 이르러 왔기 때문이다.

파정도 역시 마찬가지였다. 이름조차 알려지지 않은 새외(塞外)의 기인에 의해 봉인된 파정도는 그의 의지를 이은 후인을 통해 대물림되었다. 그러나 현재 파정도는 존재하지 않았다.

칠십여 년 전, 예상치 못한 사건을 기점으로 파정도 자체가 파괴되었기 때문이다.

파정도는 사용자의 능력을 극대화시키는 신병이기(神兵利

器)였지만, 동시에 마기를 봉인하는 유일한 수단이기도 했다. 그 유일한 수단이 사라지자 사태는 점차 걷잡을 수 없는 지경에 이르렀다. 때문에 당시 파정도의 주인이자 십대고수였던 화룡신군 백자강은 힘든 결정을 내려야만 했다. 사라진 파정도를 대신해 자신의 몸에 마기를 구속하는 방법을 모색한 것이다.

그러나 뜻밖에도 파정도의 마기를 흡수한 이는 단리백의 조부인 단리진이었다. 백자강과 당시 설산검후였던 한설연, 그리고 단리진 사이에 얽혀 있던 복잡한 은원으로 인해 파생된 결과였다.

그로 인해 촉산혈문의 후예는 대대로 전해지는 천형과 함께 파정도의 마기까지 짊어져야만 했던 것이다.

이때 그녀의 상념을 깨는 목소리가 있었다.

"오직 현사검이 지닌 사기만이 파정도의 마기를 견제할 수 있는 대등한 힘을 지니고 있지. 그래서 만약을 대비해 당신을 이곳으로 부른 것이고."

자신을 노려보는 한초설을 향해 마풍영이 말을 이어갔다.

"그렇게 노려보지 말라고. 그를 저렇게 만든 것은 저기 계신 정파의 잘난 어르신들이야. 어쨌든 지금의 상황을 빨리 수습했으면 좋겠군. 이대로라면 모두가 이곳에서 뼈를 묻어야 될 테니."

그 말과 동시에 마풍영이 혼절해 있는 임소하를 들쳐 업었다.

“소하?”

임소하를 알아본 한초설의 표정이 미미하게 흔들리는 순간이었다.

키이잉!

소름 끼치게 날카로운 울음이 그녀의 검에서 터져 나왔다.

“큭!”

그나마 위태하게 서 있던 몇 명조차 내부가 진탕되어 주저앉고 말았다.

한초설은 당혹감을 금치 못했다. 마음이 흔들리기 무섭게 현사검을 억누르고 있던 현음진기가 약해지며 그 안에 묶어 두었던 사기가 깨어난 것이다.

현사검의 검신 위로 아지랑이처럼 흘러내리기 시작한 핏빛 서기가 순식간에 폭발하듯 짙어졌다.

이때 바늘처럼 예리한 살기가 피부를 찌르는 것을 느낀 한초설이 고개를 돌렸다.

단리백이 다가서고 있었다.

단리백이 뿜어내는 마기에 현사검이 공명하듯, 그 역시 현사검의 사기에 반응하고 있는 것이다.

“오라버니……”

나직이 그를 불러보았으나 돌아온 것은 명백한 살기가 느껴지는 눈빛뿐이었다.

그녀가 알던 단리백은 단 한 번도 그와 같은 눈으로 자신을 바라본 적이 없었다. 겉으론 한없이 냉혹하고 차가워 보이는 그였지만, 자신에게만큼은 누구보다 따스한 속내를 내비치던 사람이었다.

하지만 지금 자신을 바라보는 단리백의 유리알 같은 눈빛은 더없이 낯설기만 했다.

간혹 내비치던 어색한 미소와 이따금 떠올리던 쓸쓸한 표정, 무엇보다 자신의 마음을 흔들었던 깊은 눈빛은 어디에서도 찾아볼 수 없었다. 오직 지독한 적개심과 살의만이 담겨 있을 뿐이다.

그런 단리백의 모습이 아프게 가슴을 파고들었다.

한초설이 입술을 깨물었다.

어찌나 세게 깨물었는지 입술이 터져 턱을 타고 한줄기 핏물이 흘러내렸다. 그러나 정작 그녀는 고통을 느낄 수 없었다. 이미 마성에 젖어버린 단리백의 모습이 그와는 비교도 할 수 없을 만큼 아팠기 때문이다.

한 걸음 한 걸음 다가설 때마다 단리백의 전신에서 쏟아지는 마기는 더욱 짙어졌다.

단리백의 눈에서 자욱한 살광이 폭사된 것도 그때였다.

츄릿.

안개처럼 허공에서 일렁이던 흑색 서기 중 일부가 그녀를 향해 날아들었다.

치익!

날카로운 경기의 칼날이 한초설의 어깨를 훑고 지나갔다.

어깨 위로 핏물이 솟구쳤으나 그녀는 여전히 그 자리에 선 채 움직이지 않았다.

깊게 베인 상처에서 연신 핏물이 흘러 눈처럼 새하얀 그녀의 옷을 붉게 적셔갔다. 그럼에도 불구하고 한초설은 지혈조차 하지 않은 채 단리백을 바라볼 뿐이었다.

"아프네……."

보는 이의 가슴을 뒤흔드는, 더없이 처연한 미소가 그녀의 얼굴에 맺혔다.

자박.

한초설이 단리백을 향해 마주 걷기 시작했다. 그리곤 입을 열었다.

"당신이란 사람은 어째서 내게 이토록 잔인한 거야?"

첨벙.

핏물이 고인 웅덩이를 밟았음에도 튀어 오른 핏물은 그녀의 옷에 묻지 않았다.

쩌적.

튀어 오른 그대로 순식간에 얼어붙어 버렸기 때문이다.

그뿐만이 아니었다.

스스스.

한초설이 걸음을 옮기는 보보마다 새하얀 서리가 깔리기 시작했다. 그리곤 이내 빠른 속도로 그 범위를 넓혀가더니 순식간에 사위를 얼려 버렸다. 그것이 그녀에게서 뿜어지는 한기(寒氣)로 인한 것임을 깨달은 중인들은 놀라움을 넘어 경악을 느끼고 있었다.

"그렇게 그 아이가 소중해? 스스로를 나락에 던져 버릴 만큼?"

그녀의 발이 이번엔 채 꺼지지 않고 이글거리는 굉천뢰의 불꽃을 밟았다.

푸스스.

무섭게 타오르던 화염이 급격히 사그라졌다. 그리고 흔적도 없이 사라지고 말았다. 마치 지옥의 업화처럼 결코 꺼지지 않을 것 같던 지독한 화염이 그녀의 일 보에 흔적도 없이 사라진 것이다.

"설산검후!"

뒤늦게 한초설의 정체를 짐작한 누군가의 입에서 신음에 가까운 탄성이 터져 나왔다.

전 무림을 뒤져도 이처럼 극한에 이른 음한지기(陰寒之氣)를 펼칠 수 있는 인물은 얼마 되지 않는다. 심지어 북해의 최강자인 빙백궁주조차 이와 같은 신기는 흉내 낼 수 없었다.

오직 설산검문의 독문심법인 현음진기만이 이런 신위를 보일 수 있는 것이다.

지금도 마찬가지였다.

마치 그녀 주위만 시간이 정지한 듯 모든 것이 얼어붙어 있었다.

검단곡에 운집한 무인들 중 고수라 자부하는 몇몇은 진기를 끌어올려 사물을 태우는 삼매진화(三昧眞火)를 시전할 수도 있었고, 개중엔 음한공(陰寒功)에 정통한 인물도 있었다. 하지만 이처럼 초절한 현음진기의 위력 앞에선 할 말을 잃고 말았다.

심지어 십대고수인 홍적문조차 눈빛이 흔들리고 있었다.

설산검문의 대한 이야기는 그 역시 들어 알고 있었다. 그리고 촉산혈문과 더불어 설산검문의 문주가 항상 십대고수의 상위를 차지하는 이유 역시 알고 있었다.

현음진기라 불리우는 절세의 기공. 그리고 이를 기반으로 한 무서운 검공.

이 순간 홍적문은 지금까지 강호에 전해진 이야기가 조금의 과장도 보태지지 않았음을 깨달을 수 있었다.

하산한 이후 홍적문은 처음으로 무인으로서 부끄러움을 느꼈다. 더불어 하산을 앞둔 자신을 꾸짖던 늙은 선사의 말이 새삼 아프게 가슴을 후벼팠다.

'그래, 가거라. 고수라는 사탕발림에 마음껏 들떠도 보고, 부러움과 경외의 시선 속에서 한껏 우쭐대며 세상의 풍진도 겪어보거라. 하지만 언젠가 너는 만나게 될 것이다. 가히 괴물이라고밖에 부를 수 없는 인간들을 말이다. 그때가 돼서 날 원망이나 말아라.'

당시엔 생각없이 고개를 끄덕이고 말았지만 지금은 그 말을 흘려들은 것이 후회될 뿐이었다.

그 와중에도 한초설과 단리백의 거리는 더욱 좁혀지고 있었다.

"언젠가 말했을 거야."

걸음을 옮기며 한초설이 다시금 입을 열었다.

"발등을 찍는 도끼는 믿으면 믿을수록 날이 선다고."

스릉.

한초설이 현사검을 비스듬히 늘어뜨렸디.

단지 검을 늘어뜨린 채 서 있을 뿐인데도 중인들은 숨이 막혀오는 것을 느꼈다. 그녀의 전신에서 피어오르는 가공할 검세(劍勢)는 단리백이 뿜어내는 기세와 비교해도 조금도 밀리지 않았던 것이다.

석상이 된 듯 아무도 움직이는 자가 없었다. 그저 한 걸음만 내딛어도 전신이 갈가리 찢겨질 것만 같은 삼엄한 기세가 이를 허락지 않고 있었다.

"하지만 그거 알아?"

천천히 들려진 현사검이 단리백을 가리켰다.

"난 그런 도끼 따윈 되고 싶지 않았다는 거."

스스로에게 다짐하듯 입을 여는 그녀였으나, 단리백을 바라보는 그녀의 눈빛은 이미 걷잡을 수 없이 흔들리고 있었다.

한초설은 더욱 세게 입술을 깨물었다. 그렇지 않고선 금방이라도 눈물이 터져 나올 것 같았기 때문이다.

할 수만 있다면 당장이라도 목 놓아 울고 싶은 게 그녀의 솔직한 심정이었다. 하지만 그녀는 울 수 없었다. 현사검을 들고 이 자리에 선 순간 그녀는 더 이상 한초설일 수 없었기 때문이다.

그녀는 당대 설산검문의 문주, 설산검후인 것이다.

사부로부터 현사검을 물려받고 검후의 지위를 계승한 이후, 몇 번이고 지금과 같은 상황을 상상하며 고민을 거듭했던 그녀였다. 그리고 그때마다 스스로 심장을 찌르는 기분으로 같은 결정을 내려야만 했다. 하지만 정작 현실이 되어 맞닥뜨린 지금의 상황은 더없이 가혹하게 그녀를 괴롭히고 있었다.

한초설의 아미가 파르르 떨렸다.

"오라버니가 걷고 있는 지옥의 길… 내가 끝내줄게."

속으로 눈물을 삼키는 그녀를 대신해 현사검이 울부짖었다.

키이잉!

소름 끼치도록 날카로운 검명이 차가운 새벽 하늘을 찢었다.

"크아악!"

그 소리가 몹시 거슬렸던 듯 단리백이 인상을 찌푸리며 포효를 터뜨렸다. 그리곤 곧장 한초설을 향해 신형을 날렸다.

순식간에 오 장의 거리가 좁혀졌다.

츠츠츠츳.

단리백이 내민 손을 따라 허공에 흑색 강기가 맺혀갔다. 의천맹의 무인 수백 명의 목숨을 앗아갔던 강기의 창이었다.

점차 수를 늘려간 강기의 창이 순식간에 허공을 빼곡하게 메우더니, 일시에 한초설을 향해 격사(隔射)되었다.

파공음조차 남기지 않았다.

수백 개의 빛살로 화한 흑색 강기가 그대로 공간을 압축하며 날아드는 광경은 그야말로 무시무시한 것이어서, 중인들은 머지않아 여린 그녀의 신형이 갈가리 찢겨 한 줌 핏물이 되리라 믿어 의심치 않았다.

그때 놀라운 일이 벌어졌다.

강기의 소나기가 지척에 이르는 순간 한초설의 손에 들린 현사검이 움직이기 시작했던 것이다.

쩌저저저정!

이렇다 할 현묘한 초식도, 무서운 위력이 담겨진 것도 아니었다.

검무를 연상케하는 유려한 움직임은 더더욱 아니었다. 초식이라 부르기도 힘든, 그저 아무렇게나 쳐내는 듯한 간단한 동작이었다.

그 간단한 대응에 덩어리처럼 뭉쳐진 흑색 강기가 그녀 앞에서 가닥가닥 잘려 나가고 있었다.

그뿐만이 아니었다.

콰악.

한 순간 현사검이 와해된 강기들의 틈을 비집고 들어갔다.

가볍게 비트는 듯한 그녀의 손목을 따라 현사검이 폭풍처럼 휘도나 싶더니, 일순 대기가 출렁이며 거칠게 요동쳤다.

수면 위로 번지는 파문처럼, 처음엔 검끝의 극히 작은 점에서 시작한 소용돌이가 점차 범위를 넓혀가더니 종국엔 전면을 아우른 흑색 강기 전체에 영향력을 발휘하기 시작했다.

콰르르.

한순간 공간이 뒤틀리나 싶더니 흑색 강기들이 어지럽게 얽히기 시작했다. 그리고 마치 거대한 무저갱 속으로 빨려들듯 순식간에 사라졌다.

이를 지켜보던 중인들은 할 말을 잃고 말았다.

이 모든 것이 한 자루 검에 의한 것임을 보고도 믿을 수 없었다.

이미 단리백과 십대고수의 싸움을 통해 절대고수의 신위를 뼈저리게 절감한 그들이었다. 하지만 한초설의 검공은 그야말로 충격 그 자체였다.

제아무리 사도명이 다시 살아난다 해도 방금전 단리백의 무지막지한 공격을 막아낼 수 없었을 것이다. 위중한 부상을 입은 홍적문이나 이미 불귀의 객이 되어버린 오문호 따위는 말할 것도 없었다.

삼왕조차 어린애 가지고 놀듯 하는 단리백의 공격을, 그것도 처음과는 비교도 할 수 없는 가공할 기세가 담긴 공격을 이처럼 간단히 와해시킨 한초설의 신위는 삼왕과 이제(二帝)

의 격차가 얼마나 큰 것인지를 여실히 보여주고 있었다.

그러나 정작 경외의 시선을 받으며 서 있는 한초설의 표정은 밝지 않았다.

본래대로라면 자신은 단리백의 백초지적이 될 수 없었다. 하지만 지금의 단리백은 그녀가 그토록 추구하던 무인의 모습이 아니었다.

물론 파괴력만으로 따진다면 방금 전 일격에 실려 있는 위력은 능히 예전의 단리백을 넘어서고 있었다. 하지만 그 안에 살아 숨쉬던 정교함은 전혀 찾아볼 수 없었다. 그저 진기를 일으켜 마구잡이로 강기를 날릴 뿐이었다. 마기에 잠식당해 이지를 상실한 상태여서 지닌바 무공조차 완벽히 발휘하지 못하고 있는 것이다.

그것이 한초설을 더욱 슬프게 만들었다.

하지만 단리백의 공격은 그것이 다가 아니었다.

그그그극!

땅을 긁는 듯한 육중한 소리에 고개를 돌린 중인들의 얼굴이 백짓장처럼 창백하게 변해 버렸다.

무려 십 장에 달하는 거대한 강기벽!

천천히 들어 올리는 단리백의 손을 따라 일어난 흑색 강벽이 모든 것을 집어삼킬 기세로 계속해서 범위를 넓혀가고 있었던 것이다.

이는 삼왕과 마풍영이 상대했던 천강마벽과는 비교도 할

수 없는 위세였다.

그들로선 달아날 생각조차 할 수 없었다. 당황하는 사이에 급격히 거대해진 마벽(魔壁)은 이미 검단곡을 양단하듯 메우고 있어 빠져나갈 틈조차 허용하지 않고 있었던 것이다.

두려움에 휩싸인 중인들은 우왕좌왕하며 살길을 모색하기에 바빴다.

반면 한초설은 여전히 그 자리에 못 박힌 듯 서 있었다. 그들보다 먼저 천강마벽과 부딪칠 것이 분명한데도 그녀는 여전히 오연함을 잃지 않고 있었다.

그런 그녀의 모습에 중인들은 일말의 희망을 가졌다.

촉산혈성이 정사 중간의 인물이라면 설산검후는 대대로 정파의 위치를 고수하고 있었다. 더구나 단리백과 맞서 대등하게 싸울 수 있는 유일한 인물이기도 했다. 현재로선 그녀를 믿는 것 외엔 달리 방법이 없는 것이다.

만약 그녀가 이를 막아내지 못한다면 자신들은 핏물로 으깨져 사라진 오문호의 전철을 밟게 되리라.

그런 그들을 비웃기라도 하듯 단리백이 손을 내밀었다.

콰드드득!

무시무시한 소리를 동반한 천강마벽이 거대한 해일처럼 전면을 향해 내달리기 시작했다.

"……!"

중인들의 얼굴이 창백하다 못해 파랗게 질려갔다.

눈앞에서 무너져 내리는 절벽을 바라보는 심정이 그러할까.

천강마벽의 위력은 몇 번을 보아 익히 아는 그들이었다. 하지만 직접 그 앞에 서게 되자 그들이 느끼는 공포는 실로 말로는 표현 할 수 없을 정도였다.

쩌엉!

귓청을 때리는 날카로운 충격음에 중인들의 시선이 한 곳으로 모아졌다.

"검막(劍幕)!"

누군가의 입에서 탄성이 터져 나왔다.

천강마벽과 정면으로 부딪친 눈부신 검의 그림자.

고작 일 장 남짓한 검막이었으나 검강에 버금가는 무수한 검영(劍影)이 모인 빛의 장막은 그야말로 물러섬없이 거대한 강기벽을 버텨내고 있었다.

까가가가각!

천강마벽과 검막 사이에서 요란한 불꽃이 튀어 올랐다.

드드드드!

천강마벽과 검막의 충돌로 인한 여파가 마치 지진을 일으킨 것처럼 대지를 뒤흔들었다.

그때였다.

쩌저적.

"헉!"

"이게 무슨!"

지면을 타고 번지는 불길한 소리와 함께 곳곳에서 당혹성이 터져 나오기 시작했다.

두 사람의 격돌을 피해 멀찍이 물러서 있던 무인들은 사방에 생겨나는 균열을 발견하고 허둥대며 몸을 날렸다. 하지만 이미 그때는 시커멓게 입을 벌린 거대한 균열이 십여 명을 삼켜 버린 뒤였다.

사태는 여기서 그치지 않았다.

연이은 굉천뢰의 폭발로 인해 이미 검단곡 곳곳엔 깊은 균열이 새겨져 있었다. 여기에 또다시 무서운 충격이 가해지자 지반이 이를 견디지 못하고 무너져 내리기 시작한 것이다.

도처에서 비명이 끊이지 않았다.

무공이 뛰어난 몇몇은 신법을 이용해 위기를 모면할 수 있었으나, 부상을 입어 운신을 할 수 없는 이들 대부분은 거미줄 같은 대지의 틈바구니에 속수무책으로 빨려들고 있었다.

"이런!"

뜯겨져 나간 어깨를 움켜쥐고 있던 종리청 역시 당혹성을 터뜨렸다. 굉천뢰를 사용하기 전 명현자가 경고했던 말이 뒤늦게 떠올랐다.

마교와 정파의 싸움이 있기 전까지만 해도 이곳의 이름은 만약곡(萬藥谷)이었다. 눈이 쏟아지고 모든 것이 얼어붙는 겨울에도 이곳에서 만큼은 약초를 구할 수 있었기 때문이다.

그 이유는 성양산 곳곳에 자리 잡은 유황천(硫黃泉), 그리고 지하를 따라 흐르는 수맥에 있었다. 이곳의 약초 대부분이 햇빛을 거의 필요로 하지 않는 음지 식물인데다가, 지열이 대지의 온도를 적당히 유지시켜 일 년 내내 약초가 자생할 수 있었던 것이다.

반면 그만큼 지반이 무르고 지진도 잦아, 예로부터 낙석 사고나 지반 붕괴가 끊이지 않는 곳이기도 했다.

'이런 곳에 십여 발이 넘는 굉천뢰를 쏟아 부었으니……'

후회는 아무리 빨라도 늦는다 했던가.

평소의 그라면 생각도 하지 못할 실수였나.

그만큼 단리백은 두려운 존재였다. 그를 제거하는 데 모든 신경이 집중되어 당시엔 이를 미처 생각할 겨를이 없었던 것이다.

"어떻게 좀 해보시오!"

혁련세가의 장로 혁련무위가 한초설을 향해 소리쳤다.

사태를 지켜보던 명현자가 어이없는 표정으로 혁련무위를 바라봤다.

'어찌 저리 분수를 모른단 말인가.'

자신들의 목숨이 그녀의 손에 달렸음에도 불구하고 오히려 큰소리를 치는 그의 뻔뻔함이 명현자는 같은 정파인으로서 몹시 부끄럽고 못마땅했다.

확실히 천강마벽과 검막이 격돌하며 빚어진 충격이 지진의 원인인 것은 분명했다. 하지만 이미 굉천뢰의 폭발로 인해 지반은 약해질 대로 약해진 상태였다. 굳이 그들이 아니더라도 언제 같은 일이 발생해도 이상하지 않은 상태였던 것이다.

"입 다물게."

명현자의 제지에도 불구하고 낯 두꺼운 혁련무위는 아예 삿대질까지 서슴지 않으며 언성을 높였다.

"당신이나 입 다무시오! 화산의 명숙이라는 작자가 저딴 마인을 비호하다니. 훗날 화산에 정식으로 이에 대한 책임을 물을 것이오."

이때 얼음보다 차가운 음성이 그의 말을 잘랐다.

"책임?"

목소리가 들려온 곳을 향해 고개를 돌린 혁련무위의 얼굴이 핼쑥해졌다. 말로는 설명하기 힘든 가공할 살기가 담긴 눈빛과 시선이 마주쳤기 때문이다.

한초설의 얼굴은 눈보다 하얗게 창백해져 있었다. 실제로 그녀는 천강마벽을 막는데 모든 내력을 쏟아 붓고 있었다.

그럼에도 불구하고 한초설은 또박또박 확실히 말을 이어 가기 시작했다.

"맞는 말이야. 모든 일엔 반드시 그에 대한 책임이 따르지."

그녀의 섬뜩한 눈빛에 혁련무위를 비롯한 의천맹의 무인들은 가슴이 덜컥 내려앉았다.

아니나 다를까, 이어진 그녀의 말에 중인들은 아연실색하고 말았다.

한초설은 어느새 단리백을 바라보고 있었다. 참담한 눈빛만큼이나 그녀의 음성은 진한 아픔이 배어났다.

"미안해, 정말 미안해. 오라버니를 보내고 나서… 나도 곧 따라갈게. 하지만 그전에……."

한초설의 시선이 중인들을 훑더니 종리청을 지나 마풍영에게 고정되었다.

"오라버닐 이렇게 만든 자들을 반드시 데려갈게."

"……!"

섬차 샺아느는 그녀의 음성은 종국엔 목이 삼겨 제대도 늘리지도 않았다. 하지만 그 안에 담긴 살의는 뚜렷하게 중인들에게 전해졌다.

그녀를 아군이라 믿었던 의천맹 무인들에게 있어 이는 청천벽력이나 다름없었다. 자신들이 검선이나 광룡도제가 아닌 이상, 누가 감히 그녀의 일검을 감당해 낼 수 있겠는가.

주륵.

한초설의 신형이 이 장가량 뒤로 밀려났다. 말을 하느라 검막에 집약된 진기가 느슨해진 탓이다.

제대로 서 있기도 힘들어 보일 만큼 위태한 상황에서 그녀의 검이 다시 한 번 변화를 일으켰다.

츠츠츳!

검로를 타고 움직이던 검을 푸른 잔영(殘影)이 뒤쫓으며 가슴 서늘한 기음을 토해냈다.

가아아앙!

한초설의 검이 부르르 떨며 진동의 폭을 넓혀갔다. 그와 동시에 검끝에서 푸른 물줄기가 솟는 듯싶더니, 급기야 폭발하듯 한순간 터져 나가는 무수한 검의 환영과 더불어 전면을 가득 메운 거대한 벽의 형상을 만들어냈다.

"거, 검벽(劍壁)!"

어찌나 놀랐던지 명현자는 자신이 소리를 질렀다는 사실조차 잊고 있었다.

십여 년 전 단 한 번 목도했던 검벽이었다.

이 순간 명현자는 자신의 사형이었던 검선 우일태와의 비무. 그리고 그 끝자락에서 그가 펼친 검벽을 본 이후 또다시 화산을 등져야만 했던 기억과 마주하고 있었다.

평생을 검에 매달려 온 것도 부족해, 당시의 비무 이후 쉬지 않고 고행을 거듭한 그였다. 그런 그조차 검벽은커녕 낮은 경지의 검막을 펼쳐 내는 것이 고작이었다.

'허허……'

눈으로 보고도 믿을 수 없었다.

고작 서른이나 되었을까. 검선조차 말년에 이뤄낸 검벽을, 그것도 여인의 손으로 펼쳐 내고 있다는 사실이 명현자를 더없이 허탈하게 만들었다.

또한 이는 넘을 수 없는 벽이 되어 무겁게 어깨를 눌렀다.

수많은 고수가 등장하고 영멸하는 도산검림(刀山劍林) 속에서 설산검후가 무림의 전설이 된 것에는 과연 그만한 이유가 있었던 것이다.

명현자뿐만이 아니었다.

상상에서나 가능하다 여겨진 검벽의 경지를 목도한 중인들은 경악을 넘어선 충격에 숨이 멎을 것만 같았다. 하지만 그 충격은 이내 절망이 되어 돌아왔다. 이미 자신들은 그녀에게 깊은 원한을 산 것이다.

자연 모든 이의 원망이 혁련무위에게 쏠렸다.

자신을 노려보는 중인들의 따가운 시선에 혁련무위는 얼굴이 벌겋게 달아올랐다. 하지만 이미 엎지른 물이었다. 이 모든 사단의 원흉인 종리청을 잡아먹을 듯이 노려보는 게 그가 할 수 있는 일의 전부였다.

그 와중에도 단리백과 한초설의 싸움은 점차 종국으로 치닫고 있었다.

짜자자작!

한초설의 검을 휘감고 있는 짙은 청색의 검기가 꿈틀댈 때마다 갈가리 찢겨진 대기가 비명을 질렀다.

그때마다 검벽과 충돌한 흑색 강벽의 기운은 눈에 띄게 약해지고 있었다. 그리고 시간이 지나자 검벽은 천강마벽을 압도하기 시작했다.

그리고 한순간,

찌익.

눈부신 일검에 천강마벽이 길게 찢어졌다.

콰르르르!

양단된 천강마벽은 두 개로 나뉘어 중인들을 향해 짓쳐들어 갔다.

"헉!"

천강마벽 앞에 놓인 무리들의 입에서 당혹성이 터져 나왔다. 이미 약해질 대로 약해진 천강마벽이었으나 그들로선 가히 감당할 수 없는 위력이었던 것이다.

뿌드득!

"으악!"

뼈가 으스러지는 소리와 참혹한 비명이 검단곡을 메웠다.

콰앙!

거칠게 내달린 천강마벽은 수십 명의 무인들을 한 줌 핏물로 으깨 버리고도 모자라 작은 봉우리 하나를 그대로 무너뜨리고 나서야 사라졌다.

그 누구도 입을 여는 이가 없었다.

공포에 질린 눈으로 단리백과 한초설을 바라볼 뿐이었다.

실제로 한초설은 충분히 천강마벽을 비껴가게 할 수 있었다. 그러나 그녀는 그렇게 하지 않았다.

나락에 들어선 것은 단리백 스스로의 의지. 하지만 그런 상황으로 단리백을 몰아세운 것은 바로 그들이 아니던가. 한초설은 결코 그들을 용서할 수 없었다.

숨 죽인 중인들의 시선에 허공을 가르는 새하얀 백선이 새겨진 것도 그때였다.

"이기어검!"

명현자의 입에서 경악성이 터져 나왔다.

그 역시 십여 년 전에 이기어검의 경지에 도달한 만큼 이를 알아보지 못할 리가 없었다. 하지만 같은 이기어검이라 해도 그 안에 담긴 위력의 고하는 분명했다. 이기어검 초입의 단계에서 십여 년간 머물고 있는 자신과는 달리, 한초설이 시전한 방금의 한 수는 이미 이기어검을 넘어선 그 이상의 무엇을 담고 있었던 것이다.

가히 심검이라 해도 무방할 만큼 가공할 위력.

단리백의 신형이 멈춰 섰다.

그와 동시에 돌연 그의 전신에서 끔찍한 마기가 뭉클거리며 쏟아졌다. 그리곤 단리백의 어깨 위로 뭉쳐지나 싶더니, 또다시 거대한 흉신상이 모습을 갖춰 현신했다.

단리백의 모습은 그 안에 삼켜져 보이지 않았고, 오직 무시무시한 눈빛으로 사위를 압도하는 유계의 제왕이 그 자리에 서 있었다.

"크헝!"

천지를 뒤흔드는 포효와 함께 할발라가 현사검이 날아드는 전면을 향해 손을 뻗었다.

콱.

그의 손이 막 현사검을 움켜쥔 찰나,

끼아아악!

소름 끼치는 귀곡성(鬼哭聲)이 현사검으로부터 터져 나왔다. 한초설이 한기로 눌러놓았던 현사검의 사기가 지독한 마기에 반응하여 폭발한 것이다.

유백색을 띠고 있던 현사검의 검신이 순식간에 핏빛 안개에 휩싸였다. 그리곤 할발라의 손 안에서 격렬히 요동치기 시작했다.

파앙!

압축된 대기가 찢어지는 듯한 굉음과 함께 할발라의 손이 폭죽 터지듯 날아가 버렸다.

찌이익!

소름 끼치는 소리와 함께 현사검은 그대로 할발라의 손목과 팔을 차례대로 찢으며 앞으로 나아가기 시작했다.

"크아아악!"

거대한 흉신상의 입에서 처음으로 두려움이 담긴 비명이 터져 나왔다. 마기의 응집체라 하나 영성을 지닌 이상 그 역시 두려움을 느끼는 것이다.

파파팟.

현사검은 어느새 할발라의 어깨 어림까지 이르러 있었고, 산산이 찢겨진 마기의 파편이 허공에 튀어 오르며 안개처럼 흩어지고 있었다.

제아무리 마신이라 해도 결국 그 근원은 파정도에 갇혀 있
던 마기.

파정도의 마기와 현사검의 사기는 처음부터 백중세의 위
력을 지니고 있었다. 하나 제아무리 거대한 힘을 지닌 마기라
하더라도 한초설의 내력과 정교함이 더해진 현사검을 막아낼
순 없었던 것이다.

주륵.

현사검이 할발라의 몸통을 관통하기 직전, 한초설은 기어
이 한줄기 눈물을 흘리고야 말았다.

마기의 의지해 실낱같은 숨이 붙어 있을 뿐, 단리백의 상태
는 거의 반 시체나 다름없었다. 더구나 할발라에 가해진 타격
이 영적으로 연결되어 있는 단리백에게 고스란히 돌아갈 것
은 자명한 일.

정인의 죽음을 지켜봐야 하는 그녀의 심정은 이루 말할 수
없을 만큼 참담하고 괴로운 것이었다.

그런 한초설의 얼굴을 스쳐 간 할발라의 눈빛이 교활하게
번뜩였다.

동시에 그처럼 거대하던 할발라의 신형이 안개로 화해 빨
려들듯 순식간에 단리백의 몸속으로 사라졌다.

피잉!

가로막던 방해물이 사라지자 현사검은 더욱 빠른 속도로
단리백을 향해 날아들었다.

이때 한초설의 마음을 송두리째 뒤흔드는 음성이 있었다.

"초··· 설······."

"······!"

한초설의 눈빛이 급격히 흔들렸다.

단리백의 목과 불과 한 치의 거리를 남겨둔 채 현사검이 멈춰선 것도 거의 동시였다.

단리백의 음성이 분명했다.

탁하고 갈라져 알아듣기 힘들었으나 죽어서도 잊을 수 없는 그의 목소리가 틀림없었다.

키이잉!

현사검이 주인의 의지를 거스르며 몸부림치듯 앞으로 나아가려 했다. 그러나 한초설은 이를 악문 채 현사검과 하나된 진기의 연결을 끊어버렸다.

"왁!"

한초설이 돌연 한 움큼의 핏물을 토했다.

피를 토한 직후 그녀의 얼굴은 급격히 핏기가 사라져 밀랍보다 창백하게 변해 버렸다.

중도에 내력을 거두기란 펼치는 것보다 몇 배는 힘든 법.

더구나 방금의 일검은 전력을 실어 던진 것이어서 중도에 이를 거둬들인다는 것은 거의 불가능에 가까운 일이었다. 그러나 한초설은 무리하여 검을 멈췄고 그 결과 무거운 내상을 입고 만 것이다.

챙그랑.

힘을 잃은 현사검이 바닥에 떨어져 애처로운 비명을 질렀다.

우우웅.

나직한 검명을 토하며 몸을 떠는 현사검을 단리백이 발로 눌러 밟았다. 그리고 한초설을 바라봤다.

단리백이 천천히 손을 들어 올렸다. 그러자 무서운 흡입력이 한초설의 전신을 휘감았다.

주르륵.

내상을 입은 한초설의 신형이 가랑잎처럼 단리백을 향해 끌려갔다.

콱!

한초설의 목을 손아귀에 움켜쥔 단리백의 얼굴 위로 사이하기 그지없는 웃음이 피어올랐다.

자신이 처한 상황을 알기나 하고 있는지 한초설은 화사한 미소로 이를 마주했다.

그런 그녀의 미소 뒤로 감출 수 없는 처연함이 묻어났다.

"역시 나에겐 무리야. 어떻게 당신을 죽일 수 있겠어?"

한초설이 천천히 손을 뻗었다. 그리곤 얼음장처럼 차디찬 단리백의 얼굴을 쓰다듬었다.

걷잡을 수 없는 슬픔이 밀려왔다.

서로의 숨소리가 닿을 듯한 거리였다. 그럼에도 불구하고 한없이 그가 멀게 느껴졌다. 더불어 몸서리치게 그가 그리웠다.

토도독.

그녀의 뺨을 타고 흘러내린 눈물이 단리백의 손등 위를 적셔갔다.

애써 참았건만, 한 번 솟구친 눈물은 쉽게 그치지 않았다.

이미 단리백에겐 이지라곤 남아 있지 않다는 사실을 누구보다 잘 아는 그녀였다. 하지만 정인에게 속삭이듯 한초설은 입을 열었다.

"정신 차려, 오라버니. 당신처럼 긍지 높은 사내가 이게 무슨 꼴이야? 당신은 단리백이야. 다른 사람도 아닌 단리백이란 말이야."

울음 섞인 그녀의 음성에 금방이라도 손에 힘을 주어 그녀의 목을 부러뜨릴 것 같던 단리백의 기세가 주춤했다.

한초설이 두 손으로 단리백의 얼굴을 감쌌다.

"잘 들어. 처음이자 마지막으로 하는 말이니까."

"……."

"사랑해."

"……."

"후회 안 해. 원망도 하지 않아. 그러니… 이렇게 무너지지 마. 안 그럼 내가 너무 가엾잖아."

그 말을 끝으로 한초설이 눈을 감았다. 그러나 한참이 지나도 단리백의 손은 목을 조여오지 않았다.

천천히 눈을 뜬 한초설은 유리알 같은 단리백의 눈동자가 미미하게 흔들리고 있음을 발견했다.

"초… 설……."

한초설의 눈이 커졌다.

자신의 이름을 부른 단리백의 음성. 비록 탁하고 갈라져 있었으나 그녀의 검을 멈추게 했던 목소리와는 분명 다른 음성이었다.

"초설……."

또다시 들려온 음성. 처음보다 뚜렷하고 명확해진 목소리였다.

한초설의 얼굴이 급격히 흐려졌다.

그는 아직 자신을 기억하고 있는 것이다.

"오라버니! 나를 봐! 내 눈을 보란 말이야!"

한초설이 부르짖듯 소리쳤다.

그녀의 음성에는 슬픔 이상의 무엇이 있었다. 그건 절박함, 그리고 그것만으로도 담아낼 수 없는 애절함이었다. 그것이 아득한 의식 너머 침잠해 있던 단리백의 의지를 움직였다.

"크윽."

단리백이 돌연 신음을 흘렸다.

의식은 조금씩 뚜렷해졌지만 반대로 머리가 깨질 것 같은 고통이 엄습했던 것이다.

아직까지 그를 지배하고 있는 마기가 사납게 반발하고 있었다.

애써 붙든 한 가닥의 정신마저 놓아버리고 싶을 만큼 고통
은 지독하기 그지없었다.

그 와중에도 단리백은 자신이 처한 상황을 파악하기 위해
기감을 개방했다.

그 순간 그물처럼 펼쳐진 기감에 걸려든 것이 있었다.

단리백이 무시무시한 눈빛으로 한초설을 노려보았다. 아
니, 정확히는 그녀의 등뒤로 소리없이 다가드는 한 인영을 노
려본 것이다.

뺨에서 턱까지 이어진 검상을 지닌 문사 차림의 초로인. 그
의 손에 들린 검이 한초설의 등을 노리며 파고들고 있었다.
하나 한초설은 이를 깨닫지 못한 듯 애끓는 눈빛으로 자신을
바라볼 뿐이었다.

그녀의 경지를 감안했을 때 이는 있을 수 없는 일이었다.

뒤늦게 한초설의 입가에 흐르는 핏물을 발견한 단리백은 그
녀가 내상을 입었음을 깨달았다. 게다가 자신에게 온통 신경
을 쏟고 있느라 평소답지 않게 암격을 허용하고 있는 것이다.

단리백은 오른손을 들어 마하발특마를 가리켰다. 하지만
이내 그의 얼굴이 와락 일그러졌다. 의당 손끝을 떠나야 할
혈리탄이 발출되지 않았기 때문이다.

단리백은 내심 의아함을 금치 못했다.

몸속에선 끊임없이 진기가 용솟음치고 있었으나 자신의
의지대로 움직여 주지 않고 있었다.

그 와중에도 마하발특마는 더욱 거리를 좁혀, 날카로운 검의 예봉은 이미 한초설의 등에 닿기 직전이었다.

'망할!'

단리백이 와락 한초설을 끌어안았다. 그리고 그대로 몸을 회전시켜 자신의 등으로 검을 받았다.

서걱.

"악!"

한초설의 비명 소리에 단리백이 눈을 부릅떴다. 자신의 가슴을 뚫고 나와 한초설이 어깨에 박혀 있는 검이 눈에 들어왔다. 뒤이어 자신의 앞섶을 붉게 물들인 그녀의 핏물을 볼 수 있었다.

불로 지지는 듯한 극렬한 통증은 둘째 치고 단리백은 현재의 상황을 납득할 수 없었다. 하지만 이내 그 이유를 깨달았다. 혈리탄뿐만이 아니었다. 진기가 마음대로 움직이지 않으니 호신강기마저 운용할 수 없었던 것이다.

돌아보지도 않고 휘두른 단리백의 팔꿈치가 마하발특마의 얼굴을 후려쳤다.

빠악!

마하발특마의 코뼈가 움푹 주저앉았다. 워낙 거리가 가까웠던 데다 창졸간의 반격이라 피할 엄두도 나지 않았다. 하지만 내력이 실려 있지 않았기에 충격은 외상에 그쳤다.

마하발특마는 여전히 검을 손에 놓지 않은 채 자신의 검에 작살처럼 꿰뚫린 두 사람을 향해 득의한 웃음을 지어 보였다.

마하발특마가 한 손을 들어 자신의 얼굴에 새겨진 검상을 훑었다.

"십대고수 두 사람을 한 번에 처치할 수 있다면 이 정도 상처는 대가로 치르고도 남지."

말을 마친 마하발특마의 눈에서 살기가 뿜어졌다.

막 그가 검을 비틀어 두 사람을 갈가리 찢으려는 찰나였다.

쉬이이익.

맹렬한 기세를 담은 무언가가 자신의 등뒤로 다가오는 것을 느낀 마하발특마가 펄쩍 뛰어 물러섰다. 그리곤 황급히 돌아섰다.

그 바람에 한초설의 어깨에서 검이 뽑혔다. 그러나 단리백은 인형처럼 검에 매달린 채 그에게 끌려갔다.

무너지듯 풀썩 주저앉는 한초설의 눈에 한 사람의 모습이 들어왔다.

눈처럼 새하얀 옷을 걸친 여인.

바로 그녀의 사부인 단리영이었다.

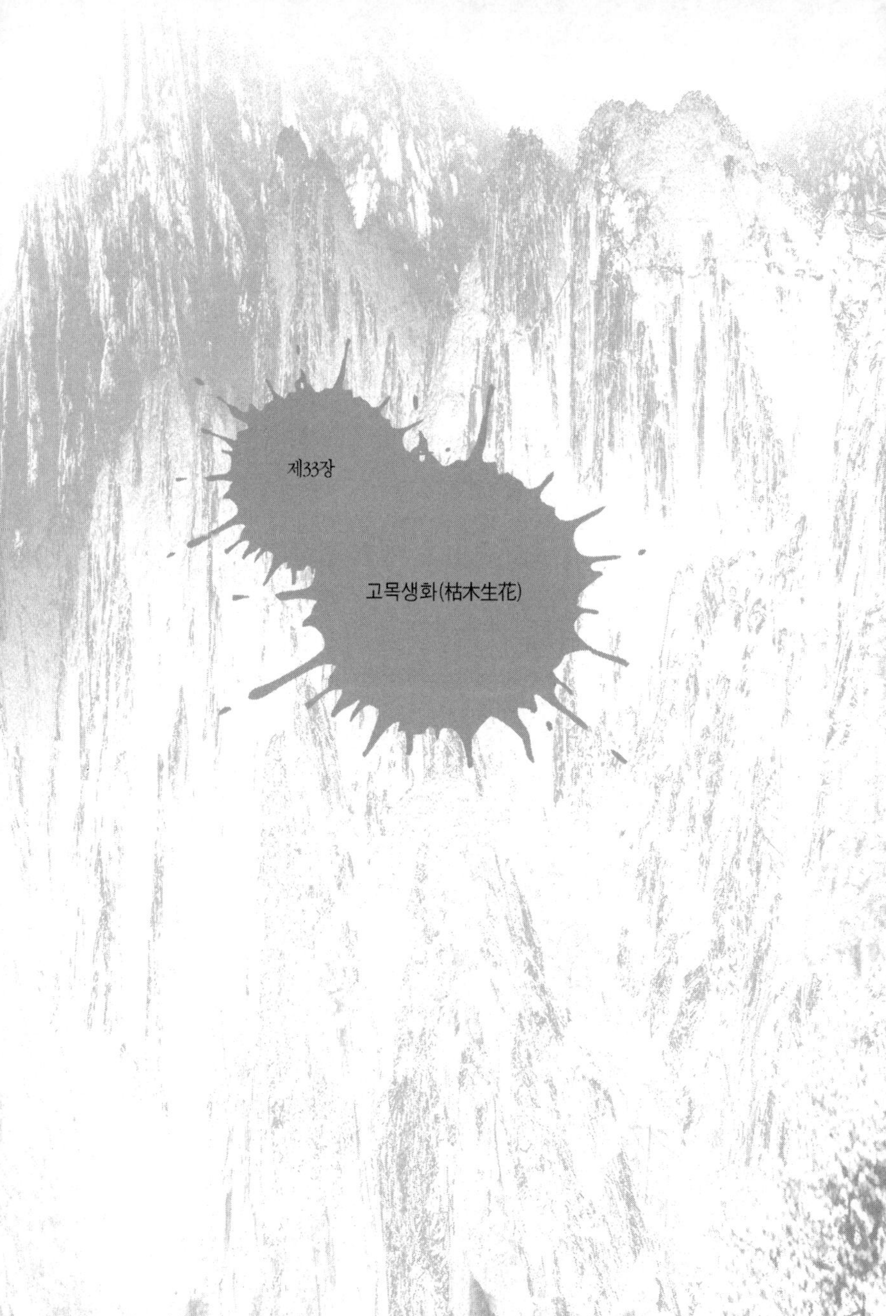
제33장

고목생화(枯木生花)

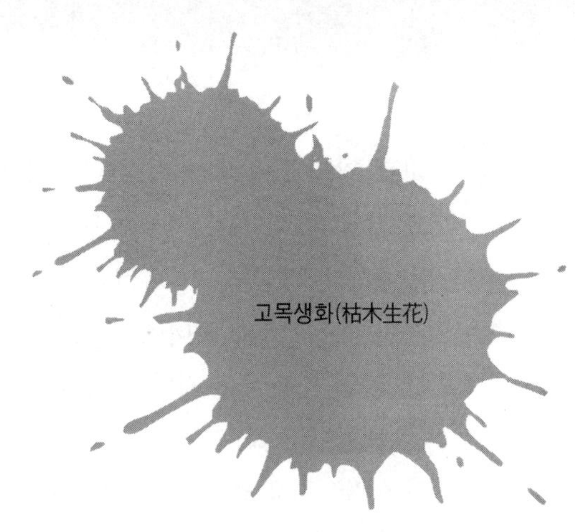

 '사부님……!'

 한초설이 단리영을 부르려 했다. 하지만 그녀의 외침은 입에서만 맴돌 뿐이었다.

 그 순간 단리영과 마하발특마가 격돌했다.

 쩡!

 소름 끼치게 차가운 소리가 검단곡을 울렸다.

 "……!"

 마풍영의 얼굴이 딱딱하게 굳어진 것도 동시였다.

 단 일장이었다.

 마하발특마가 뻗어낸 일권을 소매로 휘감아 걷어내고, 그대로 거리를 좁혀 가슴으로 파고들며 날린 섬섬옥수. 부드럽고 갸날파 보이는 그녀의 손이 가슴을 후려치는 순간 마하발특마의 움직임이 그대로 멎어버린 것이다.

마하발특마는 교내에서 호교마장을 제외하고 다섯 손가락 안에 드는 무공을 지닌 자였다. 비록 검을 자유롭게 쓸 수 없는 상황이라 하나 이처럼 순식간에 승부가 결정난 것은 의외가 아닐 수 없었다. 하지만 이어진 놀라움에 비하면 이는 아무것도 아니었다.

쩌적.

단리영이 차갑게 돌아서는 순간 석상처럼 서 있던 마하발특마의 전신에 금이 가기 시작했다. 그리곤 순식간에 얼음처럼 조각조각 부서져 내렸다.

그제야 마풍영은 그녀의 정체를 짐작할 수 있었다. 그녀는 아마도 전대 설산검후일 것이다. 그렇지 않고서야 이처럼 가공할 위력의 음한공은 설명이 되지 않는다.

할 말을 잃은 중인들을 뒤로한 채 단리영이 한초설을 향해 다가섰다.

"많이 다쳤느냐?"

"사부… 님……."

말을 채 끝내기도 전에 한초설은 또다시 한 움큼의 핏물을 토해냈다.

단리영이 손을 뻗어 한초설의 맥문 위에 올렸다.

진기를 흘려 넣어 그녀의 상태를 살피던 단리영이 미간을
찌푸렸다.

내상이 심각했다.

자신에게 죽은 초로인의 검을 허용하기 전에 이미 심각한
내상을 입은 듯했다. 거기에 검을 통해 파고든 검기가 심맥을
건드려 위중한 부상으로 악화되고 있었다. 당장 손을 쓰지 않
으면 대라신선이 와도 살려낼 수 없으리라.

"혀음진기를 운공하거라."

한초설을 일으켜 세운 단리영이 진기를 늘어올렸다. 그리
곤 손바닥을 그녀의 허리 어림, 명문혈에 붙이고 운기요상을
돕기 시작했다.

한편으로는 차디찬 눈빛으로 주위를 쓸어보며 경계하는
것을 잊지 않았다.

이때 의천맹의 무인들 가운데 단리영을 알아본 누군가가
조심스레 말을 건넸다.

"그대는 혹시 설산검문의 문주가 아니시오?"

단리영이 고개를 돌렸다.

자신을 향해 엉거주춤 다가서는 노인의 모습을 확인할 수
있었다. 그러고 보니 어딘가 낯이 익기도 하다.

"나 언 모요. 진주언가의……."

단리영이 희미하게 고개를 끄덕였다.

언고연이라 했던가? 십여 년 전쯤 당시 막 장로의 지위에

오른 그를 스치듯 마주친 기억이 있었다.

중인들은 의아함을 금치 못했다. 일개 문파의 장로가 존대를 하는 상황에서 그저 고개 한 번 끄덕이고마는 그녀의 행동은 매우 오만한 것이라 할 수 있었다. 그런데도 언고연은 황망한 표정으로 오히려 반색을 하는 것이 아닌가?

"기억하시는구려. 그날 본 가의 행사 때 뵌 이후로……."

"진주언가도 이번 일에 끼어 있었나요?"

단리영이 차갑게 자신의 말을 자르자 언고연이 그 자리에 멈춰 섰다.

"그게 무슨……."

언고연의 반문에 단리영은 대답 대신 한곳을 바라봤다.

거기엔 피칠갑을 한 채 복잡한 표정으로 자신을 바라보는 단리백이 서 있었다.

숨을 헐떡일 때마다 그의 가슴을 꿰뚫은 검이 들썩이며 연신 핏물이 흘러내리고 있었다.

투두둑.

입가에서 흘러내리던 핏물의 양은 점점 많아져 이내 턱을 타고 비오듯 쏟아졌다.

그런데도 단리백은 쓰러지지 않았다.

전신의 뼈가 모조리 어긋나고 그중 상당수가 부러졌다.

사지근맥을 비롯한 기맥 또한 제자리를 벗어났고, 심지어 모세혈관을 비롯한 근육과 혈맥이 파열되어 손가락 하나 까닥할 수 없는 상태였다.

그야말로 기식이 엄엄한 상황. 그럼에도 불구하고 전신에서 마기를 뿜어내는 그의 모습은 그야말로 지옥을 헤집고 나온 악귀와도 다름없었다.

언고연의 눈빛이 불안하게 흔들렸다.

단리영과 단리백, 우연을 바라기엔 단리라는 성이 흔치 않았다.

"그를 아시오?"

조심스럽게 묻는 언고연의 표정엔 감줄 수 없는 두려움이 배어나고 있었다.

아니나 다를까, 단리영의 대답은 그를 절망의 수렁에 밀어넣기에 충분했다.

"그는 내 유일한 혈육이에요."

"그, 그런……!"

언고연이 흠칫하여 자신도 모르게 서너 걸음 물러섰다.

"흥! 언가의 호랑이라는 작자가 고작 이 정도였나."

언고연에게 비웃음을 던지며 앞으로 나서는 노인.

"당신은?"

단리영의 물음에 혁련무위가 소리쳤다.

"설산검후의 위명으로 나를 위협할 생각이라면 그대는 한참 잘못 짚었소. 저자와 달리 나 혁련무위는 죽음을 두려워하지 않기 때문이오!"

비록 자신보다 나이는 어렸으나 단리영은 일파의 존주. 차마 하대는 못하는 혁련무위였다.

단리영의 입매가 살짝 비틀렸다.

"죽여? 그런 말도 안 되는……."

단리영이 한초설은 안은 채 천천히 일어섰다. 그리고 검단곡에 운집한 무인들 모두에게 들으라는 듯이 입을 열었다.

"나는 설산검후이기 이전에 촉산혈문의 피를 이은 사람."

중인들이 마른침을 삼키는 가운데 그녀의 말이 이어졌다.

"본 가의 철칙이 무엇인지 알고 있나요?"

"무슨 말이 하고 싶은 거요?"

"혈족의 부당한 죽음에 연루된 자는 이 강호에서 죽음보다 끔찍한 것이 있음을 몸으로 직접 깨닫게 한다는 것이에요."

단리영의 칼날 같은 시선이 혁련무위에게 고정되었다.

"당신은 죽음을 두려워하지 않는다 했지요?"

처음의 기세는 어디로 사라졌는지 혁련무위는 꿀 먹은 벙어리가 되어 아무 말도 할 수 없었다. 냉혹한 그녀의 눈빛을 마주한 것만으로도 온몸이 서걱서걱 잘려 나가는 기분이 들었던 것이다.

단리영이 재차 입을 열었다.

"그 죽음이란 어떤 모습을 하고 있나요? 혹시 일검에 심장이 꿰뚫린다거나, 목이 날아가는 그런 편안한 죽음을 상상하고 있는 건 아니겠지요? 만약 그렇다면 당신의 예상은 틀렸습니다. 본문의 복수는 그렇게 너그럽지 않죠. 단언컨대 그 생각이 잘못되었다는 것을 깨닫는 시간은 충분히 주어질 것입니다.”

언고연이 황급히 앞으로 나섰다.

“이보시게, 검후. 복수는 의미가 없네. 끝없는 증오만을 낳을 뿐이야. 일단은 정황의 앞뒤를 살피고 나서…….”

“당신들에겐 의미가 없을지 모르겠지만 철저하게 복수한다는 본문의 악명이 지금까지 본문을 지켜온 것도 사실입니다.”

그랬다.

단리영의 말은 틀리지 않았다. 대표적인 예로 사천당가가 있었다. 그들 또한 혈육의 일에 관해서만큼은 독하고도 집요한 복수로 유명했고, 그것이 그들을 지키는 갑주가 되어 오대세가의 자리까지 오를 수 있었던 것이다.

하지만 이조차 촉산혈문의 복수에 비할 바가 못 되었다. 과거 구대문파가 봉문하고 그 문설주에 새겨진 피의 맹약은 지금까지 강호의 전설로 회자되고 있질 않던가.

“애초에 본문의 복수가 어떤 것인지 알았다면 당신들이 이처럼 무모한 짓은 벌이지 않았겠지요.”

사형선고와도 다름없는 단리영의 마지막 말에 중인들은 얼음물을 뒤집어쓴 것 같은 오한을 느껴야만 했다. 뼛속 깊이 스며드는 두려움, 그리고 절망. 이 모든 것이 어우러진 심란

함 앞에서는 그 어떤 각오와 용기도 의지가 되지 않는다.

의천맹의 무인들을 노려보던 단리영의 눈에 문득 단리백의 모습이 들어왔다.

쓸쓸하게 자신을 바라보는 눈빛이 그녀의 마음을 한 겹 한 겹 저며내고 있었다.

마기가 옅어졌다곤 하나 여전히 단리백의 모습은 위태로웠다. 언제 다시 마기에 잠식당해 날뛴다 해도 이상하지 않을 만큼 자욱한 마기에 휩싸여 있었던 것이다.

단리영은 마음이 몹시 심란하고 착잡했다.

과거의 단리백이 그랬듯 어쩌면 자신 또한 직접 혈육을 베야 하는 사태에 직면하게 될지도 모르는 일이다.

단리백의 상태가 훨씬 위중한데도 한초설을 먼저 치료한 것도 이 때문이었다.

"아백(兒伯)……."

자신을 부르는 단리영의 음성에 단리백의 미간이 꿈틀거렸다.

십칠 년 만에 마주한 누이였다.

그토록 오랜 세월이 지났건만 그녀는 아직도 자신을 아명(兒名)으로 부르고 있었다.

"그렇게 부르지 말라 했을 텐데."

가래가 그르렁거리는 단리백의 목소리는 상처 입은 짐승의 신음과도 같았다.

그런 단리백을 향해 단리영이 슬픈 눈빛을 던졌다.

"아직도 내가 밉니?"

단리백이 입술을 실룩이며 애써 입을 열려 했다. 하지만 폭포처럼 쏟아지는 피 때문에 말을 이어갈 수 없었다.

한바탕 피를 게워낸 단리백의 신형이 크게 휘청였다. 순식간에 많은 피가 빠져나가자 매스꺼움을 동반한 지독한 현기증이 찾아온 것이다.

그와 동시에 간신히 붙든 의식이 흐릿해지며 가슴속에서 주체할 수 없는 살기가 솟구쳤다.

"크으……."

으스러져라 깨문 이빨 사이로 고통에 겨운 신음이 새어 나왔다. 하지만 그의 노력에도 불구하고 점차 전신에서 뿜어지는 마기는 짙어지고 있었다.

그런 단리백의 모습을 지켜보던 단리영의 입에서 짙은 탄식이 흘러나왔다.

단리영이 말없이 손을 내밀었다.

휘리릭.

십여 장의 거리를 두고 아무렇게나 바닥을 구르던 현사검이 살아 있는 새처럼 허공을 날아 그녀의 손에 빨려 들어갔다.

우우웅.

그녀가 한차례 검신을 쓰다듬자 현사검이 검명을 토하며

부르르 몸을 떨었다.

힘없이 늘어져 있던 한초설의 눈빛이 급격히 흔들렸다. 사부의 의도를 짐작한 것이다.

한초설이 급히 손을 뻗어 단리영의 옷깃을 부여잡았다.

"사부님… 안 돼요……."

"초설아."

안쓰럽게 자신을 바라보는 단리영을 향해 한초설은 거칠게 고개를 흔들었다.

"그러심 안 돼요, 사부님. 제발…… 그는 아직…… 왁!"

단리영이 급히 내상을 다스렸다곤 하나 마음이 격동하자 한초설은 또다시 한 모금의 피를 토하고 말았다.

단리영이 황급히 한초설의 수혈을 짚으려 했다. 하지만 어디에 그런 힘이 남아 있었는지 한초설이 팅겨지듯 일어나 그녀를 막아섰다.

끈임없이 피를 게워내면서도 한초설은 꼿꼿이 선 채 한 발도 물러서지 않았다.

단호하기 그지없는 제자의 눈빛에 단리영이 한숨을 터뜨렸다.

매일 밤 달을 보며 한숨짓는 제자의 모습이 안타까웠던 그녀였다. 그리고 그녀가 마음에 품고 있는 사람이 누구인지도 일찍부터 짐작하고 있었다.

'불쌍한 것.'

안타까운 눈빛으로 한초설을 바라보던 단리영이 고개를 저었다.

"그만 쉬거라."

단리영이 슬쩍 검을 흔드는 것과 동시에 미풍처럼 부드러운 검기가 한초설의 미간 어림을 스치고 지나갔다.

스르륵.

그대로 정신을 잃고 무너지는 한초설을 단리영이 받아 조심스럽게 한쪽에 눕혔다.

이를 본 명현자는 자신도 모르게 탄성을 흘렸다. 검기로 혈을 짚는 검기점혈(劍氣點穴)의 수법은 이기어검이나 검벽에 비해 훨씬 정교한 진기의 운용이 필요한 법. 게다가 피부에 생채기조차 남기지 않는 부드러운 검기라니!

놀란 이는 명현자뿐만이 아니었다.

사태를 주시하던 마풍영 역시 내심 신음을 삼키고 있었다.

한초설만으로도 자신이 감당하기 어려운 상대였다. 그런데 그녀의 사부는 그보다 더욱 무서운 괴물이었다.

예상치 못한 곳에서 불쑥 튀어나온 변수로 인해 그의 계획은 완전히 엇나가 버렸다. 아니, 자칫하면 오히려 자신이 이곳에 뼈를 묻게 될지도 모르는 일이었다.

스윽.

단리영이 움직이자 검단곡의 모든 이가 숨을 죽였다. 그녀의 손에 자신들의 생살여탈권이 쥐어져 있음을 모를 그들이 아니었다. 그런만큼 그들은 그 어느 때보다 조심스러울 수밖에 없었다. 경거망동을 일삼던 혁련무위조차 슬금슬금 뒷걸음쳐 중인들 사이에 몸을 숨겼다.

심지어 여유를 잃지 않던 마풍영조차 굳어진 얼굴로 단리영을 응시하고 있었다.

하지만 그들은 안중에도 없다는 듯 단리영의 시선은 오직 단리백에게 고정되어 있을 뿐이었다.

단리백의 부상은 그 어느 때보다 위중해, 살아 있다는 사실이 신기할 정도였다. 평소의 그라면 몰라도 지금 상태로는 자신의 일검을 받아낼 수 없을 것이 분명했다.

그런 단리백을 향해 단리영이 입을 열었다.

"네가 느꼈던 괴로움… 이제야 조금은 알 것 같구나. 미안하다, 아백."

단리영이 검을 든 채 단리백을 향해 막 걸음을 내딛는 순간이었다.

"그만둬."

"……!"

"그거… 할 만한 짓이 못돼."

의외로 뚜렷한 단리백의 음성에 단리영의 눈빛이 흔들렸다.

"아백."

단리영이 조심스레 단리백을 향해 다가서던 순간이었다.

무언가를 느낀 그녀가 흠칫하며 고개를 돌렸다. 그리곤 예리한 시선으로 검단곡 한곳을 응시했다.

사태가 자신의 손을 떠났음을 깨달은 직후, 내심 이를 갈고 있던 마풍영의 귓속으로 전음이 파고든 것도 그때였다.

"속하를 포함한 백스물일곱 명 방금 집결을 마쳤습니다."

팔열지옥 중 한 명인 등활(等活)의 음성이었다. 그제야 마풍영은 검단곡 곳곳에 은신해 있는 지옥련의 존재를 깨달을 수 있었다.

마풍영의 표정에 비로소 여유가 생겼다.

그가 거느린 지옥련의 수하 개개인의 무공 수위는 최소한 검기상인의 경지에 이르러 있었다. 팔열지옥과 팔한지옥은 말할 것도 없었다. 그들 둘이면 능히 십대고수 하나를 상대할 수 있는 것이다.

이 정도 전력이라면 설산검후라 해도 충분히 승산이 있었다.

"늦어!"

전음을 통한 마풍영의 질책에 등활의 대답이 돌아왔다.

"죄송합니다. 예상외의 일로 지체되고 말았습니다."

"예상외의 일?"

마풍영의 미간이 일그러졌다.

본래 그가 이끄는 지옥련의 구성원은 소지옥까지 합쳐 도합 백서른여섯 명. 그중 대규와 호규는 단리백에게 죽었고,

간자였던 흑승은 자신이 놓아주었다. 거기에 팔한지옥 중 한 명인 마하발특마가 죽었으니 이곳에는 백서른한 명이 집결해야 함이 옳다. 아니, 처음 한초설에게 접근했던 소지옥 둘이 당했다는 보고를 감안해도 백스물아홉이 되어야 한다.

"누가 당했지?"

"중합과 대규 휘하 소지옥이 각각 당했습니다."

"그 늙은이들에게 말인가?"

"그게……."

잠시 말끝을 흐리던 등활이 석연치 않은 음성으로 대꾸했다.

"아무래도 누군가가 이번 일에 개입하기 시작한 것 같습니다."

"늙은이들은 어찌 되었지?"

"모두 놓치고 말았습니다."

"멍청한!"

"…죄송합니다."

"됐다. 상세한 보고는 나중에 듣지. 일단 저 여자를 제압한 뒤 의천맹을 쓸어낸다. 이후……."

"그전에 드릴 말씀이 있습니다."

등활이 자신의 말을 자르자 마풍영의 얼굴이 와락 일그러졌다. 하지만 이어진 등활의 전음에 마풍영의 표정이 대번 굳어졌다.

"마라(魔羅)께서 오셨습니다."

"……!"

당황한 마풍영을 향해 서늘한 음성이 들려왔다.

"그렇게 두리번거릴 것 없다."

마풍영의 시선이 한곳을 향했다.

이십 장쯤 떨어져 있는 커다란 바위 아래, 편한 자세로 앉아 있는 노인의 모습이 눈에 들어왔다.

오 척을 간신히 넘겼을까.

훅 불면 날아갈 것처럼 왜소한 체구의 노인이었나.

그는 짙은 흑의를 입고 있었는데, 걷어올린 소매 사이로 드러난 팔은 앙상하기 그지없어 말라죽은 고목을 보는 것만 같았다. 더구나 팔에는 수십 마리의 뱀이 기어가는 듯한 끔찍한 흉터가 자리 잡고 있었다. 하지만 그의 모습을 확인한 순간 마풍영은 가슴이 답답해지는 것을 느꼈다.

오직 무공만으로 십만 마교도의 추앙을 받으며 절대적인 입지를 굳힌 인물. 바로 자신의 사부이자 호교마장의 우두머리 격인 마군(魔君) 진종립이 바로 그였던 것이다.

한편 명현자는 심장이 덜컥 내려앉는 기분이 들었다.

처음 그를 봤을 땐 설마설마 했으나 목소리를 듣고 나니 확실해졌다.

칠십여 년 전, 치열했던 정파와 마교 간의 싸움이 절정에 이르렀을 때 홀연히 모습을 드러낸 이들.

스스로를 호교마장이라 칭하던 마교의 여덟 호법의 존재
는 정파 측으로 기울어져 있던 전쟁의 판도를 완전히 뒤흔들
어 놓을 만큼 대단한 무위를 지니고 있었다. 그중에서도 진종
립의 존재는 단연 독보적이었다.

수많은 정파의 고수들이 그에게 오십 초 이상을 견디지 못
하고 속수무책으로 쓰러져 갔다. 심지어 당시 십대고수였던
무당의 속가제자, 파뢰율검(波雷燏劍) 담정(潭正)조차 그에게
백 초 만에 피를 토하며 절명하고 말았다.

자신의 사형인 검선조차 그와 간신히 동수를 이뤘을 뿐이
다. 하나 이 역시 수많은 고수를 상대하느라 진종립이 지쳐
있었기에 가능한 일이었다.

만약 이름 모를 고인들이 나타나지 않았다면 정사대전은
분명 정파의 패배로 귀결되고 말았을 것이다.

더구나 당시에도 이미 세수 오십을 헤아리던 그였다. 칠십
여 년이 흘렀으니 어림 잡아도 백이십에 달하는 나이. 하나
주름 가득한 얼굴 가운데 자리 잡은 두 눈은 아직도 섬뜩한
안광을 줄기줄기 흘려내고 있었다.

"왜 오셨습니까?"

퉁명스러운 제자의 물음에 진종립이 너털웃음을 터뜨렸
다.

"예끼, 이놈. 예나 지금이나 사부 대하는 태도가 영 글러먹
었구나. 왜, 내가 못 올 데라도 왔느냐?"

"예, 오지 마셨어야 했습니다. 이번 일은 제가 책임자니까
요."

"쯧쯧, 저 버르장머리 하고는……."

한차례 혀를 찬 진종립의 얼굴에 마뜩찮은 기색이 역력했
다. 하지만 이내 반가운 사람을 만났다는 표정으로 명현자를
바라봤다.

"어허. 신기하군, 신기해. 나는 이렇게 주름 자글한 늙은이
가 되었는데 어찌 자넨 젊었을 적 그대론가? 과연 화산의 정
송심법은 대단하구만. 반로환동이라도 한 겐가? 나에게 실짝
그 비법을 알려주게나. 그럼 특별히 자네만큼은 살려 보내주
겠네."

말없이 신음을 삼키는 명현자의 모습에 진종립이 껄껄 웃
음을 터뜨렸다.

"하하, 그 표정 정말 오랜만에 보는군. 아직도 그때 모습이
눈에 선하이. 겁에 잔뜩 질려 있으면서도 오기 하나로 버티
던. 그래, 자네의 고집불통 사형도 잘 있나? 지금은 검선이라
불린다지?"

명현자는 대답 대신 진종립을 노려보았다.

검선이 우화등선한 사실은 아직 극소수만이 알고 있었다.
죽은 공명이 살아 있는 중달을 쫓아냈듯, 검선의 존재가 어찌
면 그에게 구명줄이 될지도 모르는 일이다. 한 치 앞도 내다
보기 힘든 상황에서 순순히 이를 밝힐 만큼 명현자는 어리석

지 않았다.

이때 진종립의 입매가 슬쩍 뒤틀렸다.

"예나 지금이나 몹쓸 악취미는 여전하시구려. 언제까지 그렇게 숨어 이슬만 맞고 계실 생각이오?"

"아미타불."

웅혼한 불호가 검단곡을 울렸다.

검단곡 한편에서 내상을 치료하고 있던 홍적문의 눈빛이 크게 흔들린 것도 그때였다.

불호와 함께 모습을 나타낸 열아홉 명의 승려. 바로 자신의 사부인 비광을 비롯한 십팔나한임을 단박에 알아본 것이다.

"사부님!"

홍적문의 외침에 비광은 질책 어린 눈빛으로 그를 바라봤다.

"쯧쯧, 아주 된통당했구나. 꼴좋다, 이놈. 내 말했었지?"

푹 고개를 숙이는 홍적문을 뒤로하고 비광이 진종립을 바라봤다.

이에 진종립이 마주 웃으며 비광을 향해 손을 흔들었다.

"하하하. 이거 반가운 얼굴을 또 보는구만. 그동안 잘 계셨소, 망나니 신승(神僧)?"

"진 시주께서도 건강해 보이십니다그려."

비광의 대꾸에 진종립이 고개를 절래절래 흔들었다.

"아니오, 아니오. 이제 내 몸이 내 몸 같지 않구려. 하루가

멀다 하고 이가 빠지고, 온몸 구석구석 골병이 들지 않은 곳
이 없으니 조만간 황천 가는 배에 오를 것만 같소."

"그러게 왜 힘들게 험한 산을 오르셨소. 지금이라도 늦지
않았으니 어서 돌아가 보중하도록 하시오. 시주께서 열반(涅
槃)에 드신다면 귀교에도 크나큰 손실이 아니오?"

"아무리 산이 험하다 한들 본 교의 십만대산만 하겠소이
까? 모처럼 오른 길이니 빈손으로 돌아가기 그렇구려. 그래
서 말인데……."

은근히 말끝을 흐린 진종립이 의미심장한 표정을 지어 보
였다.

"신승의 머리통 하나 들고 가면 그럭저럭 체면치레는 할
것 같은데, 어찌 생각하시오?"

머리를 내놓으라는 노골적인 언사에 십팔나한이 발끈하여
앞으로 나섰다.

그런 그들을 비광이 제지했다. 그리곤 진종립을 향해 여유
를 잃지 않고 응수했다.

"드디어 불가에 귀의하시고자 뜻을 바꾸셨소? 내 진작 그
뜻을 헤아리지 못해 송구할 뿐이외다."

"어허, 그 무슨 말도 안 되는. 어찌 본 교에 몸담은 이가 불
가에 귀의한단 말이오?"

"아니, 그렇다면 부처의 머리는 어디다 쓰시려고?"

눈을 껌벅이며 비광을 바라보던 진종립이 이내 손뼉을 치

며 웃음을 터뜨렸다.

"하하, 그 세 치 혀는 여전히 날카롭구려. 그런데 무공도 여전한지 모르겠소."

그말과 함께 진종립이 슬쩍 오른손을 내밀었다.

순간 비광은 음유하기 이를 데 없는 경력이 자신의 가슴팍을 두드리는 것을 느꼈다.

"……!"

비광의 얼굴이 굳어졌다.

비광은 황급히 진기를 끌어올려 양손을 교차해 경력을 끊어내려 했다. 하나 그 순간 음유하던 경력이 순식간에 쇳덩이처럼 굳어지더니 그대로 그의 명치를 후려쳤다.

쩡!

"큭!"

나직한 신음과 함께 비광의 신형이 일 장가량 주르륵 뒤로 밀려났다.

비광의 얼굴이 순식간에 창백해졌다 본래대로 돌아왔다.

"쯧쯧. 어째 칠십 년 전보다 조금도 나아진 것 같지가 않소이다?"

"그러게 말이오. 술과 고기를 끊은 세월이 길다 보니 영 기운이 나질 않는구려."

애써 태연하게 대꾸하는 비광이었으나 내심은 크게 놀라 숨도 쉬지 못할 지경이었다.

자신과 달리 진종립은 땀 한 방울 흘리지 않고 있었다. 과거에도 그에게 백 초 이상을 받아낼 자신이 없을 만큼 무위의 격차가 현저했다. 그런데 지금의 그는 그때보다 더욱 강해져 있었다.

인사처럼 건넨 가벼운 한 수. 그러나 그 안에 담겨 있는 풍멸쇄심수의 성취는 과거의 진종립과는 비교할 수 없을 정도였다.

그때였다.

"무량수불."

나직한 도호를 외우며 검단곡에 들어선 일단의 사람들이 있었다.

그들을 발견한 명현자의 표정이 돌처럼 굳어졌다.

"화산문하 조명이 사숙을 뵙습니다."

자신을 향해 고개를 숙이는 조명 도장과 그 뒤에 도열한 스물네 명의 매화검수.

명현자의 불같은 호통이 쏟아졌다.

"어서 그 아이들을 데리고 내려가거라!"

예상치 못한 명현자의 질책에 조명은 당혹감을 금치 못했다. 분명 자신의 사숙은 곤경에 처해 있는 것이 틀림없었다. 그런데 반색하긴커녕 오히려 자신을 꾸짖고 있었다.

조명이 공손히 머리를 조아렸다.

"소질이 어리석어 사숙께서 노여워하시는 이유를 알지 못하겠나이다."

"몰라서 묻느냐? 조명, 이 멍청한 녀석아. 너로 인해 화산은 맥이 끊기게 생겼다."

"그게 무슨……?"

조명의 질문에 대답한 사람이 명현자가 아닌 진종립이었다.

"쉽게 말해 그 아이들 중 어느 누구도 살아서 이곳을 내려갈 수 없다는 뜻이지."

조명이 어이없는 말을 지껄이는 중늙은이를 바라보며 실소를 흘렸다.

단 한 명의 매화검수만 하더라도 어지간한 문파의 장로 급에 해당하는 무위를 지니고 있었다. 더구나 한 명도 아닌 스물네 명이라면 화산 전체의 삼 할에 해당하는 전력이었다. 더구나 아직 검에 관한 한 어디에서도 아쉬운 소리 들은 적 없는 자신도 있질 않은가?

하나 이어진 명현자의 말에 그의 얼굴은 창백하다 못해 하얗게 질려갔다.

"그가 바로 마군이다."

"호교마장!"

비로소 조명이 자신을 알아보자 진종립은 흐뭇한 표정으로 고개를 끄덕였다.

"내가 바로 진 모일세."

조명이 놀란 얼굴로 진종립과 명현자를 번갈아 보았다. 하지만 이내 태연함을 되찾고 고개를 끄덕였다.

"빈도는 그 혼자서 우리 모두를 감당할 수 있을 거라 믿어지지 않습니다만."

그러면서 슬쩍 비광 일행을 바라보는 명현자였다.

이에 비광이 쓴웃음을 머금었다.

틀린 말은 아니었다.

제아무리 진종립이라 할지라도 소림의 십팔나한과 화산의 매화검수, 거기에 자신을 비롯한 명현자의 합공을 비더낼 리 만무했다. 하지만 그건 어디까지나 칠십 년 전의 그에게 해당되는 이야기였다.

방금의 한 수로 깨달은 것이지만 그는 이미 인간의 경지를 초월해 무공의 화후(火候)를 짐작할 수 없는 단계에 들어서고 있었던 것이다.

설산검후인 단리영이 있다곤 하나 그녀 역시 아직은 진종립의 상대론 부족함이 있었다. 더구나 저 여우같은 늙은이가 단신으로 이곳에 왔을 리가 없다.

아니나 다를까, 검단곡 곳곳에서 느껴지는 마기의 수는 이미 기백을 훌쩍 넘어서고 있었다.

'빌어먹을 노괴. 아예 작정을 했군.'

내심 진종립을 욕하던 비광이 겉으론 웃음을 띠고 그에게 말을 건넸다.

“귀교에선 또다시 서로 간의 피를 보고자 하는 것이오?”

“피는 무슨. 다만…….”

막 무언가를 말하려던 진종립의 얼굴에 이채가 떠올랐다. 그리곤 시종일관 차가운 눈빛으로 자신을 응시하는 단리영의 얼굴을 유심히 살피기 시작했다.

“이상하군. 낯설지가 않아. 혹시 처자는 나를 아는가?”

서늘한 음성이 진종립의 말을 받았다.

“칠십여 년 전 이곳에서 꼬리 말고 도망친 쥐새끼에 관한 이야긴 익히 들어 잘 알고 있지.”

“……!”

진종립의 표정이 처음으로 일그러졌다.

천천히 고개를 돌리자 자신을 노려보는 한 인물이 눈에 들어왔다. 바로 만신창이가 되어 가쁜 숨을 헐떡이는 단리백이었다.

“뭐라 지껄였느냐?”

진종립의 음성에서는 무서운 살기가 깔려 있었다. 하나 단리백은 오히려 그런 그를 향해 조소를 날렸다.

단리백을 응시하던 진종립의 눈이 천천히 커졌다.

피처럼 붉은 장포, 그리고 눈매라던가 보는 이를 위축시키는 분위기가 왠지 모르게 눈에 익었다.

“너는 단리진과 어떤 관계냐?”

진종립의 물음에 단리백은 대답 대신 자신의 손을 들어 보였다.

단리백의 손가락에 끼워져 있는 혈영환을 몰라볼 진종립이 아니었다. 그의 인생에 유일한 패배를 경험하게 만든 인물 역시 그와 같은 반지를 끼고 있었다.

진종립이 돌연 크게 웃음을 터뜨렸다.

"하하하. 그렇군, 네놈이 당대 촉산혈성이로구나."

웃음을 거둔 진종립이 주위를 쓸어보며 말을 이어갔다.

"실로 오랜만의 강호행인데 생각지도 않게 반가운 이들을 만나게 되는군."

그 말이 끝나기 무섭게 진종립의 신형이 중인들의 시야에서 사라졌다.

그리고 다시 모습을 나타냈을 때 그는 단리백의 목을 움켜쥐고 있었다.

워낙 창졸간에 벌어진 일이라 그 어느 누구도 이를 제지할 수 없었다. 심지어 단리영조차 갑작스런 사태에 입술만 잘근 깨물 뿐이었다.

순식간에 마혈이 짚힌 단리백은 뻣뻣하게 굳어진 채 진종립을 노려볼 뿐이었다.

살기를 담아 형형하게 빛나는 단리백의 눈빛을 마주한 진종립의 입가에 의미심장한 웃음이 퍼져 갔다.

"정말 감회가 새롭군. 그날 나의 패배로 인해 본 교의 수많은 이들이 검단곡 아래 뼈를 묻고 말았지. 잘난 네놈의 조부 때문에 말이야.”

단리백의 입매가 슬쩍 일그러졌다.

그것이 조소임을 알아챈 진종립의 눈매가 사나워졌다.

진종립이 입을 열었다.

“하지만 촉산혈문도 오늘로 끝나는군.”

그 말이 끝나기 무섭게 단리백의 목을 움켜쥔 손을 통해 다량의 진기가 투입되기 시작했다.

“컥!”

숨이 턱 막히는 고통 앞에 단리백이 눈을 부릅떴다. 하지만 진종립의 손을 통해 흘러들어 오는 사나운 진기는 날카로운 칼날처럼 심맥을 갈가리 찢어발기고 있었다.

반면 진종립은 실소를 금할 수 없었다. 단리백이 부상을 입고 있다는 것은 알고 있었지만 반발력이라곤 전혀 느껴지지 않는 그의 상태는 그야말로 감흥조차 일지 않을 정도였다.

“호부(虎父) 아래 견자(犬子) 없다더니, 그것도 다 옛날 말이로군.”

진종립의 조롱에 단리백의 눈에서 새파란 불꽃이 튀어 올랐다.

그가 언제 이와 같은 비웃음과 멸시를 받아봤단 말인가.

분노와 함께 그의 내부에서 꿈틀대던 마기가 불같이 일어났다.

“……!”

진종립의 얼굴에서 비웃음이 걷혔다. 단리백의 전신에서 뿜어진 마기가 자신의 손을 타고 오르더니 삽시간에 어깨까지 검게 물들이고 있었던 것이다.

푸스스.

진종립의 흑포가 먼지가 되어 흩날리기 시작했다.

하나 이도 잠시.

진종립이 실소를 흘렸다.

"고작 이따위 마기를 믿고 그리 건방을 떤 것이냐?"

그 말과 동시에 진종립의 눈에서 가공할 안광이 뿜어졌다.

치이익.

달군 쇳덩이를 물에 집어넣는 듯한 소성이 터져 나왔다.

빠르게 진종립의 어깨를 집어삼키던 마기가 일순 주춤했다. 그리곤 보이지 않는 힘에 서서히 밀려나기 시작했다.

진종립의 팔은 언제 그랬냐는 듯 본래의 피부색을 회복했다.

반대로 단리백의 얼굴은 더욱 창백해져 핏기라곤 찾아볼 수 없었다.

단리백을 어린애 취급하듯 가지고 노는 진종립의 가공할 무위에 중인들은 경악하지 않을 수 없었다.

이때 진종립이 입을 열었다.

"한심하군. 노부가 기대했던 것은 이따위 어설픈 마기가 아니었다. 촉산혈문이 자랑하던 혈라강기는 어째서 보여주지 않는 것이냐?”

그러면서 더욱 막강한 진기를 단리백의 내부에 쏟아 넣는 진종립이었다. 동시에 그의 다른 손이 단리백의 어깨 어림을 훑어갔다.

우드득.

그리 크지 않은 소리. 하나 그 가벼운 손짓에 단리백의 어깨뼈는 조각조각 부서지고 있었다.

진종립은 거기에서 그치지 않고 단리백의 다른 어깨와 양 무릎마저 차례대로 박살 냈다.

“크아악!”

고통을 견디지 못한 단리백이 처절한 비명을 터뜨렸다.

진종립의 말이 이어졌다.

“아프냐? 그때의 나 역시 그러했다. 하나 지금은 그때와는 상황이 반대로구나.”

과거의 기억에 사로잡힌 그의 눈에는 광기마저 내비치고 있었다. 오래전의 원한을 단리백에게 쏟아내는 그의 얼굴에 더없이 만족스러운 웃음이 맺혀갔다.

저벅저벅.

단리백의 목을 움켜쥔 채 진종립이 걸음을 옮기기 시작했다.

어느 누구도 진종립을 제지할 수 없었다.

그 아래, 끝이 보이지 않는 시커먼 절벽이 입을 벌리고 있는 검단곡 끝자락에 이르러서야 그가 걸음을 멈춰 섰다.

진종립이 손가락에 힘을 넣었다.

푸욱.

금강석처럼 예리한 그의 손가락이 단리백의 목을 두부처럼 파고들었고, 손가락 만한 크기의 구멍에서는 쉬지 않고 연신 핏물이 흘러내렸다.

잠시 단리백을 응시하던 진종립이 실망한 얼굴로 입을 열었다.

"이건 뭐 재미도 없고……."

진종립이 막 단리백을 던지려던 순간이었다.

돌연 단리백이 눈을 떴다.

"……!"

진종립이 뒤로 튕겨지듯 물러섰다. 손가락을 통해 엄청난 힘이 쏟아져 나와 그로서도 버틸 수가 없었던 것이다. 아니, 그보다는 과거에 마주한 적이 있던 섬뜩한 기운이 그의 뇌리에 경종을 울렸기 때문이다.

마기가 아니었다.

그의 팔과 온몸에 남겨놓은 흉측한 상처의 원인.

'혈라강기!'

진종립이 손을 놓고 황급히 몇 걸음 물러섰다. 하지만 그보다 더욱 빠르게 단리백을 향해 달려들며 양손을 휘둘렀다.

시커멓게 물든 그의 양손이 점차 회색으로 바뀌더니, 종국엔 뼈가 보일만큼 투명하게 변해갔다. 그의 성명절기이자 희대의 절공인 풍멸쇄심수가 극성에 이르러야만 보일 수 있는 신기였다.

단리백은 언제 탈진했었냐는 듯이 그 자리에 오연히 버티고 서 있었다.

단리백이 손을 뻗어 진종립의 손을 움켜쥐려 했다. 그러나 그 행동은 어이없이 느렸고, 안색은 여전히 잿빛이었다.

그 모습을 보고나서야 진종립은 내심 안도할 수 있었다. 동시에 한순간이나마 크게 놀란 자신이 부끄러워졌다.

무시무시하게 번뜩이는 단리백의 눈빛은 회광반조의 현상이 분명했다. 지금의 무의미한 행동 역시 고작해야 마지막 발악에 불과한 것이다.

진종립의 오른팔이 단리백의 손을 쳐내더니, 그대로 가슴을 후려쳤다.

우둑.

진종립의 손은 단리백의 팔목을 간단히 부러뜨린 다음 그 가슴에 부드럽게 파고들어 가 폐를 헤집었다.

"쿨럭!"

단리백의 입에서 짙은 핏물이 뿜어져 나왔다.

멀리서 이를 지켜보던 단리영의 안색이 파랗게 변했다.

일 수에 단리백에게 치명상을 입힌 진종립의 무공이 뛰어나서가 아니었다.

방금의 격돌로 인해 단리백이 떠밀려 나가 절벽 아래로 떨어지기 시작한 것이다.

그 순간 마풍영이 바람처럼 절벽을 향해 달려갔다. 멀리 추락하는 단리백의 모습을 확인하기 위해서였다.

이곳은 도처에 칼날처럼 예리한 바위가 빼곡하게 위치하고 있어 검단곡이라는 이름마저 무색할 만큼 치명적인 지형이었다. 실제로 정사대전 당시 검단곡으로 떨어져 내린 수많은 군웅들 중 살아서 돌아온 이가 전무했다. 그럼에도 불구하고 직접 눈으로 보지 않고는 안심을 할 수 없었다.

마풍영은 단리백이 절벽 몇십 장 아래쪽에 튀어나온 뾰족한 바위에 부딪쳐 짓이겨지고, 다시 튕겨져 다른 바위에 허리가 으스러져 끝끝내 추락해 어둠 속에 묻히는 걸 보고서야 고개를 들었다.

의심할 여지가 없었다.

단리백은 죽은 것이다.

"쳇."

이유는 알 수 없으나 마풍영은 입맛이 매우 썼다.

반면 종리청은 앓던 이가 빠진 것처럼 속이 시원했다. 드디어 단리백이란 이름의, 지긋지긋한 악몽에서 벗어난 것이다. 이제 남은 것은 눈앞에 닥친 위기를 넘기는 것뿐이었다.

종리청은 머리를 굴리기 시작했다.

혈육을 잃은 단리영이 이대로 물러설 리 없었다. 더구나 진종립을 비롯한 마교 무리와 소림과 화산의 충돌은 불가피했다. 지금의 상황을 잘만 이용한다면 이곳에서 무사히 몸을 빼는 것도 불가능한 것만은 아니었다.

그때였다.

"이상하군."

종리청이 고개를 돌려 능곡유를 바라봤다.

두 눈을 잃고 죽음이 멀지 않았음에도 불구하고 의연함을 잃지 않던 능곡유였다. 그런 그가 이상하리만치 몸을 떨어대고 있었다.

"촉산혈성은 죽었는가?"

능곡유의 질문에 종리청이 고개를 끄덕였다.

"죽었습니다."

능곡유의 안색이 점차 창백하게 변해갔다.

"그렇다면 어째서……."

말끝을 흐린 능곡유가 하늘을 향해 고개를 들었다. 비록 눈은 없었지만 그는 천살성의 기운을 확실히 느끼고 있었다.

종리청은 결코 확실하지 않은 일은 입에 담을 위인이 아니었다. 그가 죽었다면 죽은 것이다. 그럼에도 불구하고 천살성의 기운은 조금도 누그러지지 않았다. 아니, 오히려 이전과는 비교할 수 없을 만큼 짙어져 그 기운을 느끼는 것만으로도 몸이 떨려올 정도였다.

오히려 천살성과 균형을 이루고 있던 천군성과 인월성의

기운이 눈에 띄게 약해지고 있었다. 특히나 천군성의 기운은 지금도 급격히 쇠락해 금방이라도 사라질 것만 같았다.

쿵!

능곡유는 거대한 철퇴가 뒤통수를 후려치는 듯한 충격을 받았다.

"그 아이, 천룡의 인을 지닌 그 아이는?"

능곡유의 음성에는 다급함이 묻어나고 있었다.

"마풍영이란 자가 데리고 있습니다."

"혹시 그 아이에게 달라진 짐이 있지 않은가?"

"잘 모르겠습니다."

"미간 부근을 살펴보게. 혹 붉은 홍조가 머물고 있는지."

능곡유의 재촉에 종리청은 슬쩍 한숨을 흘렸다. 지금은 몸 상태가 말이 아니었으나 능곡유의 부상에 비할 바가 아니었다. 더구나 그는 자신의 정체를 알고 나서도 등을 돌리지 않은 유일한 사람이기도 했다.

종리청이 진기를 끌어올렸다. 그리고 유심히 임소하를 살피기 시작했다.

그렇게 약간의 시간이 흐르자 종리청은 임소하로부터 특이한 점을 찾아낼 수 있었다. 임소하의 미간에 자리 잡은 붉은 기운. 처음엔 희미해 잘 보이지 않았으나 안력을 집중하자 더욱 확실하게 눈에 들어왔다.

"미간 사이에 붉은 기운이 스며 있군요. 그 이외엔 특별히 달라진 게 없는 것 같습니다."

"이런……!"

종리청의 말을 듣는 순간 능곡유는 온몸에서 힘이 빠져나가는 것을 느꼈다.

"어찌 이런 일이…… 천룡의 인과 천살성을 동시에 타고나는 것이 가능하단 말인가."

"무슨 말입니까?"

능곡유는 대답 대신 침음성을 흘릴 뿐이었다.

처음부터 자신은 헛다리를 짚고 있었다. 천살성의 기운을 처음 느꼈을 당시, 단리백이 흑암보에 모습을 나타낸 것만으로 너무 성급히 그와 천살성을 연관짓고 만 것이다. 이는 그동안 강호에 전해지던 촉산혈성의 악명 역시 한몫 거들었다.

하지만 그는 천살성이 아니었다. 오히려 천살성은 임소하였다. 천살성이 나타나고 정확히 일 년 후 그녀가 태어난 사실이 이를 뒷받침하고 있었다.

능곡유로선 아연해지지 않을 수 없는 일이었다. 천살성으로 인해 닥쳐올 불행을 막기 위해 지금까지 행한 그 모든 일이 오히려 천살성의 기운을 부추기는 꼴이 되고 말았다. 천군성이라는, 천살성을 견제할 유일한 수단을 제거하는데 모든 힘을 쏟아 부은 것이다.

자신의 어리석음을 아무리 후회해도 이미 엎질러진 물이었다.

능곡유가 힘없는 음성으로 입을 열었다.

"그는… 축산혈성은 천살성을 지닌 인물이 아니었네. 오히려 그가 천살성을 견제하는 천군성이었어. 그리고 그의 죽음으로 인해 천살성의 기운이 급격히 강해지고 있다네."

그러나 종리청에게 있어 단리백이 천살성인가 천군성인가가 중요한 게 아니었다. 그에게 있어 가장 거추장스러운 존재가 사라졌다는 것에 대해 안도할 뿐이었다.

이때 진종립의 음성이 검단곡에 울려 퍼졌다.

"이거 생각 외로 일이 쉬워졌군. 십팔니한괴 매회검수라……. 이 정도면 소림과 화산에 적지 않은 타격이 되겠지? 하하, 오랜만의 강호행치곤 성과가 나쁘지 않아."

자신들을 안중에도 두지 않는 진종립의 오만함에 명현자가 신음을 흘릴 때였다.

파앗.

돌연 눈부신 잔영을 남기며 허공을 가르는 섬광이 있었다.

그와 동시에 진종립의 신형이 미끄러지듯 일 장가량 물러섰다.

꽈앙!

비산하는 돌조각과 먼지 사이로 드러난 유백색 검신. 그제야 중인들은 섬광의 정체가 단리영이 던진 현사검임을 깨달았다.

중인들이 단리영의 모습을 찾았으나 그녀는 이미 보이지

않았다. 오직 명현자와 비광만이 순식간에 진종립과 거리를 좁혀가는 그녀의 뒷모습을 쫓고 있었다.

가볍게 소매를 휘둘러 현사검을 걷어올린 단리영이 매서운 기세로 진종립을 몰아치기 시작했다.

이에 진종립 역시 얼굴에 웃음을 거두고 풍멸쇄심수를 극성으로 끌어올렸다.

퍼엉!

두 사람이 격돌하는 순간 무서운 폭음이 검단곡을 집어삼켰다.

폭음 사이로 쩌렁한 웃음소리가 터져 나왔다.

"하하하. 그래, 검후의 후예와도 남은 빚이 있었지."

그러나 이마저 연신 터져 나오는 충격음에 묻혀 사라졌고, 그 와중에도 치열한 공방을 주고받는 두 사람의 움직임은 시간이 지날수록 점차 빨라지고 있었다.

잠시 그들의 싸움을 지켜보던 마풍영이 움직인 것도 그때였다.

"등활, 저자들을 쓸어내라."

"복명!"

우렁한 외침과 함께 팔대지옥을 선두로 백 명을 훌쩍 넘기는 인영들이 모습을 드러냈다. 그들은 한결같이 짙은 흑색 피풍의를 걸치고 있었는데, 그들의 손에는 각기 예리하게 번뜩이는 병장기가 들려 있었다.

도열을 이뤄 중인들을 향해 달리는 모습은 마치 거대한 흑색의 물결을 보는 듯했다.

당황한 중인들을 뒤로하고 비광이 자신의 뒤에 시립해 있는 십팔나한을 향해 소리쳤다.

"소나한진(小羅漢陣) 개진(開陣)!"

"아미타불!"

우렁한 불호와 함께 열여덟 명의 나한이 각각의 주어진 방위를 맡아 움직이기 시작했다. 소림의 최대 절기, 백팔나한진의 축소 형태인 십팔나한진이 발동한 것이다.

이에 질세라 조명이 거의 동시에 입을 열었다.

"매화검진을 펼쳐라!"

촤촤촤촹!

동시에 뽑힌 스물네 자루의 검이 일사불란하게 움직이며 순식간에 정교한 검진을 구축했다. 소림의 나한진, 무당의 칠성검진과 더불어 삼대절진으로 인정받는 화산의 정수가 모습을 드러낸 것이다.

선장과 계도를 들고 움직이는 승려들의 황색 가사와 파사를 상징하는 붉은 도포 사이로 번뜩이는 푸른 검날들은 그야말로 장관이 아닐 수 없었다.

팽팽하게 맞선 양측이 무섭게 격돌하려는 순간,

누구도 생각지 못한 이변이 벌어졌다.

콰르르릉.

천지가 무너져 내리는 소리가 그러할까.

잠시 주춤했던 지반이 요란하게 무너져 내리기 시작한 것이다. 그러나 그 기세는 처음과 비교도 되지 않았다.

그뿐만이 아니었다.

갈라진 검단곡 곳곳에서 계란이 썩은 듯한 매캐한 내음과 함께 짙은 황색의 기체가 뿜어져 나오기 시작했다.

"호흡을 멈춰! 유황이다!"

"……!"

몇몇 이가 목을 부여잡고 쓰러지는 가운데 명현자의 안색이 딱딱하게 굳어졌다.

유황이 해로운 것은 누구나가 다 알고 있다. 하나 한 모금만 들이마셔도 절명할 정도의 극독은 아니었다.

"독장(毒瘴)!"

과거의 혈전으로 인해 검단곡 아래엔 무수한 시신들이 썩어가고 있었다. 비록 정제하는 과정을 거치는 부시독에 비할 바는 아니었으나 습하고 더운 곳에서 생기는 독기와 뒤섞인 시독(屍毒)은 충분히 치명적이었다.

안개처럼 독장을 형성하여 검단곡 아래 일렁이던 독기가 분출되는 유황을 타고 삽시간에 사방으로 번져 가고 있었다. 거기에 대지가 갈라지고 지반마저 무너지고 있으니… 실로 아비규환의 참사가 눈앞에서 벌어지고 있었다.

"크악!"

“커헉!”

집채만 한 낙석이 비 오듯 쏟아지는 가운데 바위에 짓이겨진 시신과 중독되어 쓰러진 이들이 속출하고 있었다. 하지만 이는 오래가지 않았다.

콰지지직.

검단곡 전체가 송두리째 무너지기 시작한 것이다.

참혹한 비명도 살려달라는 절규도 이내 그 안에 묻혀 사라지고 말았다.

이윽고 한참의 시간이 흘렀을 때 무너진 검단곡에서 살아 있는 생명의 기운은 찾아볼 수 없었다. 혈향과 함께 분분히 떠도는 죽음의 냄새만이 칠흑처럼 짙게 드리워져 있을 뿐이었다.

*   *   *

“울지 말거라.”

의외로 차분한 음성이었다.

표정 역시 그러했다. 원망이나 슬픔 따윈 느껴지지 않는 담담한 눈빛. 시커먼 피가 앞섶을 흥건히 적시고 있음에도 고통스런 신음 한줄기 흘리지 않는다.

그는 그런 위인이었다.

태어난 이후 단 한 번도 그의 웃음을 본 적이 없었다. 감정이라곤 찾아볼 수 없는 건조한 눈빛과 늘 준엄함을 잃지 않던 차가운 표정. 이것이 그에 대한 기억 전부였다.

그런 그가 죽음을 목전에 두고 나서야 웃고 있었다. 그래서 그 웃음은 더욱 가슴을 시리게 했다.

"냉혹하고 비정한 촉산혈성이 눈물을 보인다면 지금까지 선조들이 애써 쌓아 올린 악명은 어찌 되겠느냐? 촉산혈문의 계승자는 눈물을 흘려서는 아니된다. 아비 앞이라 하더라도 마찬가지다."

급격히 가늘어지는 숨결.

한마디 말을 내뱉을 때마다 그의 체온은 점차 싸늘하게 식어가고 있었다.

그 지닌바 의미를 어찌 모르랴.

황급히 명문혈에 손을 가져가는 자신을 향해 그는 쓸쓸한 얼굴로 고개를 저었다.

"부질없는 짓. 네 본원진기만 상할 뿐이다. 그만두거라."

눈물만 뚝뚝 떨구는 자신의 머리를 쓰다듬으며 그가 말을 이어갔다.

"네게는 이런 짐을 지우고 싶지 않았다. 하지만 이것이 우리 가문의 숙명. 미안하다, 아들. 이 아비를 용서하거라."

처음이자 마지막인 인자한 음성은 어린 아들을 염려하는 다른 아비들과 조금도 다를 게 없었다. 그 역시 피가 흐르고 심장이 뛰는 사람이었던 것이다.

"이젠 네가 당대 촉산혈문의 주인이다."

마지막이 될지도 모르는 부자간의 대화를 이렇게 끝내고 싶지 않았다. 그러나 그 말을 마지막으로 그는 더 이상 입을 열지 않았다.

"아버지……."

단리백이 한 말이라곤 그게 전부였다. 못다 한 말이 가슴속에 가득 쌓여 있건만 슬픔에 목이 메어 정작 그 말 외엔 아무런 말도 할 수 없었다.

'그렇게 보내 드리는 것이 아니었는데…….'

하다못해 손이라도 한 번 잡아줬어야 했다. 어찌 보면 매우 사소한 것이었으나 매해 아버지의 기일이 돌아오면 어김없이 후회하는 일이기도 했다.

'꿈…… 나는 꿈을 꾸고 있는 것인가?

의식이 깨어 있음을 인지하자 돌연 고통이 찾아왔다.

참으로 지독한 고통이었다.

산산이 부서진 몸을 망치로 두드려 짓이기고, 다시 수십 자루의 칼로 찢어발기는 듯한 고통이 쉴 새 없이 밀려왔다.

입을 열 기운만 있다면 죽어라 비명을 내지르고 싶은 심정이었다. 하나 입을 열기는커녕, 손가락 하나 까딱할 힘도 남아 있지 않았다. 하지만 이처럼 득달같이 달려드는 고통이 오히려 반가운 단리백이었다.

고통은 곧 살아 있다는 반증.

단리백은 천천히 눈을 떴다.

꽤나 오래 정신을 잃고 있었던 듯 밤이 깊어 있었다. 별빛 한 점 보이지 않는 컴컴한 하늘을 응시하고 있자니 왠지 모를 두려움이 밀려왔다.

몸을 움직여 보려 했으나 사지육신 모두가 단리백의 의지를 벗어나 있었다. 그나마 조금이라도 움직일 수 있는 것은 고개뿐이었다.

단리백은 고개를 돌려 자신의 몸을 살피기 시작했다. 하지만 이내 극심한 허탈함이 사로잡혔다. 숨이 붙어 있다 안도하기엔 너무 성급했던 것이다.

가장 먼저 눈에 들어온 것은 정강이 살을 뚫고 날카롭게 삐져 나온 뼛조각이었다. 그 뒤를 이어 완전히 부러지고 으스러져 본래의 형태를 잃어버린 두 다리를 확인할 수 있었다. 뿐만 아니라 온통 피범벅이 되어 있는 허리 아래로는 그 어떤 감각도 느껴지지 않았다.

하반신뿐만이 아니었다. 연이은 부상으로도 모자라, 칼날같은 바위에 찢고 짓이겨진 육신은 그야말로 으깨진 고깃덩이와도 다름없었다.

바스러진 양 어깨는 말할 것도 없었고, 가슴에 커다랗게 뚫린 구멍에서는 아직도 뭉클거리며 피가 흘러내리고 있었다. 등에서부터 관통한 검은 바닥에 부딪쳤을 때 충격으로 부러져 검날이 어깨를 반쯤이나 베어놓았다. 게다가 부러진 늑골들이 허파를 찔러와 숨조차 제대로 쉬기 힘들었다.

'제길……!'

털썩.

맥없이 드러누운 단리백이 밀려드는 자괴감에 몸서리치고 있을 때였다.

투두둑!

작고 단단한 무언가가 단리백의 얼굴을 두드렸다.

"……?"

바닥에 누운 채 하늘을 응시하던 단리백은 이내 기가 막혀 아무런 행동도 취할 수 없었다.

밤이라서 어두운 것이 아니었다. 거대한 무언가가 빛을 차단하고 있어 어두워 보였을 뿐이다. 그리고 그 거대한 것의 정체를 깨달았을 때 단리백은 자신도 모르게 실소를 터뜨렸다.

작은 산봉우리가 송두리째 무너진 듯한, 이십 장은 족히 넘어 보이는 바위였다.

거암(巨巖)은 고작 십 장 정도의 높이에서 계곡 양쪽에 위태하게 걸쳐져 있었는데, 이조차 육중한 무게를 견디지 못해 계곡의 벽이 조금씩 부서져 내리고 있었다.

'이대로 죽는 것인가?'

제아무리 단리백이라 할지라도 지금 상태에서 저런 바위

에 짓눌리고서도 살아남을 수는 없다. 사실 지금 이 모양이 되고서도 숨이 붙어 있다는 것만 해도 신기한 일이었다.

'마기… 때문인가?'

파정도의 마기가 지닌 괴이막측한 효능을 계산에 넣지 않으면 설명할 수 없는 일이었다. 그러나 그 어떤 것이라도 한계는 분명한 법.

후두둑.

쏟아지는 돌조각의 양이 더욱 많아졌다. 그리고 어느 순간 계곡 양쪽이 무너지며 거대한 바위가 낙하하기 시작했다.

단리백은 진기를 다시 모으려고 했다. 하나 쉽지 않았다. 실낱같은 진기는 느껴졌지만 마음대로 움직여 주지 않았고, 몸은 더욱 그랬다. 그야말로 손가락 하나 움직이기 어려웠다.

눈앞에 들이닥친 죽음을 가만히 누워 기다리는 것이 단리백이 할 수 있는 전부였다.

죽음을 앞둔 그 순간 갑자기 그리운 이들이 생각났다.

'초설… 소하……'

죽음에 수반되는 고통이라는 것에 대해서는 그리 두렵지 않았다. 그러나 자신으로 인해 마음의 짐을 지게 될 두 사람을 떠올리자 갑자기 단리백은 가슴이 답답해졌다.

'그건 마음에 안 드는군……'

무인인 이상 삶에 집착하는 것도 그렇지만 이렇게 찝찝한 죽음은 내키지 않았다.

'방법을 찾아야 해.'

자신의 죽음에 대해 다시 생각하게 되었다.

단리백이 삶에 대한 의지를 다시 일으켜 세우던 그 순간이었다.

'이해할 수 없군. 무엇 때문에 그리 버둥대는 거지?

환청과도 같은 음성이 들려왔다.

분명 주위엔 아무도 없었다. 한데 그 목소리는 바로 옆에서 속삭이듯 분명하게 들려오고 있었다.

"……!"

있을 수 없는 일이 눈앞에서 펼쳐지고 있었다.

무서운 속도로 떨어져 내리던 바위가 점차 느려지더니, 종국엔 허공에 멈춰서 버린 것이다.

끝없이 밀려들던 지독한 고통도 거짓말처럼 사라졌다.

'이건?

당혹해하는 사이 다시 한 번 음성이 들려왔다.

'살고 싶나?

단리백은 당황하지 않았다. 그것이 의식 깊은 곳의 내부에서 들려오는 음성임을 깨달았던 것이다.

'무슨 짓을 한 거지?

단리백의 반문에 음성은 웃음을 터뜨렸다.

'아무 짓도. 지금도 바위는 떨어져 내리고 있고, 너는 죽어가고 있지. 다만 네가 느끼고 있는 의식의 시간이 한없이 느

려졌을 뿐이야.'

단리백은 내심 어이가 없었다. 실제로 이런 일을 겪게 되리라곤 생각지 못했던 것이다.

'다시 묻지. 살고 싶나?'

'원하는 걸 말해.'

'의지.'

'……'

'너의 의지를 나에게 넘겨주면 돼.'

단리백이 아무런 반응을 보이지 않자 회유의 음성이 이어졌다.

'미련, 아집, 집착. 이런 것들만 떨쳐 내면 너는 무적이 될 수 있어. 장담하지. 떠올리기 싫은 기억도, 지독한 고통도 더 이상 너를 괴롭힐 수 없을 거야. 덤으로 엉망으로 부서진 육신도 원래대로 돌려주지.'

'넌 누구냐?'

'내가 누구냐고? 하하하.'

한참을 웃던 음성이 대답했다.

'난 너 자신이다.'

'아니, 넌 내가 아니야.'

'재미있군. 스스로를 부정하는 건가? 좋아, 나는 나락. 하나 나를 키운 것은 네 안의 어둠이다.'

단리백은 쭉 소름이 끼쳤다.

죽음을 앞두고 정신마저 이상해져 버린 것인가? 아니면 자아가 나뉘어 버리기라도 한 것이 아닐까? 그 어느 것이든 달갑지 않은 상황이었다.

'모든 걸 손에서 놓아버려. 그럼 편해질 테니. 장담하지. 괴로운 기억도, 지독한 고통도 더 이상 너를 괴롭힐 수 없을 거야.'

'꺼져.'

'쯧쯧, 아직도 지금의 상황을 이해하지 못하고 있군.'

정체불명의 음성이 이어졌다.

'너는 곧 죽어. 떨어져 내리는 저 바위가 아니더라도 네 생명은 일각을 넘기지 못해. 그나마 내가 있어 목숨을 유지하고 있는 거라고.'

'마기!'

단리백은 그제야 음성의 정체를 깨달았다. 끈끈하게 달라붙어 도저히 떨쳐 낼 수 없던 어두운 그림자.

'정말 내가 떠나길 원하나? 사실 내겐 그리 아쉬울 게 없어.'

그와 동시에 단리백은 자신의 몸속에서 시커먼 안개가 흘러나와 땅속으로 스며드는 것을 볼 수 있었다.

잠시나마 잊고 있던 무서운 고통이 엄습해 온 것도 거의 동시였다.

"크아악!"

필설로는 형용하기 힘든 고통 앞에 단리백은 처절한 비명을 토해냈다.

육신의 고통에는 익숙한 단리백이었다. 어렸을 때부터 한계를 넘나드는 수련을 겪어오며 육신이 감내할 수 있는 고통의 한계를 경험해 왔다. 하나 지금의 고통과는 비할 바가 아니었다. 비수가 쥐어져 있다면 스스로 심장을 찔러 자결을 선택할 만큼 고통스러웠다.

'알겠나? 내가 떠나는 즉시 너는 죽어. 지옥 같은 고통 앞에선 일각이란 시간도 결코 짧은 게 아니지. 나야 아쉬울 게 없어. 망가진 네 육신은 더 이상 나를 가둬놓을 수 없어. 나야 다른 육체를 찾아 옮겨가면 그뿐. 네가 살고 죽는 건 전적으로 나에게 달려 있음을 잊지마.'

'그렇다면 굳이 내가 아니어도 될 텐데.'

언제 그랬냐는 듯 순식간에 고통이 잦아들었다.

'너처럼 적합한 인물은 찾질 못했으니까. 네 안의 어둠은 나에게 있어 최고의 만찬이거든.'

'나를 벗어나면 너 역시 약해진다는 뜻인가?'

'부정하진 않겠어. 다만 이걸 알아야 해. 굳이 네가 아니더라도 나는 사라지지 않아. 하지만 내가 없다면 넌 갈가리 찢기고 짓이겨진 고깃덩이가 되고 말겠지.'

그때였다.

한순간 벼락처럼 단리백의 뇌리를 스치는 노랫가락이 있

었다.

　쇠칼을 구멍도 뚫지 않고 머리에 쓰라 하니 자손에게 미치는 누가 심상치 않다. 한 집의 주인이 객을 들여 주인 자리를 내주니, 정작 주인은 객이 되어 맨발로 칼산을 오르는 도다.

　단리백의 눈빛이 흔들렸다.
　그것은 다름 아닌, 검선 우일대가 우화등신하기 전에 남긴 게송(偈頌)이었기 때문이다.
　검선 정도 되는 인물이 남긴 말이라면 어떤 의미가 있을 터. 그러나 당시엔 분노로 인해 그 뜻을 헤아릴 여유가 없었다. 아니, 이해하고 싶지도 않았다.
　오직 눈앞의 늙은이를 단매에 쳐죽이고 싶은 심정뿐이었다. 하지만 얄밉게도 검선은 그 노래를 끝으로 스스로 육신을 흩어내더니 우화등선하고 말았다.
　대수롭지 않게 여겼던 그의 계송이 지금까지 머릿속에 선명하게 남아 있다는 게 의아할 따름.
　그 순간 단리백은 한줄기 벼락이 전신을 관통하는 기분을 느껴야만 했다.
　'주인과 객… 그리고 도리어 쫓겨난 주인!'
　공교롭게도 현재 단리백이 처한 상황과 너무나 흡사했다.

촉산혈문에는 대대로 전승되어온 무공이 있었다.

한 사람에게 한 문파의 힘을 얹어준 무공, 혈라강기.

거기에 조부 때부터 짊어진 마기를 감안하니 주인과 객으로 설명한 형국이 정확히 맞아떨어졌다.

마공을 익힌 자가 지닌 마기와 단리백의 마기는 근본적으로 다르다. 전자가 수련을 통해 자신에게 길들여진 마기라면 단리백의 마기는 성질 자체가 이질적이라 제어가 되지 않는다.

혈라강기는 천하를 오시하던 촉산혈문의 절공. 하나 이조차 마기를 봉쇄하고 묶어둘 뿐, 이를 길들여 자신의 것으로 할 수 없었던 것이다.

오히려 대부분의 혈라강기를 마기를 억누르는데 쏟아 붓고 있어, 혈라강기가 지닌 힘을 제대로 쓸 수 없다 봐도 무방했다.

혈라강기가 마기를 가둔 것이 아닌, 도리어 마기가 혈라강기를 얽매는 족쇄가 되고 만 것이다.

단리백은 생각하고, 또 생각했다.

'만약 환청을 듣는 것이 아니라면…….'

지금 그의 상태는 혈라강기를 제대로 운용할 수 있는 상태가 아니었다. 그렇다면 그만큼 마기에 대한 구속력이 약해져 있다는 뜻.

어쩌면 평생으로도 모자라 후대로 물려줘야 할지 모르는

지긋지긋한 족쇄로부터 벗어날 수 있을지도 모른다.

'쓸데없는 생각을 하는군.'

음산한 음성에서 느껴지는 당혹감을 단리백은 분명히 느낄 수 있었다. 그리고 이를 통해 확신할 수 있었다. 마기 역시 두려워하고 있었다.

영적으로 연결되어 있어 생각을 공유하는 것은 마기뿐만이 아니었다. 단리백 역시 영성을 지니게 된 마기의 생각을 어느 정도 읽어낼 수 있었던 것이다.

'제안을 하나 하지.'

음성에는 다급함이 느껴졌다.

'네 가문의 천형. 내가 고쳐 줄 수 있다. 만약 운 좋게 살아 남는다 하더라도 너는 마흔을 넘기지 못할 거야. 온몸의 피가 싸늘하게 식고 기혈이 굳어 나무토막처럼 뻣뻣하게 굳어진 채 죽고 싶진 않겠지.'

단리백의 입가에 싸늘한 미소가 맺혔다.

"할 말은 그게 다인가?"

처음으로 입을 열어 단리백이 말했다. 더 이상 이런 귀신놀음 같은 상황에 놀아나고 싶지 않았다.

단리백이 의식을 한 점에 모았다. 그러자 멈춰 있던 의식의 시간이 깨어지며 멈춰 있던 세상의 시간도 본래대로 흐르기 시작했다.

'멍청한!'

단리백이 눈을 떴다.

팔 장 정도 높이에 다다른 거대한 바위가 눈에 들어왔다.

단리백이 눈을 감기 전보다 바위는 고작 한 치쯤 움직인 것에 불과했다.

그야말로 찰나의 순간 동안 가없이 긴 상념 속에 빠져 있었던 것이다.

그렇게 안 흘러가던 시간이 정신을 차린 순간을 기점으로 정신없이 움직이기 시작했다.

콰르르르.

굉음과 함께 무서운 기세로 떨어져 내리는 바위는 공포 그 자체였다.

그 순간 단리백은 몸속에서 무언가가 꿈틀거리는 것을 느꼈다. 그리곤 이내 썰물처럼 몸에서 빠져나가기 시작하는 마기의 존재를 느꼈다.

죽음은 곧 육신과 영의 붕괴.

단리백의 죽음은 그와 영적으로 연결되어 있는 마기에게 적지 않은 타격을 줄 것이 분명했다.

'지금!'

마기의 존재가 느껴지지 않자 단리백은 다시 의식을 한 점에 모았다. 그러나 이는 결코 쉬운 일이 아니었다. 마기가 빠져나가기 무섭게 지옥과 같은 고통이 다시 전신을 집어삼켰기 때문이다.

창백한 단리백의 얼굴 위로 연신 식은땀이 흘러내렸다.

목숨을 건 도박이었다. 조금이라도 예상이 어긋난다면 그를 기다리는 건 죽음뿐이었다.

'됐어!'

한 순간 주위의 시간이 느려지나 싶더니, 떨어지는 바위의 속도가 눈에 띄게 느려지기 시작했다. 하나 처음과 달리 시간이 멈췄다 느낄 정도는 아니었다. 느리긴 했으나 지금도 바위는 꾸준히 단리백을 향해 움직여 오고 있었다.

그나마 단리백으로서는 다행스러운 일이 아닐 수 없었디.

단리백은 흩어져 버린 진기를 찾기 위해 내부로 눈을 돌렸다. 그러나 어디에서도 진기의 흐름은 잡히질 않았다. 심지어 말라붙은 호수처럼 단전에서조차 아무런 반응이 느껴지지 않았다. 고작 한 움큼에 불과한, 기맥 곳곳에 흩어져 있는 실낱같은 진기뿐.

그러나 단리백은 포기하지 않았다.

'혈라인(血羅絪), 혈라인을 찾아야 해.'

여타 무공과 달리 혈라강기는 독특한 방식으로 후대에 무공을 전수한다. 혈라강기의 성취가 십성에 달하면 혈라인이라 불리우는, 공력의 정수를 유형화할 수 있었다.

비록 그 형태는 시전자마다 각기 달라 정확히 정해진 바는 없었지만 단리백 역시 아버지로부터 혈라인을 전수받음으로서 혈라강기를 익힐 수 있었다.

어린 시절의 혹독했던 수련 역시 혈라인을 전수받기 위한 과정에 불과했다. 이른바 혈라인을 수용할 수 있는 그릇을 만드는 것이다.

나이를 떠나 촉산혈성의 무공이 고강한 이유도 여기에 있었다. 다만 타고난 자질에 따라 혈라인을 통해 각성할 수 있는 무위의 차이는 존재했다. 혈라인은 혈라강기를 발현하는 열쇠일 뿐, 혈라인 자체가 혈라강기는 아니기 때문이다.

단리백의 혈라강기는 이미 완성을 눈앞에 두고 있었다. 하지만 단 한 번도 혈라인의 구현화를 시도해 본 적이 없었다. 아버지로부터 혈라인을 물려받았을 당시를 제외하곤 그 존재를 느껴본 적도 없었던 것이다.

아니나 다를까, 반복되는 노력에도 불구하고 혈라인의 기운은 느껴지지 않았다.

조바심에 입술이 바짝 타 들어갔다.

마음이 흔들리자 집중력도 약해졌고 간신히 붙들어놓은 의식의 시간도 빠르게 흘러가기 시작했다.

빠른 속도로 떨어져 내리는 바위.

바위가 가까워지면 가까워질수록 단리백의 얼굴엔 죽음의 기운이 드리워졌다.

단리백은 이를 악물고 혈라강기를 끌어올렸다.

그러나,

"……!"

단리백의 눈에 절망이 떠올랐다. 흩어져 버린 혈라강기를 억지로 끌어올리려 하는 순간 가슴이 빠개질 것 같은 통증이 밀려오며 그나마 간헐적으로 느껴지던 실낱같은 한줄기 진기마저 흩어져 버렸기 때문이다.

온몸의 피가 모조리 빠져나가는 듯한 허탈감.

반면 만 근 거석은 금방이라도 단리백을 으깨 버릴 듯 무시무시한 기세로 떨어지고 있었다.

'결국… 여기까지인가……?'

어느새 고앞까지 이른 거대한 바위가 망막 가득 부영되는 순간 단리백은 자신의 죽음을 직감했다.

단리백은 눈을 감았다.

분하고 원통한 마음보다 영문 모를 아쉬움이 밀려왔다.

한 사람의 모습이 떠올랐다.

바로 한초설이었다.

한없이 차갑고 도도한 이면에 불같은 격정을 지닌 여인.

참으로 끈질긴 여자다, 떼어놓으려 할수록 기를 쓰고 달라붙는. 하지만 내심 싫지만은 않았다. 아니, 오히려 그것을 기대한 것인지도 모른다.

자신의 생명이 경각에 놓인 순간까지도 자신만을 바라보던 그녀의 눈빛. 안타깝던 그녀의 심정을 왜 그리 외면하려 했을까?

단리백의 입매에는 자신도 모르는 미소가 맺혀 있었다. 하지만 이내 침울해졌다. 죽고 나면 더 이상 그녀를 볼 수 없는 것이다.

그렇게 생각하니 까닭 모를 슬픔과 분노가 가슴을 메웠다.

이는 곧 오기가 되어 단리백의 가슴을 채우고 머리를 지배했다.

이대로 죽을 수는 없다!

느리던 심장이 빨리 뛰고 혈맥에 피가 흐르기 시작했다. 동시에 저 깊숙한 아랫배에서 미증유의 기운이 꿈틀거렸다.

번쩍.

단리백이 눈을 떴다.

힘없이 늘어져 있던 오른손이 허공을 향해 들려진 것도 그때였다.

꽈직!

엄청난 소리와 함께 집채만 한 바위가 허공에서 두 동강이 났다.

콰앙.

두 개로 나뉜 바위는 요란한 충격음을 남기며 나뒹굴었고, 그 충격에 단리백의 몸이 튕겨졌다.

그것으로 끝이었다.

일 장 정도를 튕겨진 단리백은 그대로 널브러진 채 우박처럼 쏟아지는 돌조각을 맞으며 꼼짝도 하지 않았다.

휘이이잉.

계곡을 때리는 바람 소리가 가뜩이나 을씨년스러운 풍경을 더욱 귀기롭게 만들고 있었다.

그렇게 얼마나 시간이 흘렀을까.

근 한 시진 이상 꼼짝도 하지 않던 단리백의 손가락이 미미하게 움직였다.

"크으……."

고통에 겨운 신음을 흘리며 단리백의 손이 더없이 느리게 품속으로 움직여 갔다.

이윽고 한참의 시산이 흘러 품속에서 꺼내 는 단리백의 손에는 밀랍에 쌓인 환약 한 개가 들려 있었다.

의선이라 불리웠던 무불능요(無不能療)가 남긴 신단.

구절옥로환(九絶玉露丸)이었다.

제34장

은원중첩(恩怨重疊)

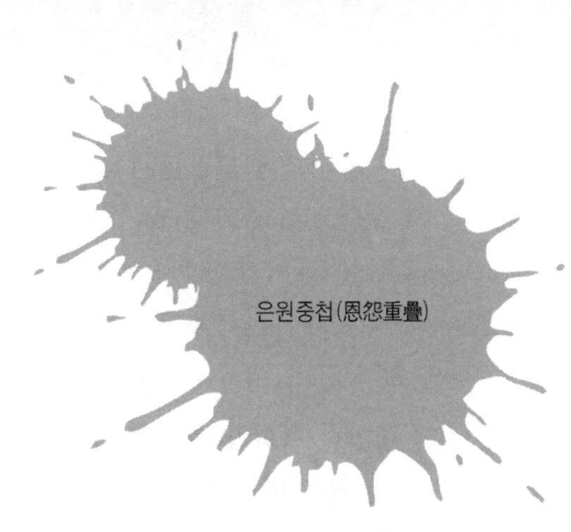

"이게 무슨 난린지 원."

툴툴거리며 들어서는 한 사람에게 모든 이의 시선이 모아 졌다.

장비를 연상시키는 수염을 잔뜩 기른 중년인이었다. 작지 도 크지도 않은 체구였으나 잘 잡힌 상체의 근육이 금방이라 도 옷을 찢고 튀어나올 것 만 같았다.

그는 등 뒤에 한 자루 방천화극을 짊어지고 있었는데, 쭉 찢어진 눈에서 흘러나오는 안광과 맞물려 패도적인 기운을 물씬 풍기고 있었다.

"불호신투!"

그를 알아본 위송령이 화들짝 놀라 자리에서 일어났다. 설마 자신들을 구한 인물이 척대명이라곤 생각지 못했던 것이다.

"신투다. 한 번만 더 불호신투라 부르면 대가리를 두 쪽 내 버리겠어. 그리고 어수선하니 그냥 앉아."

험악한 그의 말에 위송령의 얼굴이 와락 구겨졌다.

위송령뿐만이 아니었다. 백무쌍과 사염천 역시 눈빛에 살기가 떠올랐다. 척대명의 표정이나 말투에서 강호사사 전체를 얕잡아 보는 기색이 역력했던 것이다.

금방이라도 달려들 것 같은 강호사사의 모습에 척대명이 가소롭다는 눈빛을 던졌다.

산서 일대에는 제법 악명을 날리던 강호사사였다. 하나 십대고수에 이름을 올리고 있는 자신에 비하면 식후 해장거리도 안 되는 삼류 잡배에 불과했다.

반면 강호사사는 강호사사대로 척대명을 얕잡아 보고 있었다. 단리백과 한초설 같은 절정고수와 함께한 시간이 길다 보니 자연스레 고수를 평가하는 기준 역시 자신도 모르게 높아졌기 때문이다.

졸지에 식은땀을 흘리는 이들은 다름 아닌 마운영과 송자필이었다. 그들은 단리백과 척대명의 싸움 이후 공공문과 혹암보를 오가며 정보를 전달하고 있었다. 따라서 척대명의 폭급한 성격이나 강호사사의 잔인함을 잘 아는 그들이었다. 이

들이 함께 있는 것은 마치 불과 기름을 한데 모아놓은 것과
다름없었다.

순식간에 살벌해진 방 안의 분위기는 그들에게 있어 금방
이라도 깨질 것 같은 살얼음판을 딛는 것만 같았다.

척대명이 이죽거렸다.

"기껏 죽을 놈들 살려났더니 말하는 싸가지 좀 보게."

이에 질세라 사염천 역시 조소를 흘리며 맞받아쳤다.

"꼬리 말고 달아난 개가 짖어대는 소리 하난 요란하구나."

단리백과 자신의 비무를 빚대이 욕하는 사염천의 말에 척
대명이 대번 방천화극을 집어 들었다.

강호사사 역시 진한 살기를 풍기며 척대명을 노려봤다.

이때 강호사사를 만류하며 앞으로 나서는 인물이 있었다.
방 한쪽에 기대 내상을 다스리던 호계상이었다.

"신투께서 우리들을 도와준 것이오?"

척대명이 퉁명스럽게 고개를 끄덕였다.

호계상의 질문이 이어졌다.

"무엇 때문에?"

사염천을 비롯한 백무쌍과 위송령은 애써 살기를 삭히며
그의 대답을 기다렸다.

그들 역시 그게 궁금하던 참이었다. 의천맹의 행보에 관한
정보를 건넴으로서 척대명과 단리백의 거래는 끝이 났다. 굳
이 이번 일에 척대명이 나서 그들을 도울 이유가 없는 것이

다. 하지만 이내 그 이유를 깨달을 수 있었다.

척대명이 한 사람을 찾기 시작한 것이다.

"살황은 어디 계신가?"

"나는 여기 있네."

척대명은 다소 놀란 얼굴로 일 장쯤 떨어져 있는 다탁을 바라봤다. 가만히 앉아 태연히 차를 마시는 유장령의 모습을 그제야 발견한 것이다.

'과연 살황!'

척대명은 내심 감탄을 흘렸다.

유장령은 처음부터 방 안에 있었다. 하지만 십대고수인 그조차 그 어떤 기운을 느끼지 못하고 있었다. 자신의 이목조차 속일 만큼 완벽하게 기도를 감추고 있었기 때문이다.

"오랜만이외다. 잘 지내셨소?"

머쓱한 표정으로 인사를 건네는 척대명을 향해 유장령이 마주 웃으며 고개를 끄덕였다.

"덕분에 무사히 위기를 넘겼네. 의외로 대단하더군. 공공문의 힘이 이리 클지는 내 미처 모르고 있었네."

유장령의 칭찬에 언제 그랬냐는 듯 척대명의 얼굴이 밝아졌다.

"하하, 뭐 도둑놈들이 정보에 빠른 건 당연하지요. 그쪽 방면에 치중하다 보니 자연 탈출에는 이골이 났고."

으스대는 모습이 눈꼴 사나왔던지 위송령이 낮게 투덜거

렸다.

"나원 쪽팔려서. 연막탄이라니… 우리가 무슨 시정잡배야? 마교도 놈들이 내심 얼마나 비웃었겠어? 천하의 강호사사와 살황이 고작 연막탄을 터뜨려 도망쳤다는 소문이 머지않아 강호 전체에 퍼질 거라고. 이제 강호에 얼굴 들고 돌아다니긴 글렀어."

"천리무무(千里貿霧)를 연막탄이라 부르는 사람은 자네뿐일 거야."

호계상의 말에 위송령의 눈이 화등잔만 해졌다.

"천리무무? 천 리를 안개로 바꾼다는 그거?"

"자네가 모르고 있었다는 게 더 신기하군. 그렇지 않고서야 그 지독한 놈들이 우릴 놓아줄 리 없지 않은가?"

위송령이 사염천과 백무쌍을 바라봤다. 그리곤 이내 쩝쩝 입맛을 다셨다. 한심하다는 듯이 바라보는 두 사람의 표정 때문이었다.

천리무무는 단순히 시야를 차단하는 효과만을 지닌 게 아니었다. 그 안에 지닌 독특한 성분으로 인해 냄새를 지우고, 청각마저 일시적으로 마비시켜 추적을 따돌리는 데 있어 이보다 뛰어난 물건은 존재하지 않는다. 가격 또한 매우 비싸, 같은 무게의 금보다 열 배의 가치를 지니고 있었다.

기회를 놓칠세라 척대명이 재빨리 입을 열었다.

"이번 일에 무려 스무 근이나 들어갔지. 공공문 한 달 예산의 십분의 일을 쏟아 넣었을 거야.”

“……!”

계산 빠른 위송령이 눈을 껌벅였다.

한낱 도둑놈 집단이라 생각했건만 이건 아니다 싶은 게, 스무 근의 천리무무를 금으로 환산하면 이백 근. 그 정도 금이 일 년도 아닌 한 달 예산의 십분의 일이란다. 얼추 따져 봐도 공공문 일년 예산이 금 이만 근을 넘어간단 소리 아닌가?

척대명이 의기양양한 표정을 지어 보였다.

반면 위송령은 기가 죽어 슬그머니 제자리로 돌아갔다.

그러나 사실 척대명이 공공문의 금력을 과시하고픈 상대는 위송령이 아니었다. 유장령더러 들으란 소리였다.

“험험.”

헛기침으로 목소리를 가다듬은 척대명이 유장령을 향해 넌지시 말을 건넸다.

“얼마 전 제 불민한 딸년을 통해 제게 전하라 하신 말씀이 있었다지요?”

그래도 살막의 문주였던 유장령에게 만큼은 존대를 쓰는 척대명이었다.

“이번 일을 어찌 매듭지을 생각이신지?”

“무슨 말인가?”

척대명의 얼굴이 순식간에 벌개졌다. 기껏 체면을 차려줬더니 늙은이가 의뭉을 떠는 것이다.

"내 딸 말이오. 효명인가 올빼민가 하는 놈이 내 딸 몸을
마음대로 주물러댔다던데, 이제와 발뺌할 생각이시오?"

척대명은 결국 급한 성격을 참지 못해 버럭 고함을 지르고
말았다.

그제야 유장령이 빙그레 웃음을 머금었다.

"그 일로 인해 나 역시 척 문주를 만나 이야기를 나누고 싶
었네. 은소라 했던가? 나는 그 아이가 몹시 마음에 든다네. 자
네만 싫지 않다면 효명이와 그 아이를 짝 지워주고 싶은 게
솔직한 마음일세."

척대명의 얼굴이 대번 환해졌다.

역사상 가장 뛰어난 살수 단체로서 중원을 호령하던 살막
이다. 그 살막의 주인인 살황. 유효명은 그의 손자니 이만한
배경도 찾아볼 수 없었다.

얼핏 스친 것에 불과했으나 인물 역시 그만하면 준수하다.

흡족한 표정으로 유장령을 향해 고개를 끄덕인 척대명이
고개를 돌려 밖을 향해 소리쳤다.

"뭐 하고 있느냐? 얼른 들어와 인사 올리지 않고?"

척대명의 불호령이 떨어지고 얼마 지나지 않아 힐끔거리
며 방 안에 들어서는 여인이 있었다.

날씬하게 차려입은 경장에 귀여운 눈망울이 인상적인 여
인. 바로 얼마 전 흑암보에서 유효명과 투닥거리던 척은소였
다.

입술을 쌜죽이며 들어선 척은소는 척대명을 향해 한차례 눈을 홀기더니 거짓말처럼 표정을 바꾸곤 유장령을 향해 대례를 올렸다.

"소녀, 척은소가 할아버님을 뵈어요."

유장령이 흐뭇한 표정으로 수염을 쓰다듬었다.

"그래, 반갑구나."

고개를 든 척은소가 주위를 두리번거리며 누군가를 찾기 시작했다. 그러나 유효명의 모습은 어디에서도 찾을 수 없었다.

잠시 망설이던 척은소가 조심스레 입을 열었다.

"그런데 그 인간, 아니, 그분은 어디 계신가요?"

"누구 말이냐?"

"제 낭군이 되실 그분 말이에요."

"유감스럽게도 지금 이 자리에 없구나."

유장령의 말이 끝나기 무섭게 척은소가 안도의 한숨을 흘렸다.

이에 유장령은 내심 쓴웃음을 머금었다. 모양새를 보아 하니 아비에게 떠밀려 억지로 혼인을 강요받은 게 틀림없었기 때문이다.

그러나 모처럼 활짝 핀 그녀의 얼굴은 갑작스레 방 안에 뛰어든 척대명의 수하로 인해 있는 대로 일그러졌다.

"유 공자의 흔적을 찾았습니다."

"어딘데?"

"검단곡에서 동쪽으로 백 리가량 떨어진 곳입니다. 마교의 잔당으로 보이는 한 명과 동행 중입니다."

척대명이 의아한 얼굴로 유장령을 바라봤다. 하나 유장령 역시 짐작되는 인물이 없었다. 마교의 인물이라면 이를 가는 유효명이었다. 그런데 마교의 주구와 동행을 한다니?

"가봐야겠군."

유장령이 일어서자 척대명이 수하를 향해 명령을 내렸다.

"그곳까지 안내해 드려라. 쓸 만한 무공을 지닌 놈들도 열댓 명 데려가고."

"되었네. 나 혼자 다녀옴세."

척대명이 고개를 끄덕였다. 얼핏 봐도 유장령의 무공은 자신과 막상막하, 아니, 그 이상이었다. 더구나 그 혼자라면 어떤 위기에서라도 쉽게 몸을 뺄 수 있을 것이다. 자신의 수하들은 그에게 있어 방해가 될 뿐이었다.

"그럼 일단 혼인에 관한 자세한 이야기는 추후에 나누도록 하지요."

웃으며 고개를 끄덕인 유장령이 유유히 방을 나섰다.

유장령이 사라지자 척대명은 귀까지 입에 걸렸다.

나이가 찰대로 차 혼기를 놓친 것도 모자라 쓸데없이 고집만 는 딸년이었다. 그런 그녀가 넝쿨째 호박을 물고 온 것이다.

공공문의 금력에 살막의 무력이 더해진다면 그야말로 강호제일방파로 도약하는 것도 꿈만은 아니었다.

그의 즐거움도 잠시.

"실성했나. 왜 혼자 실실 쪼개? 재수없게."

기분을 깨는 위송령의 말에 그냥 때려죽여 야산에 묻어버릴까 심각히 고민을 거듭하는 척대명이다.

살기를 느낀 위송령이 움찔하며 그의 눈치를 살폈다.

이때 호계상이 다시 앞으로 나섰다.

"척 문주의 도움에 감사드리오. 한데 묻고 싶은 게 있소. 대답해 주실 수 있겠소?"

척대명이 자신을 바라보자 호계상은 가장 염려했던 바를 묻기 시작했다.

"검단곡의 상황은 어찌 되었소?"

"그걸 왜 나한테 묻는데?"

차갑게 쏘아붙이는 척대명의 말에도 호계상은 쉽게 역정을 내지 않았다. 오히려 그런 척대명을 향해 더욱 웃음을 지어 보였다.

"강호의 그 누구도 척 문주의 정보력에 미치지 못함을 알기 때문이오."

자신을 추켜세우는 호계상의 말에 척대명의 얼굴이 다소 풀어졌다.

따지고 보면 틀린 말도 아니었다.

제아무리 무력이 강하다 해도 정보없인 그 힘을 제대로 쓰지 못한다. 구대문파는 속가를 통해 독자적인 정보를 수집하고, 난다 긴다 하는 거대 방파 역시 휘하에 따로 정보 기관을 둔다. 그리고 간혹 정보만을 전문적으로 다루는 문파 역시 존재한다.

대표적인 예로 하오문이 있었고, 기생들이 모여 있는 화방(花房)이 있었다. 그리고 무엇보다 천이문(天耳門)이 있다.

그들은 정보를 사고 파는 정보 상인들로, 세상에 나오면 판도를 뒤집을 만큼 중차대한 정보를 비롯하여 온갖 이권에 관련한 정보를 다룬다. 여기저기에서 뒤섞인 잡다한 정보가 아닌, 거르고 걸러진 알맹이만 다루는 곳.

그만큼 위험이 따르는 것도 사실이다. 그래서 그들은 점조직 형태로 움직이며 어둠 속에 몸을 숨긴 채 좀처럼 모습을 드러내지 않았다.

과거엔 개방의 정보력이 천하제일이었다곤 하나 오래전 마교와의 싸움으로 큰 피해를 입어 예전 같지 않았다. 그 자리를 꿰찬 것이 지금의 천이문이었고, 사실 천이문과 공공문은 이름만 다를 뿐 한 몸과 다름없었다.

바로 공공문주인 척대명이 천이문의 수장이었기 때문이다.

단리백이 척대명에게 정보를 요구했을 때부터 어느 정도 이를 짐작한 호계상이다. 그렇기에 이처럼 그에게 정중히 부탁을 하는 것이다.

한결 표정이 부드러워진 척대명이 호계상을 바라봤다.

"공짜는 없어."

"알고 있소."

"대가는?"

호계상의 표정이 굳어졌다.

척대명이 이처럼 노골적으로 나올 줄은 예상치 못한 일이었다. 그러나 여기서 물러설 순 없는 일.

"산서의 이권 이 할. 이 또한 삼 년의 기한을 둔 것으로, 한시적이오."

호계상의 말에 척대명이 모호한 표정을 지었다.

"한마디로 외상이란 말이잖아?"

호계상이 쓴웃음을 머금었다. 그리 틀린 말도 아니었기 때문이다.

흑암보가 산서의 이권을 휘어잡고 있다곤 하나 지금은 뿔뿔이 흩어진 상태였다. 더구나 보주인 임소하의 행방조차 알지 못하고 있으니 언제 다시 모일지도 장담할 수 없었다.

하지만 의외로 척대명은 순순히 고개를 끄덕였다.

"좋아. 거래 성립."

척대명이 품속에서 여러 번 접힌 밀지들을 한 웅큼 꺼내 들었다. 잠시 밀지들을 뒤적이던 척대명은 이내 검단곡의 상황에 관련된 몇장을 추려 호계상에게 내밀었다.

밀지를 받아 든 호계상이 눈을 가늘게 떴다. 밀지들 대부분이 전서구를 통해 날아든 것이어서 작은 종이에 깨알만 한 크기로 글씨가 적혀 있었던 것이다.

신중한 모습으로 한 장 한 장 밀지를 넘겨 있는 호계상을 옆에서 지켜보던 강호사사의 얼굴에 의아함이 떠올랐다. 그도 그럴 것이, 시간이 지날수록 호계상의 표정이 점차 딱딱하게 굳어가고 있었기 때문이다.

뿐만 아니라 종국엔 수전증에 걸린 사람마냥 손마저 부들부들 떨고 있었다.

"뭐야? 뭔데 그래?"

빼앗듯이 서신을 낚아챈 사염천이 밀지의 내용을 살폈다. 하지만 이내 그의 얼굴도 핼쑥해졌다.

"단리백… 그 괴물이 죽었다고?"

위송령과 백무쌍이 어이없다는 얼굴로 사염천을 바라봤다.

"그게 말이 돼?"

"내 말이. 잘못 읽은 거 아냐?"

사염천은 말없이 밀지를 그들에게 건넸다. 서로 바꿔가며 밀지의 내용을 읽던 위송령과 백무쌍은 할 말을 잃고 말았다.

밀지엔 검단곡에서 벌어진 혈사에 관한 내용이 자세하게 적혀 있었다.

위송령이 척대명을 향해 미심쩍은 눈빛을 던졌다.

"진종립 그자가 여태껏 살아 있다는 게 말이 돼? 나이만 대충 계산해도 백이십이 넘잖아?"

척대명의 얼굴이 험악하게 일그러졌다. 천이문의 정보를 의심하는 얼간이를 구하기 위해 그토록 발바닥에 땀나게 뛰어다녔다는 사실이 억울하기까지 했다.

골몰히 생각에 잠겨 있던 호계상이 입을 연 것도 그때였다.

"혹 보주의 행방에 관해 아는 건 없으시오?"

호계상의 질문에 척대명이 약간은 난처한 표정을 지었다.

"우리가 얻은 정보는 그게 전부야. 그 보고서를 마지막으로 정보원과 연락이 끊겼지. 몇몇 눈치 빠른 애들을 검단곡에 보내봤는데 그곳은 지금 독지(毒地)가 되어 접근이 불가능해."

"독지?"

"검단곡 전체가 송두리째 무너졌어. 뿐만 아니라 그 아래 웅크리고 있던 독장이 붕괴와 더불어 검단곡을 메워 버렸지. 게다가 어디서 본 적도 없는 독충들이 드글대기 시작해서……."

"음……."

호계상이 침음성을 흘렸다.

보고서의 내용이 사실이라면 단리백은 죽은 것이 분명했다. 그리고 그 보고서는 다른 곳도 아닌 천이문의 것이었다. 단리백의 죽음은 의심할 여지가 없는 것이다.

척대명이 입을 열었다.

"의천맹의 생존자 쪽에서 여자 아이는 찾을 수 없었어. 소림과 화산 쪽도 마찬가지. 만약 죽지 않았다면 마교 쪽에서 데리고 있을 가능성이 커. 이번 일로 인해 의천맹은 거의 괴멸 직전이야. 아직 남궁세가와 당가가 남아 있지만 의천맹 전력의 칠 할 이상이 이번 일에 투입되었거든. 게다가 당문이 의천맹을 탈퇴하려는 움직임도 있고. 어쨌든 확실한 건 마교가 개입된 이상 구대문파도 더 이상 웅크리고 있지만은 않을 거란 사실이지."

"구대문파는 봉문한 시간이 꽤 되잖아?"

위송령의 반문에 척대명이 노골적으로 비웃음을 던졌다.

"봉문? 그들은 다름 아닌 구대문파야. 소림과 무당만 해도 수많은 골짜기와 봉우리, 그 아래 바위틈새와 동굴마다 전대 고수가 득시글대고 있다고. 그들이 가만히 웅크리고 앉아 뭘 하고 있었을 것 같아? 그들은 결코 의천맹이 두려워 봉문한 게 아니야. 오히려 의천맹을 이용한 거지. 그들을 정면으로 내세워 놓고 자신들은 찬란했던 과거의 명성을 되찾기 위해 불철주야 힘을 기르고 있었단 소리야. 뭘 알고나 지껄여야지."

발끈하며 받아치려던 위송령이 이내 시무룩한 표정으로 입을 다물었다.

백무쌍과 사염천 역시 다르지 않았다. 다른 건 몰라도 단리백의 죽음만큼은 그들에게도 상당한 충격이었던 것이다.

백무쌍이 신경질적으로 내뱉었다.

"기분 더럽네, 이거."

"진종립, 그 노괴가 상대였다면 답이 없었겠지."

사염천의 말에 위송령이 고개를 끄덕였다.

"더구나 크게 다친 상태였다며?"

단리백이라면 자다가도 이를 가는 강호사사였다. 한데 막상 그가 죽었다 생각하니 가슴이 후련하긴커녕 오히려 알 수 없는 분노에 휩싸였다.

고운 정보다 미운 정이 무섭다고, 자의든 타의든 간에 십 년 넘게 한솥밥을 먹으며 지내온 사이였다.

더구나 무덤 속에서 썩어가야 마땅할 늙은이의 손에 죽었다는 사실이 더욱 마음에 들지 않았다.

이때 방 안으로 척대명의 흑의를 걸친 수하 한 명이 급히 뛰어들었다.

"뭐야?"

급히 부복한 흑의인이 재빨리 입을 열었다.

"급지(急紙)입니다. 유 공자가 추적하는 인물이 누구인지 알아냈습니다."

"누군데?"

"종리청. 의천맹의 총사입니다."

"……!"

호계상의 표정이 급변했다.

"위치는?"

호계상을 바라본 흑의인이 흠칫하며 물러섰다. 올올이 솟구친 머리칼은 둘째 치고, 보는 것만으로도 심장이 멎을 것 같은 흉흉한 안광을 흘리는 호계상의 모습은 그야말로 무덤에서 뛰쳐나온 악귀와도 다름없었기 때문이다.

"위치는?"

호계상이 다시 한 번 물었다.

호계상이 개방한 살기를 정면에서 마주한 흑의인은 오금이 저려 다리가 후들거렸다. 그래서 규정조차 잊은 채 대답하고 말았다.

"검단곡에서 동쪽…… 백오십 리… 화영촌(花影村)……."

그의 말이 끝나기도 전에 호계상의 신형은 한줄기 바람이 되어 밖으로 쏘아졌다.

말리고 자시고 할 여력도 없었다.

단리백을 제외하곤 경공에 관한 조예만큼은 누구에게도 뒤지지 않는 호계상이다. 그런 그가 전력을 다해 달리기 시작하자 그의 모습은 순식간에 작은 점으로 화해 중인들의 시야에서 사라졌다.

"잘한다."

척대명의 질책에 그제야 자신이 큰 실수를 했음을 깨달은 흑의인의 안색이 창백하게 질려갔다.

“너 어디 가서 내 수하라고 말하지마. 창피하니까.”

“예? 옛!”

흑의인은 내심 안도의 한숨을 흘렸다.

척대명의 성품상 평소라면 어디가 부러져도 부러졌을 것이다. 그런데 의외로 척대명은 못마땅한 표정 한 번 지어 보이고는 그걸로 끝이었다. 그러나 척대명은 척대명 나름대로 놀라고 있었다.

‘천면호리의 무공이 저 정도였나?’

아직 자신과 견주기엔 무리였으나, 살기며 기백이 예전과는 확연히 달라져 있었다.

척대명은 남아 있는 강호사사를 바라봤다.

사람이 다르게 보였다.

싸가지없는 위송령, 눈매 사나운 백무쌍, 그리고 교활해 보이는 사염천도 제법 쓸모가 있어 보였다.

‘어디 보자…….’

적막함과 더불어 척대명의 머리 굴리는 소리만이 방 안을 메웠다.

*　　　*　　　*

그야말로 천우신조였다.

아비규환의 참사는 그에게 있어 더할 나위 없는 기회였다.

때 맞춰 계곡이 무너져 내리지 않았다면 마교나 의천맹의 무인들은 결코 자신을 곱게 놓아주지 않았을 것이다.

그러나 살았다는 안도감도 잠시, 이내 참담함이 밀려왔다. 헐렁한 소매만 펄럭이는 어깨를 바라보니 그 심정은 더욱 그러했다.

종리청은 흔들리는 마음을 애써 다잡았다. 지금은 개인의 감정에 빠져 있을 때가 아니었다.

'대체 누가……?'

머릿속이 복잡했다.

분명 의천맹주는 누군가에 의해 암습당했고, 이로 인해 주화입마에 들었다. 지금까지 마교의 소행이라 짐작했건만 마풍영은 자신들이 벌인 일이 아니라 잡아뗐다.

적의 말을 고스란히 믿어줄 이유는 없었다. 하지만 정황으로 미루어 봤을 때 그가 자신에게 거짓말할 이유가 없었다.

자신조차 알지 못하는 제삼의 세력이 처음부터 관여하고 있는 것이 분명했다. 그러나 아무리 생각해도 짐작이 가는 곳이 없었다.

종리청이 머리를 흔들었다.

어찌 되었든 자신의 정체는 이미 백일하에 드러나 버렸고, 의천맹 안에서의 수십 년 노력은 하룻밤 만에 물거품이 되어 버렸다. 이미 사태는 그의 손을 떠나 걷잡을 수 없이 흘러가고 있는 것이다.

남은 방법은 이제 하나밖에 없었다. 더 늦기 전에 황상께 보고한 뒤, 황명(皇命)으로 산서에 주둔하고 있는 도지휘사사(都指揮使司) 휘하 병력을 움직여야만 한다.

다행히 추적의 기미는 보이지 않았다. 이대로 쉬지 않고 반나절만 달린다면 도지휘사사가 위치한 태원(太原)에 도착할 수 있었다.

숨이 턱까지 차올랐지만 종리청은 달리는 속도를 늦추지 않았다.

그의 신형이 야트막한 능선 아래 자리 잡은 노송을 지나는 순간이었다.

츄릿.

그 어떤 기척도, 예고도 없었다.

돌연 눈앞에 들이닥친 매서운 검광.

"큭!"

종리청이 거의 눕다시피 상체를 젖혔다. 그럼에도 불구하고 협봉검의 예리한 검날은 그의 옆구리를 사정없이 긋고 지나갔다.

종리청은 하나밖에 남지 않은 손으로 옆구리를 감싼 채 황급히 뒤로 물러섰다.

다행히 상처는 깊지 않아 출혈이 많지 않았다. 하나 조금만 대응이 늦었다면 지금쯤 차디찬 시신이 되어 바닥을 뒹굴고 있었을 것이다.

종리청이 검이 날아든 노송을 사납게 노려봤다.

"너는 수왕을 암습했던 살수……?"

노송 뒤에서 천천히 걸어나온 유효명의 모습을 발견한 종리청이 침음성을 흘렸다. 하나 이내 얼굴에 싸늘함이 감돌았다. 유효명의 뒤에 서 있는 하운을 발견했기 때문이다.

"의외로군. 마교뿐만이 아니라 흑암보와도 연관이 있었던 건가?"

종리청의 물음에 하운이 고개를 저었다.

"그는 내 아우요."

"그렇다면……."

유효명이 차가운 음성으로 입을 열었다.

"당신이 가지고 놀았던 섬전검 유관이 내 부친이야."

그 말과 동시에 유효명의 손에 들린 협봉검이 또다시 허공을 찢었다.

츠츠츳!

순식간에 거리를 좁히며 정수리를 향해 떨어지는 한 자루 검.

종리청은 정신없이 뒤로 물러섰다.

이때 유효명의 검이 예상치 못한 변화를 일으켰다. 격렬한 움직임과 함께 궤도를 틀더니 벼락같은 속도로 한순간 쏘아져 온 것이다.

종리청의 눈빛이 흔들렸다.

‘후예사일(後羿射日)!’

불필요한 모든 동작을 배제한 극한의 쾌검(快劍)! 사일검법의 마지막 초식이자 섬전검 유관 이후 실전된 것으로 알려진 절초였다.

서걱.

종리청은 불로 어깨를 지지는 듯한 통증을 느꼈다.

고개를 숙이자 순식간에 옷을 적시며 번져 가는 핏물이 눈에 들어왔다.

이번엔 제법 상처가 심각했다. 견정혈을 관통한 검이 어깨의 근맥을 잘라 버린 것이다.

하나밖에 남지 않은 팔조차 제대로 쓸 수 없게 되어버린 종리청에게 있어 이는 실로 치명적인 부상이 아닐 수 없었다.

“복수인가?”

나직이 중얼거린 종리청이 신형을 바로 세우자 그의 팔이 힘없이 늘어졌다.

유효명이 검을 늘어뜨린 채 종리청을 향해 다가섰다.

이때 종리청이 피식 마른 웃음을 날렸다.

“또 다른 빚쟁이가 빚을 독촉하러 오는군.”

종리청의 시선은 유효명의 어깨 너머, 광풍처럼 달려오는 또 다른 인영을 주시하고 있었다.

“종리처엉!”

호계상의 쩌렁한 일갈에 종리청이 쓴웃음을 머금었다.

"오랜만이오, 사형."

호계상이 빠드득 이를 갈며 종리청에게 다가섰다.

어찌나 서둘러 달려왔던지 머리는 헝클어지고 옷에는 먼지가 가득 묻어 있었다. 그러나 두 눈에서 흘리는 자욱한 살기는 조금도 줄지 않아, 눈빛만으로도 간담이 서늘할 정도였다.

단번에 찢어 죽이고 싶은 마음을 애써 억누르며 호계상이 입을 열었다.

"묻고 싶은 게 있다."

"물어보시오."

"왜냐?"

으르렁거리는 듯한 호계상의 음성은 오십 년의 원한이 고스란히 담겨 있었다.

반면 종리청은 모든 것을 체념한 듯 희미한 웃음마저 머금고 있었다.

"명령이 있었기 때문이오."

종리청이 말을 이어갔다.

"본래 나는 관부의 인물. 단지 현문의 무공과 정보가 필요했을 뿐, 나라고 좋아서 현문에 입문한 건 아니었소."

"그따위 말을 듣고자 한 것이 아니다. 사부님을 독살하고 나에게 누명을 씌운 이유를 말하란 말이다!"

"사형은 잘못 알고 있는 게 있소."

“······?”

“내가 사부를 해친 것이 아니오. 사부는 스스로 자결을 했소.”

“말도 안 되는 헛소리를 내가 믿으리라 생각하느냐?”

“사형이 믿고 말고는 중요하지 않소. 그건 사실이니까.”

“사부님이 왜?”

“그가 죽음을 택한 건 바로 사형 때문이었소.”

“개소리!”

“사부의 진정한 신분이 무언지 알고 있소? 그는 바로 마교가 중원에 투입한 밀정이오.”

“······!”

“그는 자신의 신분이 노출되었음을 깨닫고 자결했소. 금의위에게 자비란 없소. 정보를 얻기 위해서라면 무슨 짓도 서슴지 않지. 사부는 알고 있었던 것이오. 인질이란 명목으로 사형에게 수많은 고문이 가해질 것이란 사실을.”

할 말을 잃은 호계상을 향해 종리청이 다시금 입을 열었다.

“또 하나 사형이 잘못 알고 있는 것이 있소.”

종리청의 이어진 말에 호계상은 극심한 혼란을 느껴야만 했다.

“사부가 죽은 시점에서 사형은 이미 금의위의 살명부에 이름이 올려졌소. 그런데 아직까지 살아 있는 이유가 무엇 때문이라 생각하시오?”

"그건 내가 비급과 영단을 훔쳐……."

막 대답을 하려던 호계상의 눈빛이 급격히 흔들렸다.

돌이켜 생각해 보니 복수를 위해 현문에 잠입했을 당시의 상황이 너무나 공교로웠다.

아니나 다를까,

"그 비급과 영단은 현문의 물건이 아니었소. 그것을 준비한 사람이 누구라 생각하시오?"

"네가 나를 도왔다고 말하고 싶은 것이냐?"

"달리 누가 있겠소."

종리청의 얼굴에 잠시나마 인간적인 감정이 스쳤다 사라졌다.

"믿어줄진 모르겠으나 나는 사형이란 인간을 좋아했소. 임무를 생각한다면 있어선 안 되는 일이었지. 하지만 그땐 나도 인간적인 면이 남아 있었던 모양이오."

"그런……."

호계상은 혼란스러운 감정을 감추지 못하고 있었다.

복수의 일념으로 지금까지 살아온 그였다. 그러나 종리청의 말이 사실이라면 그는 오히려 자신을 구한 셈이 된다. 아니, 애초부터 원한 따윈 성립될 수 없었다.

이때 유효명이 호계상을 향해 다가섰다.

"양보해 주시오. 당신과 달리 나는 그에게 확실한 원한이 있소."

종리청이 비릿한 웃음을 담아 유효명을 바라봤다.

"자네에게 그럴 만한 여유가 있을지 모르겠군."

"당신은 확실히 내 손에 죽어. 간교한 혓바닥에 놀아날 만큼 나는 어리석지 않거든."

종리청의 입가에 맺혀 있던 웃음이 더욱 짙어졌다.

"자네 형이 죽는다 해도 말인가?"

흔들리는 유효명의 얼굴을 종리청은 놓치지 않았다.

종리청이 하운을 향해 고개를 돌렸다.

"유난히 말 수가 적군. 아니, 말을 할 수 없는 건가?"

"그게 무슨 소리냐!"

종리청이 웃으며 하운을 가리켰다.

"그의 안색을 살펴보는 게 좋을걸. 저런, 입술이 파랗게 죽어가고 있군. 이미 독이 퍼지기 시작한 모양이야."

유효명이 하운을 바라봤다.

거짓말이 아니었다. 애써 태연한 척하고 있으나 하운의 입술은 보라색으로 변해 있었다.

그 순간 하운이 한 차례 부르르 신형을 떨더니 맥없이 바닥에 주저앉았다.

"형!"

유효명이 하운을 붙들었다.

"그놈들이 어떤 자들인지 잊고 있었나 보군. 그들은 마교다. 자신들의 정보를 쥐고 있는 간자를 순순히 놓아줄 만큼 무른 위인들이 아니지."

종리청의 말이 이어졌다.

"아마도 만성 독약일 거야. 지금이라도 그를 살리고 싶다면 진기로 독기를 몰아내야 할걸. 성공할지는 장담할 수 없지만 말이야."

그 말을 남긴 종리청이 슬그머니 물러서기 시작했다. 비록 무공을 펼쳐 싸울 순 없으나 아직 내공은 남아 있었다. 환술과 경공을 적절히 섞어 사용한다면 천하의 누구도 자신을 추적할 수 없을 것이다.

"사제, 너는 이 자릴 벗어나지 못한다."

갑작스런 호계상의 말에 종리청이 흠칫했다.

어느새 호계상은 비단처럼 나풀거리는 면도를 길게 늘어뜨린 채 종리청을 막아서고 있었다.

종리청의 안색이 창백해졌다.

평소라면 모를까 지금의 상태론 호계상의 면도를 막아낼 수 없었다.

그때였다.

콰앙!

어디선가 날아든 강맹한 권풍이 호계상과 종리청 사이의 지면에 내리꽂혔다. 그리고 이내 짙은 흑의를 걸친 장대한 체구의 사내가 불쑥 나타나 호계상의 전면을 막아섰다.

"자리를 피하십시오."

“흑승(黑繩)!”

종리청의 외침이 떨어지기 무섭게 흑승이 무서운 기세로 호계상을 향해 달려들었다.

그와 동시에 종리청은 뒤도 돌아보지 않고 신법을 전개해 장내를 벗어나기 시작했다.

종리청을 추적하기 위해 호계상이 황급히 신형을 뽑아 올렸다. 하지만 흑승은 집요하게 호계상을 따라붙었다.

등을 노리며 날아드는 강맹한 권풍을 느낀 호계상이 혈영음도를 휘둘렀다.

콰앙!

혈영음도의 눈부신 섬광과 권풍이 격돌하자 커다란 충격음과 함께 두 사람은 각각 세 걸음씩을 물러섰다.

호계상의 안색은 창백했다.

이미 내상을 안고 있는 상태에서 종리청을 추적하느라 무리하게 경공을 전개한 탓에 정작 흑승을 상대할 내력이 부족했던 것이다. 그래서 단 한 번의 격돌로 상당한 손해를 입고 말았다.

비릿한 핏물이 넘어오는 것을 간신히 삼킨 호계상이 유효명을 향해 고개를 돌렸다. 하지만 이내 쓴 입맛을 다셨다. 유효명은 하운을 끌어안은 채 명문혈에 손바닥을 붙이고 있었던 것이다.

부질없는 짓이었다.

괜히 만성 독약이 아니었다. 오랜 세월 천천히 쌓이며 얌전히 웅크리고 있던 독기였지만 일단 발작하면 순식간에 목숨을 집어삼키는 게 만성 독약이다.

하운의 상태는 이미 저승의 문턱에 한발을 딛고 있다고 해도 틀린 말이 아니었다. 아무리 진기를 쏟아 부어 독을 억누른다 해도 결국은 언 발에 오줌을 누는 미봉책에 불과한 것이다.

순간 호계상의 눈에 들어온 인물이 있었다.

바로 유장령이었다.

아무런 기척도 없이 유장령은 어느새 흑승의 등 뒤로 다가서 있었다. 그리곤 마치 산책을 나온 노인마냥 터벅터벅 걸어오더니 명아주 지팡이를 들어 슬쩍 내미는 것이었다.

그걸로 끝이었다.

자신의 가슴을 뚫고 나온 지팡이를 흑승이 발견했을 때 이미 그의 심장은 갈가리 찢긴 상태였다.

흑승이 고개를 돌렸다.

자신에게 경악과 불신의 눈빛을 던지는 흑승을 바라보며 유장령이 입을 열었다.

"내 명호를 듣는다면 조금 위로가 될지 모르겠군. 내가 바로 살황일세."

흑승의 얼굴에 희미한 웃음이 떠올랐다.

"과연…… 명불허전(名不虛傳)……."

유장령이 지팡이를 거두자 흑승의 몸이 힘없이 무너졌다.

쿠웅.

흑승, 아니, 한때는 금의위 총교두를 지냈을 만큼 뛰어난 무인이었던 금의위 천부장 이위의 너무나도 허무한 죽음이었다.

"조부님!"

자신을 부르는 유효명의 음성에 유장령이 의아한 표정을 지었다. 평소 냉정하던 유효명이 아니었다. 하지만 유효명이 끌어안고 있는 사내를 발견한 순간 유장령의 눈빛이 흔들렸다.

눈이며, 코를 비롯한 얼굴 윤곽이 낯익었다. 아니, 아들의 모습을 고스란히 박아 넣은 듯한 얼굴이었다.

"효해, 효해가 아니더냐!"

유장령이 황급히 하운을 향해 다가섰다.

"어찌 된 일이냐. 어째서 네가 여기 있는 것이냐?"

본래의 이름을 되찾은 하운이 쓰게 웃으며 유장령을 바라봤다.

자식의 죽음조차 외면해 버린 무정한 조부였다. 그래서 유장령의 존재는 그에게 늘 원망과 그리움의 대상이었다. 하지만 막상 얼굴을 마주하자 반가움밖에 남지 않았다.

"조부님……."

"아무 말도 하지 마라."

노련한 고수답게 유장령은 단번에 하운의 상태를 알아봤다.

유장령은 재빨리 하운의 전신 혈도를 짚어갔다. 그리곤 호계상을 향해 고개를 돌렸다.

"자네의 경공만이 이 아이를 살릴 수 있네. 불호신투 그라면 이 아이를 살릴 방법이 있을 것이야."

호계상이 인상을 찡그렸다.

같은 흑암보 내에 머물기는 했으나 강호사사와 유장령은 소 닭보듯 하던 사이였다. 그다지 친분도 없을뿐더러 딱히 그의 부탁을 들어줄 이유도 없었다.

무엇보다 호계상은 종리청을 추적하는 게 급선무였다. 이대로 그를 놓친다면 언제 다시 마주칠 지 모르는 것이다.

그런 호계상의 생각을 짐작한 듯 유장령이 입을 열었다.

"그자를 목숨을 거둘 이는 따로 있네."

"무슨 소리요?"

"종리청 그자는 단리백, 그의 몫일세."

"그는 죽었다 하지 않았소?"

호계상이 고개를 흔들었다.

"그건 단리백이란 인간을 잘 모르기에 하는 소리지. 그는 결코 그렇게 죽을 위인이 아닐세."

잠시 말이 없던 호계상이 이내 고개를 끄덕였다. 아무런 근거도 없는 이야기였으나 단리백의 죽음이 믿겨지지 않는 건 그 역시 마찬가지였던 것이다.

호계상은 미련이 남은 듯 종리청이 사라진 방향을 바라봤다. 하지만 이어진 유장령의 말에 말없이 하운을 들쳐 업었다.

"부탁하네."

아쉬운 소리 해본 적 없을 것 같던 천하의 살황이 자신에게 머리를 숙이고 있었다.

*　　　*　　　*

마풍영의 얼굴은 매우 어두웠다.

검단곡에 투입된 지옥련 휘하 무인의 수는 백스물일곱. 하지만 그 앞에 도열해 있는 수하들은 고작 절반에 불과했다.

아무리 갑작스런 천재지변이었다 하나 제대로 싸워보지도 못하고 수하를 잃은 건 그로선 분통 터지는 일이 아닐 수 없었다.

마풍영의 표정을 읽은 진종립이 껄껄 웃으며 입을 열었다.

"뭐, 어쩔 수 없지 않았느냐. 인간이 아무리 발버둥 친다 해도 자연 앞에선 한낱 미물에 불과한 것을. 그래도 이 정도면 많이 남겼다."

"왜 도와주지 않으셨습니까?"

따져 묻는 제자의 말에 진종립이 쓴웃음을 머금었다. 자신을 바라보는 제자의 눈빛이 곱지 않았기 때문이다.

틀린 말은 아니었다. 자신이 힘을 보탰다면 적어도 사오십 명은 이 자리에 더 있었을 것이다.

"쯧쯧, 못난 놈."

한차례 혀를 찬 진종립이 말을 이어갔다.

"그깟 낙석우(落石雨)에서조차 빠져나오지 못한 놈들이다. 그만 미련을 거두거라. 어차피 구대문파를 끌어내기 위한 지옥련의 목적은 다하지 않느냐?"

"제 수하들입니다."

"그래, 네 수하들이지. 하지만 그것도 오늘까지다."

"그게 무슨 뜻입니까?"

"지옥련을 해체한다는 말이다."

마풍영의 얼굴이 일그러졌다. 지옥련의 해체라니, 금시초문이었다. 하지만 이어진 진종립의 말에 표정이 딱딱하게 굳어지고 말았다.

"며칠 내로 염마(炎魔)가 애들을 데리고 들어올 거야. 지금 이 자리에 있는 아이들은 염마 휘하로 재편될 터. 너는 본래의 자리로 돌아가면 되느니라."

"그가 어째서?"

"쯔쯧, 미련한 놈. 왜일 것 같으냐?"

"설마……?"

"그래, 그 설마다. 교주께서는 이미 중원에 들어오셨다."

“……!”

비로소 마풍영은 깨닫는 바가 있었다.

염마 역시 여덟 명의 호교마장 중 한 명. 하나 그의 얼굴은 마풍영조차 알지 못한다. 그것은 그가 교주를 호위하는 은밀한 그림자인 마영림(魔影林)의 수장으로서, 오직 교주 앞에서만 진목면을 드러내기 때문이다.

이때 돌연 진종립이 키득거리며 웃기 시작했다.

“크큭. 그때 염마 그놈이 허둥대는 꼬락서니를 네가 봤어야 하는데……. 하긴 호위해야 할 교주께서 갑자기 사라지셨으니 제 놈도 어지간히 당황했겠지.”

“교주께서는 지금 어디에 계십니까?”

“거야 나도 모르지. 뒤늦게 눈치 채고 부랴부랴 쫓아 나왔는데, 어디 그 양반 따라잡기가 어디 쉬운가? 아마도 어딘가쯤에서 술 한 병 꿰차고 세월아 네월아 하고 계실 거야.”

“그렇다면…….”

마풍영이 말끝을 흐렸다. 굳이 말하지 않더라도 모든 것이 확연해진 것이다.

세간에 알려진 바와 달리 십만대산은 신교의 총단이 아니었다. 바로 교주가 있는 곳. 그곳이 바로 신교의 중심인 것이다.

마풍영의 심장이 빠르게 뛰기 시작했다.

드디어 교주가 움직였다. 웅대한 그들의 계획이 드디어 중원에 일 보를 내디딘 것이다.

창백한 얼굴로 헐레벌떡 달려오는 수하의 모습이 마풍영의 눈에 들어온 것도 그때였다.

"무슨 일이지?"

말을 잇지 못하는 수하의 모습에 마풍영이 눈살을 찌푸렸다.

"무슨 일이냐 물었다."

"시, 신녀께서……."

"……?"

"…사라지셨습니다."

"뭐라 했느냐!"

크게 놀라 반문하는 마풍영과 달리 진종립은 박수까지 치며 껄껄 웃음을 터뜨렸다.

"하하하. 당했군, 당했어. 이거 어디 창피해서 고개나 들 수 있겠나."

"사부님!"

"소리 지를 것 없다. 호교마장 둘의 이목을 속이고 그 아이를 데려갈 인물이 세상에 몇이나 될 것 같으냐?"

"……!"

"그래, 교주께서 다녀가신 게다. 그 양반도 참 심술궂단 말이야. 꼭 이렇게 망신을 줘야 속이 풀리시나?"

쓴 물을 들이킨 것마냥 잔뜩 인상을 찡그린 마풍영과 달리 진종립은 연신 웃음을 흘릴 뿐이었다.

그때였다.

진종립이 갑자기 웃음을 멈췄다. 그리고 그의 전신에서 가공할 마기가 뭉클거리며 흘러내리기 시작했다.

"억!"

가까이 있던 수하 몇이 갑작스러운 마기를 견디지 못하고 부들부들 떨더니 풀썩 바닥에 고꾸라졌다.

장난기 많던 노인은 어디 가고 한순간에 마라의 모습으로 변모한 그의 모습에 마풍영이 의아한 눈빛을 던졌다.

"사부님?"

"아무것도 아니다."

가볍게 고개를 젓는 진종립이었으나 내심은 그와 달랐다.

진종립이 슬쩍 고개를 숙였다.

저릿한 손가락이 아직도 미미하게 떨리고 있었다.

'그놈이로군.'

오랫동안 잊고 지냈던 감각이었다.

혈라강기 특유의 예리한 고통.

오랜 시간에 걸쳐 간신히 떨쳐 낸 기억이건만, 서늘한 놈의 눈빛을 떠올리자 새삼 저릿한 고통으로 뼈마디를 울려온다.

진종립의 눈에 짙은 살기가 일렁였다.

장장 칠십 년이다.

적지 않은 세월이 흘렀음에도 불구하고 과거 촉산혈성과

의 싸움에서 얻은 부상은 끈질긴 악몽처럼 아직까지 그를 괴롭히고 있었다.

단리백이라 했던가.

그 애송이를 너무 얕보고 있었다.

다 죽어가던 놈이 그처럼 지독한 암경을 뿌려댈 줄 누가 알았겠는가.

'하지만 이제 단리가 놈들은 씨가 말랐지.'

일찌감치 후환을 제거한 게 다행이었다. 그대로 살려두었다면 신교의 위업을 달성히는데 가장 위험한 적이 되있을지도 모르는 일이다.

금방이라도 한바탕 비가 쏟아질 것처럼 하늘엔 짙은 구름이 낮게 깔려 있었다.

잠시 하늘을 응시하던 진종립이 신형을 돌렸다.

드디어 때는 이르렀고, 이제는 전 중원을 상대로 본격적인 싸움을 준비해야 하는 것이다.

*   *   *

물에 젖은 솜처럼 온몸이 무거웠다.

부력이 느껴지지 않는 물속으로 한없이 가라앉는 기분.

'여긴?

간신히 눈을 뜬 임소하는 낯선 곳에 누워 있는 자신을 발견할 수 있었다.

가장 먼저 눈에 들어온 것은 누워 있는 침대와 맞은 편에 위치한 커다란 책장이었다. 누렇게 바랜 고서(古書)들이 책장을 가득 메우고 있었는데, 그럼에도 불구하고 지저분한 느낌은 들지 않았다.

그리고 코를 찌르는 짙은 주향(酒香).

고개를 돌린 임소하는 창가에 놓여 있는 서탁을 발견했다. 서탁에는 먹과 종이를 비롯한 문방사우가 가지런히 놓여 있었고, 벼루에는 채 먹이 마르지 않은 상태였다.

그 옆에 비스듬히 기울어진 의자 위에는 한 사람이 기대 잠들어 있었다.

그는 손에 작은 호리병을 들고 있었는데, 기울어진 병에서는 술이 흘러내려 바닥을 홍건히 적시고 있었다.

임소하는 천천히 방 안을 둘러봤다.

꽤 넓은 방임에도 불구하고 가구라곤 침대와 책장, 그리고 서탁이 전부였다.

그때였다.

우당탕.

위태롭게 기울어져 있던 의자가 쓰러지며 그 위에 앉아 있던 사내가 요란하게 넘어졌다.

화들짝 놀라 일어난 사내는 술로 흠뻑 젖은 자신의 옷을 바라보며 낭패스런 표정을 지었다. 그리고 나서야 뒤늦게 임소하를 발견하곤 웃으며 다가섰다.

"깼어요?"

임소하는 본능적으로 침대에서 일어나려 했다. 하지만 몸이 말을 듣지 않았다.

신형을 일으키려 애쓰는 그녀를 향해 사내가 입을 열었다.

"움직이지 않는 게 좋아요."

사내는 태연히 웃더니 의자를 끌고와 침상 옆에 놓았다. 그리곤 의자에 걸터앉았다.

"그렇게 갑자기 연력을 쏟아내면 그 누구라도 그렇게 되고 맙니다. 만약 당신이 천룡의 인을 지니지 않았다면 육신보다 정신이 먼저 견디지 못했을 거예요."

임소하의 눈빛이 흔들렸다.

그는 천룡의 인에 대해 알고 있었다. 자연 경계심에 어깨가 굳어졌다.

"당신은 누구죠? 그리고 여긴 어딘가요?"

거칠게 갈라진 자신의 음성에 스스로 놀라는 임소하였다.

사내는 말없이 임소하를 물끄러미 바라봤다.

반면 사내는 창을 통해 들어오는 햇살을 등지고 있어 얼굴을 자세히 보기 힘들었다.

그러기를 잠시,

"귀여운 아가씨네."

예상치도 못한 말에 임소하의 눈이 휘둥그레졌다.

사내 역시 자신의 실수를 깨달았는지 황급히 말을 이었다.

"아차, 실례를……. 악의는 없었으니 용서하시길."

방 안의 어둠에 어느 정도 눈이 익자 비로소 임소하는 사내의 모습을 확인할 수 있었다.

이십대 중반쯤 되었을까.

가느다란 얼굴선에 여인처럼 고운 눈썹, 그리고 고집있어 보이는 콧날과 서글서글한 눈빛이 인상적인 청년이었다.

그리 잘나지도, 못나지도 않은 외모. 다만 얼굴에 머물러 있는 미소만큼은 더없이 보기 좋았고, 행동이나 말투 역시 호감이 묻어나고 있었다.

그는 옅은 물빛이 감도는 학창의를 입고 있었는데 튀어 오른 먹물이 묻어 소매 곳곳이 얼룩져 있었다. 까칠한 수염과 간간히 풍겨오는 술 냄새만 아니라면 영락없는 글방 서생의 모습이었다.

청년이 빙그레 웃으며 입을 열었다.

"놀랐지요? 낯선 곳에서 깨어난다면 저라도 그랬을 겁니다. 여긴 백운장(白雲莊)이라 하고, 상현 인근에 올 때마다 제가 잠시 머무는 곳이기도 합니다."

임소하의 얼굴이 굳어졌다. 상현이라면 성양산에서 사백 리나 떨어진 곳이다.

"어떻게 내가 이곳에……."

"물론 제가 안고 왔죠, 이렇게."

　장난스레 모양까지 취해가며 설명하는 청년의 모습에 임소하의 눈빛이 사나워졌다.

　이에 청년이 황급히 손을 저었다.

　"달리 방법이 없었어요. 하지만 걱정 마세요. 이상한 생각을 한 건 아니니까. 그리고 당신을 해칠 생각은 추호도 없어요."

　청년이 의자를 털고 일어났다.

　"뭐 좀 먹을래요? 당신은 아무것도 먹지 않고 꼬박 이틀을 잠들어 있었어요. 좋아하는 음식이 있으면 말해요. 내가……."

　"당신이 누구냐고 물었어요."

　"이런, 제 소개가 늦었군요. 저는 탁씨 성에 일항이라는 이름을 쓰고 있습니다."

　"이름을 묻는 게 아니에요."

　탁일항이라 자신을 밝힌 청년은 다소 난처한 미소를 떠올렸다.

　이윽고 그가 나직이 한숨을 쉬며 입을 열었다.

　"나는 명교의 교주예요."

　"……!"

　임소하가 놀란 눈으로 탁일항을 바라봤다. 하지만 이내 한껏 아미를 찡그렸다.

　"장난하지 말아요."

"왜요? 마교의 교주라면 머리에 뿔이 달리고, 짐승 같은 눈빛에 날카로운 이빨과 손톱을 지닌 괴물이어야 하나요? 아니면 새하얀 수염에 눈빛 사나운 늙은이어야 할까요?"

탁일항의 반문에 오히려 말문이 막힌 것은 임소하였다.

"그럼 당신이 정말……."

"네, 내가 바로 당신들이 말하는 천마(天魔)예요."

너무도 태연한 그의 모습에 임소하는 멍한 얼굴로 탁일항을 바라봤다.

너무나 앳되 보이는 외모. 게다가 이처럼 가볍고 경망스러운 자가 마도의 하늘이라 불리우는 천마라니.

그녀에게 있어 마교의 교주는 어린 시절부터 막연한 두려움의 대상이었다.

그도 그럴 것이 어머니 명려군은 마교를 피해 중원에 왔고, 그들의 눈을 피해 흑암보 안에서 평생을 보내왔기 때문이다. 하지만 막상 마주한 마교의 교주는 예상외로 무척이나 선량한 눈빛을 지니고 있었다.

"정말 당신이?"

새삼 확인하는 임소하의 질문에 탁일항은 한껏 눈을 부릅떴다.

"네, 제가 바로 사악한 마도 무리의 수장입니다."

일부러 마도에 힘주어 발음하는 탁일항의 모습에 임소하는 자신도 모르게 실소하고 말았다.

"스스로를 마교라 부르는 교주가 어디 있나요?"

"다른 호법들이 있었다면 시끄럽게 잔소릴 해댔겠죠. 하지만 뭐 어때요? 지금 여긴 우리 둘뿐인데."

그리곤 격의없이 웃고 마는 탁일항이었다.

반면 임소하는 얼굴이 굳어지기 시작했다. 탁일항이 언급한 호법이란 단어가 자연스레 한 사람의 모습을 떠올리게 한 것이다.

'의숙!'

마풍영을 따라 검단곡에 도착해 정신을 잃기까시의 기억이 한순간 눈앞을 스치고 지나갔다.

"의숙은 어디 계시죠?"

정색하며 던진 임소하의 질문에 탁일항은 난처한 얼굴로 대답을 망설였다. 임소하의 원망을 사는 것은 두렵지 않았다. 그러나 사실대로 말해 그녀의 마음이 완전히 명교로부터 돌아서는 것만은 피해야 한다. 그녀는 명교엔 없어서 안 될 귀중한 존재였기 때문이다.

그런 탁일항의 모습이 임소하를 더욱 불안하게 만들었다.

"말해줘요. 어째서 의숙의 모습이 보이지 않는 거죠?"

대답을 채근하는 임소하의 모습에 탁일항은 무거운 한숨을 터뜨렸다.

"당신을 속인다 해도 의미가 없겠죠. 당신의 손이 스치기만 해도 금방 진실이 탄로 날 텐데……. 좋아요, 솔직히 말하죠.”

탁일항이 씁쓸한 얼굴로 임소하를 바라봤다.

“당신의 의숙은 죽었어요.”

임소하는 가슴속의 무언가가 쿵 하고 내려앉는 소리를 들었다.

“말도 안 돼…… 의숙이…… 그럴 리가 없어.”

임소하가 황급히 침상 아래로 내려섰다. 그러나 바닥에 발을 딛기 무섭게 아찔한 현기증이 찾아왔다.

휘청이는 그녀를 탁일항이 재빨리 부축했다.

“이것 놔요!”

고함을 지른 임소하가 있는 힘껏 탁일항의 손을 뿌리쳤다.

탁일항이 설레설레 고개를 저었다.

“그 몸으로 걷는 건 아직 무리요. 게다가 이미 검단곡은 존재하지 않아요.”

“그게 무슨 뜻이죠?”

“검단곡 전체가 무너져 모든 게 사라졌어요. 게다가 그곳은 이미 사지(死地). 독장이 퍼져 아무도 접근할 수 없습니다.”

“거짓말. 당신은 지금 거짓말을 하고 있어요.”

불신의 눈으로 자신을 바라보는 임소하를 향해 탁일항이 말을 이어갔다.

“당신 의숙뿐만이 아니에요. 의천맹 무인 대부분이 낙석에 묻혔고, 본 교의 무사들 또한 상당수가 그곳에서 죽었어요.
현실을 받아들여요. 이제 당신의 의숙은 세상에 없어요."
　임소하가 탁일항의 눈을 응시했다.
　선한 그의 눈빛이 진실을 말하고 있었다.
　"어떻게 그런……."
　망연자실한 채 털썩 주저앉는 임소하를 탁일항은 한참 동
안 말없이 바라보았다.
　"나 때문이야. 나 때문이 의숙이……."
　"아니, 당신 때문이 아닙니다. 말도 안 되는 죄책감으로 스
스로를 책망하지 마세요."
　탁일항은 허리를 숙여 임소하와 나란히 마주 앉았다.
　"알아요, 내 말이 위로가 되지 않을 거란걸. 하지만 이제부
터 당신은 스스로의 힘으로 일어서야 해요. 그리고 앞을 향해
나아가야 합니다. 당신의 의숙 역시 당신의 이런 모습은 원하
지 않을 겁니다."
　그러나 임소하는 고개를 떨군 채 바닥을 응시할 뿐이었다.
　토도독.
　몇 방울의 투명한 눈물이 그녀의 손등 위로 떨어졌다.
　그러기를 잠시.
　임소하가 입을 열었다.
　"…하겠어요."
　"예?"

임소하가 고개를 들어 탁일항을 바라봤다.

"명교에 입교하겠어요."

탁일항이 나직이 한숨을 흘렸다. 으스러져라 움켜쥔 그녀의 손에 쥐어진 명백한 분노와 살의를 읽어낸 것이다.

"그들이 원망스럽나요?"

탁일항의 질문에 임소하는 말없이 탁일항을 응시하는 것으로 대답을 대신했다.

탁일항이 손을 뻗어 임소하의 어깨에 올렸다. 그리곤 조용한 음성으로 입을 열었다.

"그러지 말아요. 당신의 힘은 증오로 움직여선 안 됩니다. 어둠에 사로잡힌 힘은 모든 것을 파멸로 이끌 것입니다. 당신 자신마저도……."

탁일항은 더없이 부드러운 미소를 배어 물었다.

"나는 당신이 힘없는 이들을 위해 천룡의 인을 사용하길 바랍니다. 어둠 속에서 신음하는 백성을 이끄는 빛. 그게 바로 당신이 해야 할 일이에요."

말을 마친 탁일항이 신형을 일으켰다.

"다녀올 곳이 있어요. 사실은 당신이 깨어나기만을 기다리고 있었죠. 이곳 사람들에게 부탁을 해놓겠어요. 필요한 게 있다면 그들을 부르세요."

잠시 안타까운 눈으로 임소하를 바라보던 탁일항은 이내 신형을 돌려 방을 나섰다.

계단을 내려서기 직전 탁일항은 문틈으로 새어 나오는 흐느낌을 들을 수 있었다. 소리 죽여 오열하고 있었으나 그녀의 울음소리에는 홀로 남겨진 자의 슬픔이 짙게 배어 있었다.

"정말이지 몹쓸 짓이야."

나직하게 읊조리는 탁일항의 음성에도 씁쓸함이 담겨 있었다.

＊　　　＊　　　＊

"나는 안 되는 거야?"

"려군……."

"나로서는 당신에게 의지가 되어주지 못하는 거네."

"미안."

"아니, 미안한 건 나야. 그러니 그런 말은 말아. 오히려 이쪽이 더 비참해진다구."

애써 눈물을 참는 모습이 애처롭다. 그러나 어깨를 안아줘서도, 다정한 말 한마디 건네서도 안 된다. 축산혈문의 계승자가 짊어져야 할 가혹한 운명에 그녀를 끌어들일 수는 없는 것이다.

설명하기 어려운 쓰라림이 감정을 베어낸다.

이토록 누군가를 간절히 원한 적이 있었던가.

아니다. 그 마음마저 거둬야 한다.

평범하고 자상한 남자를 만나 그녀 나름의 행복을 꾸려나가면 그걸로 족하다. 지금까지도 충분히 힘든 삶을 살아온 그녀이지 않은가. 더 늦기 전에, 그녀를 향한 갈망을 더 이상 주체할 수 없기 전에 접어야만 한다.

"백 랑(伯郞)."

비에 젖은 배꽃처럼 그녀가 웃는다. 그리고 언제나처럼 모든 걸 이해한다는 듯한 눈빛으로 말을 건넨다.

"그래도 포기하지마. 당신은 운명을 바꾸는 힘을 지닌 사람이잖아."

단리백은 눈을 떴다.

'꿈인가?'

단리백이 피식 마른 웃음을 흘렸다. 스스로 생각해도 한심하기 그지없었다. 십 년도 넘게 지난 일을 아직도 잊지 못하고 있다니……

가슴 한군데가 저릿하게 아파왔지만 단리백은 애써 이를 부정했다.

그러다 문득 단리백의 얼굴에 고소가 맺혔다. 과거의 감상에 젖을 정도로 여유롭지 않은 자신의 상태를 뒤늦게 깨달았기 때문이다.

'그래도 아직은 살아 있군.'

구절옥로환 덕분이리라. 죽은 이도 살려냈다는 무불능요

의 황당한 전설이 거짓만은 아니었던 것이다. 하지만 이내 단리백의 얼굴이 급격히 창백해졌다.

'맙소사!'

사지가 움직이지 않는다. 팔다리는커녕, 손가락 하나 자신의 의지를 따르지 않고 있었다.

단리백은 눈을 감았다. 그리고 차분히 운공을 시작했다.

"……!"

놀라 눈을 뜬 단리백의 눈에는 불신의 감정이 역력했다. 텅 비어버린 단전에는 단 한 줌의 내공조차 느껴지지 않았다.

'이럴 리가……?'

구절옥로환을 복용하기 전 단리백은 언제 숨이 끊어져도 이상하지 않을 만큼 기식이 엄엄한 상태였다. 하나 실낱처럼 미약한 진기만은 놓지 않고 있었다. 그런데 지금은 그것마저 사라져 버린 것이다.

단리백이 주위를 둘러봤다.

둘로 쪼개져 양쪽에 웅크리고 있는 거대한 바위가 눈에 들어왔다. 당시의 단리백은 무공을 쓸 수 없는 상태였으니, 이는 혈라인의 힘이 아니고서는 설명이 불가능하다.

손이 허공을 향하는 순간 눈앞에서 둘로 쪼개지는 바위 역시 어렴풋이 기억에 남아 있었다. 그런데 어째서 지금은 아무것도 느껴지지 않는 것인가.

단리백이 다시 운공을 시작했다. 그러나 모든 것이 헛수고

였다. 한참의 시간이 흘렀건만 그 어떤 미약한 반응조차 없었
다.
　단리백은 고개를 돌려 자신의 몸을 바라봤다.
　'제길!'
　으스러지고 짓이겨진 육체였건만 지금은 멀쩡하다. 그토
록 처참하게 망가진 육체가 다시 복원됐다는 사실이 믿기지
않을 정도였다. 하지만 단리백은 심란하고 복잡한 마음을 금
할 수 없었다. 비로소 모든 이유를 깨달았기 때문이다.
　'구절옥로환 때문이군.'
　너무 일찍 정신을 잃어버린 것이 화근이었다. 구절옥로환
을 복용한 직후 곧바로 진기를 운용해 약 기운을 사지백해로
이끌어야 했었다. 그런데 그 과정을 거치지 않은 것이다. 그
때문에 피류의 상처는 나았어도 근맥과 뼈마디가 제자리를
찾지 못하고 그대로 굳어지고 만 것이다.
　진기의 통로 역할을 하는 기맥 역시 마찬가지.
　구절옥로환은 단리백의 목숨을 살렸으나 결과적으로 손가
락 하나 까닥할 수 없는 폐인으로 만들어 버렸다.
　황당함과 더불어 절망이 엄습했다.
　차라리 죽는 것만 못했다. 제아무리 단리백이라 할지라도
이대로는 며칠도 못 가 갈증과 허기에 지쳐 죽고 말 것이다.
　초조함 속에 타는 듯이 목이 말라왔다.
　희미한 물 내음이 코끝을 스친 것도 동시였다.

단리백이 힘겹게 몸을 틀었다. 그러자 십 장쯤 떨어진 곳에 고여 있는 물웅덩이를 볼 수 있었다.

팔다리는 움직일 수 없었다. 그러나 다행히 근육의 일부는 제 기능을 잃지 않고 있었다.

"크으……."

단리백이 물을 향해 움직이던 단리백의 입에서 억눌린 신음이 흘러나왔다.

돌조각에 피부가 긁히는 통증 따윈 아무렇지도 않았다. 그러나 벌레처럼 허우적거리는 스스로의 모습은 견디기 어려웠다.

이윽고 한참을 기어 물웅덩이에 도착한 단리백은 물을 마시기 위해 고개를 숙였다.

"……!"

단리백의 얼굴이 급격하게 일그러졌다. 수면에 비친 자신의 모습을 보는 순간 말로는 설명하기 힘든 참담함을 느껴야만 했던 것이다.

사람의 몰골이 아니었다.

스스로 놀랄 만큼 심하게 훼손된 얼굴에서 이전의 용모는 찾아볼 수 없었다.

심하게 부어오른 눈두덩이는 둘째 치고, 언청이처럼 찢겨진 입술은 심하게 일그러져 있었다. 게다가 찢겨진 피부와 부서진 골격이 제멋대로 아물어 마치 구겨진 가죽을 얼굴에 뒤집어쓰고 있는 것만 같았다.

단리백의 얼굴에 더없이 씁쓸한 자조의 웃음이 맺혔다. 그 와중에도 참을 수 없는 허기와 갈증이 그를 괴롭히고 있었던 것이다.

단리백은 뻣뻣한 고개를 억지로 고개를 숙였다. 그리고 힘겹게 물을 마시기 시작했다. 그러나 채 두 모금도 마시기 전에 참을 수 없는 욕지기가 밀려왔다.

"우웩!"

결국 단리백은 마셨던 물을 모조리 토해내고 말았다.

단리백이 마신 물은 단순한 물이 아니었다. 지열로 데워진 압력으로 암반을 뚫고 나온 온천수였다. 자연 그 안에는 상당량의 유황이 섞여 있었고, 이는 도저히 인간이 마실 수 있는 물이 아니었던 것이다.

단리백이 새우처럼 몸을 웅크린 채 한참 동안 몸 안에 든 것을 게워내고 있을 때였다.

돌연 등줄기가 서늘할 만큼 날카로운 시선이 느껴졌다.

고개를 들자 낯선 이의 발이 눈에 들어왔다. 뒤이어 유생건을 걸친 젊은 청년의 모습을 확인할 수 있었다.

단리백은 자신이 환상을 보는 것이 아닌가 생각했다. 그도 그럴 것이 검단곡 전체가 무너져 모든 것을 뒤덮어 버린 사지에서, 이처럼 두 발로 멀쩡히 서 있는 사람을 보리라곤 생각지도 못했기 때문이다.

이는 청년 역시 마찬가지였다.

단리백을 내려다보던 청년이 놀람인지 감탄인지 모를 탄성을 터뜨렸다.

"믿을 수 없군."

잠시 단리백을 응시하던 청년이 질문을 던졌다.

"피처럼 붉은 옷에 날카로운 눈매……. 당신이 촉산혈성?"

단리백은 아무런 말도 하지 않았다. 아니, 말할 기운조차 남아 있지 않았다. 그리고 무엇보다 무인 특유의 본능이 끊임없이 경고를 발하고 있었다.

사람에겐 기질이라는 게 있다. 그런데 눈앞의 청년은 아니었다. 마치 웃는 사람의 석상을 깎아 눈앞에 세워놓은 것처럼 무기질적인 그의 눈동자에선 그 어떤 감정도 느껴지지 않는다.

"한 모금 하시겠소?"

탁일항이 들고 있던 술병을 단리백에게 건넸다. 하지만 단리백이 손가락 하나 까닥할 수 없는 상태임을 깨닫곤 무안하게 웃었다.

그는 허리를 숙여 단리백의 입에 술병을 기울였다.

입술을 따라 혀끝을 적시는 아릿한 화주.

대부분의 술이 바닥에 흘러내려 입 안에 들어가는 양은 극히 적었다.

갈증을 풀기엔 턱없이 모자란 양이었으나 이마저도 단리

백에겐 더없이 달게 느껴졌다.

탁일항이 입을 열었다.

"본의 아니게 그녀에게 거짓말을 한 셈이 되고 말았군요."

탁일항은 머쓱한 표정을 지었다.

"당신의 질녀에게 당신이 죽었을 거라 말했거든요."

단리백의 눈에 독기가 서리기 시작했다. 그 말로 그의 정체는 분명해졌다.

마교의 인물. 더구나 그가 풍기는 분위기로 미루어 짐작하건데, 그는 마교 내에서도 상당한 고위층이 틀림없었다.

"넌……."

"걱정 마세요. 그녀는 우리에게 귀한 존재니까요. 당신이 생각하는 그런 일은 일어나지 않아요."

단리백은 이해할 수 없었다. 그 정도 되는 인물이 사지가 되어버린 검단곡에 뒤늦게 무슨 용무란 말인가? 그러다 문득 깨닫는 바가 있었다.

"참으로 집요하고도 완벽하군, 당신들의 일 처리는."

"네? 그게 무슨……."

의아한 표정을 짓던 탁일항이 말도 안 된다는 표정으로 손을 저었다.

"아닙니다. 그런 게 아니에요. 나는 단지 이곳에 한 번 와 보고 싶었을 뿐이에요."

한차례 주위를 둘러본 탁일항이 말을 이어갔다.

"이곳은 본 교의 꿈을 위해 몸을 던진 영령들이 잠든 곳. 그래서 한 번은 이곳을 찾아 그들의 넋을 기리고자 했었지요. 당신을 만나리라곤 예상하지 못했어요."

그리곤 나직이 탄식을 흘리는 탁일항이었다.

"당신에 관한 이야기는 마 호법으로부터 들어 알고 있습니다. 일찍부터 당신을 만나고 싶었는데 이렇게 마주하다니 안타깝군요."

단리백의 짙은 검미가 꿈틀거렸다.

시종일관 여유를 잃지 않는 그를 대하고 있사니 알 수 없는 무언가가 울컥 치밀어 올랐던 것이다.

그때였다.

단리백의 얼굴이 벌겋게 물들었다. 한없이 음유한 기운이 피부를 파고들어 내부를 훑고 지나가는 것을 느끼는 순간, 격한 분노에 사로잡힌 것이다.

'끔찍하군.'

살아오며 이처럼 불쾌한 기분은 맛본 적이 없었다. 이 순간에도 이질적인 기운은 제 집마냥 단리백의 내부를 돌아다니며 구석구석을 살피고 있었다. 그러나 정작 단리백이 할 수 있는 건 아무것도 없었다. 무력하게 누워 탁일항을 노려보는 것만이 그가 할 수 있는 전부였던 것이다.

기감을 열어 단리백의 상태를 살피던 탁일항이 설레설레 고개를 흔들었다.

"어떻게 부상을 치료했는지는 모르겠지만 이대로 당신에
겐 가망이 없군요. 기경팔맥을 비롯한 전신의 근육이 뒤엉킨
채 완전히 굳어버렸어요."

단리백의 얼굴에 싸늘한 웃음이 피어 올랐다. 사형선고와
도 다름없는 탁일항의 말을 듣자 오히려 마음이 차분해진 것
이다.

"무슨 말을 하고 싶은 거지?"

변함없는 단리백의 냉대에도 탁일항은 웃음을 잃지 않았
다.

"본 교에 입교하세요. 팔대호법들이 나서준다면 방법이 있
을지도 모릅니다. 예전의 무공을 되찾을 수 있을지는 장담할
수 없지만 일상적인 생활이라면……."

"꺼져!"

탁일항이 놀란 눈으로 단리백을 바라봤다.

"이해할 수 없군요. 당신은 이대로 여기서 죽고 싶은 건가
요?"

단리백은 더 이상 들을 가치도 없다는 듯이 고개를 돌려 버
렸다.

이에 탁일항의 설득이 이어졌다.

"당신의 질녀를 생각하세요. 그녀는 지금 당신이 죽은 줄
알고 몹시 슬퍼하고 있습니다. 당신도 그런 그녀의 모습을 보
고 싶은 건 아니지요? 당신과 함께라면 그녀 역시 안정을 찾

을 겁니다. 그러니……."

임소하가 거론되자 단리백은 일순 마음이 흔들렸다. 그러나 현실을 깨달았다. 이와 같은 모습으론 그녀에게 버거운 짐이 될 뿐이다. 오히려 그녀의 발목을 옥죄는 족쇄로 전락해버리고 마는 것이다.

일언반구의 대꾸조차 없는 단리백의 고집에 탁일항이 결국 손을 들었다.

"무인의 자존심 때문인가요? 그렇다면 저로서도 어쩔 수 없군요."

그때였다.

돌연 탁리항이 전면을 향해 소매를 휘둘렀다.

일견하기엔 벌레를 쫓는 듯한 가벼운 동작이었다. 그러나 그 결과는 결코 가볍지 않았다.

푸스스.

단단한 암벽이 미세한 먼지가 되어 바람에 흩날렸다.

'고수!'

비록 간단한 한 수였으나 그 안에 담긴 위력마저 몰라볼 단리백이 아니었다. 적어도 진종립, 아니, 그 이상의 고수였다.

이때 탁일항이 씁쓸한 미소와 함께 손을 들어 보였다. 그의 손가락에 잡혀 꿈틀대는 세 치 반의 가느다란 물체.

이를 보는 순간 단리백은 대경실색하고 말았다.

'칠채홍련사(七彩紅連蛇)!'

알록달록한 일곱 개의 색으로 온몸을 감싼 작은 뱀은 남만
에 서식한다 알려진 사대독물 중 하나였다.

평소엔 넓은 잎에 누워 햇볕을 쬐다 먹이를 발견하면 용수
철처럼 튀어 올라 달려든다. 그리곤 날카로운 이빨을 먹이에
박아 넣는 것과 동시에 가공할 독을 주입하는데, 그 독이 어
찌나 지독한지 남만의 코끼리조차 반 시진을 넘기지 못한다
들었다.

지금과 같은 상태에서는 한 번이라도 물리면 그대로 목숨
을 잃고 마는 것이다.

"남만의 습지대에서만 서식하는 걸로 알고 있었는데 의외
로군요."

탁일항이 한곳을 가리켰다.

방금 전 그가 일장을 내갈긴 바위. 그 아래 쌓인 수북한 돌
가루 위로 검붉은 살 조각이 이리저리 흩어져 있었다. 수십
마리는 족히 넘어 보이는 칠채홍련사들의 육편들이었다.

코끝을 스치는 바람을 타고 짙은 비린내가 확 풍겨왔다.

냄새만 맡았을 뿐인데도 머리가 어질해질 만큼 지독한 독
기였다.

"……!"

그 순간 단리백의 눈에서 섬전 같은 안광이 일렁였다. 드디
어 다른 방법을 찾아낸 것이다.

탁일항이 단리백을 바라봤다.

"아직도 생각이 바뀌지 않았나요?"

혼자만의 깊은 생각에 빠진 단리백은 그 어떤 대답도 하지 않았다.

이를 오해한 탁일항이 잠시 고민하다 입을 열었다.

"원한다면 편하게 죽음을 맞게 해줄 수도 있어요."

한참을 기다리던 탁일항이 설레설레 고개를 흔들었다.

"유감이로군요."

신형을 돌린 탁일항이 검단곡을 벗어나기 위해 걸음을 옮기는 순간이었다.

단리백의 음성이 탁일항을 불러 세웠다.

"하나만 묻지."

탁일항이 고개를 돌리자 단리백이 입을 열었다.

"마교에도 문설주가 있나?"

"문설주 말인가요?"

잠시 고개를 갸웃거리던 탁일항은 과거 구대문파와 촉산혈성 사이에 얽힌 전설 하나를 기억해 냈다.

"들은 적이 있어요. 누구를 막론하고 내 위에 군림하려는 자가 있다면, 구대문파 문설주에 새겨진 맹약에 따라 피로 강호를 씻으리라. 맞나요?"

사백 년간 한 번도 어긋난 적이 없었던 피의 약속.

촉산이 무림절대금지가 된 연원(淵源)이자 촉산혈성이 강호의 전설이 되어버린 섬뜩한 일화였다.

“본 교에 복수할 생각인가요?”

탁일항은 어이없는 눈빛으로 단리백을 바라봤다.

“어리석은 남자로군요. 당신이란 사람은…….”

그러나 단리백은 대답 대신 서늘한 안광을 뿜어낼 뿐이었다.

그 눈빛을 마주한 탁일항은 일순 차디찬 검이 심장을 관통하는 듯한 기분을 맛보았다.

탁일항의 입가에 의미를 알기 힘든 묘한 미소가 떠올랐다.

“문설주는 없지만 대신 본 교를 상징하는 건물이 있어요. 중원에선 이를 가리켜 천마각이라 부른다더군요.”

단리백이 마주 웃으며 입을 열었다.

“거기에 이렇게 새겨주지. 까불면 죽는다고.”

“……!”

가만히 서서 단리백을 바라보던 탁일항이 천천히 돌아섰다.

“그것도 나쁘지 않군요.”

그 말을 남기고 탁일항의 신형은 유령처럼 사라져 버렸다.

단리백조차 스스로의 눈을 의심할 만큼 가공할 신법이었다.

털썩.

탁일항이 사라지자 단리백은 탈진한 듯 그대로 뻗어버렸다. 밀물처럼 밀려드는 피로와 갈증, 거기에 더해진 신경전은 남은 기력마저 모조리 앗아갔다.

"크크큭……."

그렇게 한참 동안 누워 있던 단리백이 웃음을 터뜨렸다. 큰 소리는 쳐댔지만 다시금 자신의 계획을 검토하니 참으로 무모하고 어처구니없어 웃음밖에 나오지 않았다. 그러나 간신히 붙잡은 실낱같은 희망을 포기할 수는 없는 노릇.

그 결과가 어찌 될지는 겪어봐야만 아는 것이다.

그때였다.

스르륵.

매끄러운 무언가가 바닥을 스치는 소리에 단리백이 고개를 돌렸다.

단리백의 얼굴이 핼쑥해졌다.

'망할!'

칠채홍련사였다.

그것도 한두 마리가 아니었다.

피 냄새를 맡은 칠채홍련사의 무리가 알록달록한 구름처럼 새카맣게 몰려들고 있었던 것이다.

『촉산혈성』 5권 끝

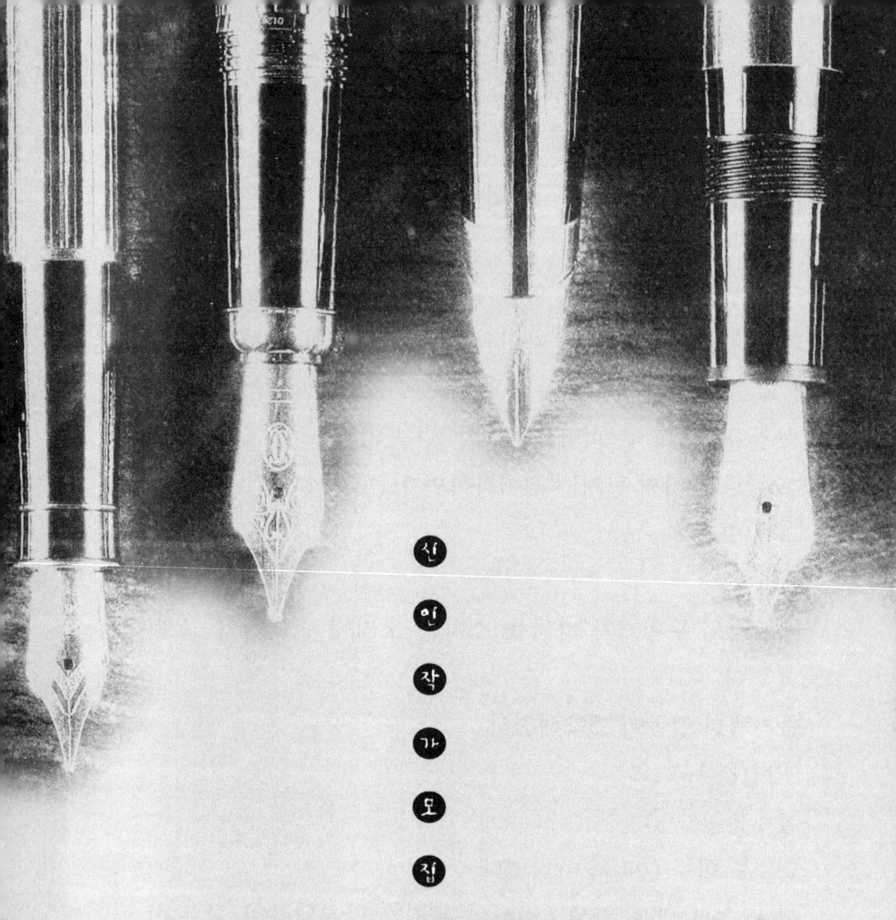

신

인

작

가

모

집

시작이 반이라고 했습니다.
작가의 길에 대한 보이지 않는 벽을 과감히 깨뜨리십시오!
청어람은 작가 지망생 여러분들의
멋진 방향타가 되어드리겠습니다.

저희 도서출판 청어람에서는
소설 신인 작가분들을 모집합니다.
판타지와 무협을 사랑하시는 분들의 많은 참여를 바랍니다.
소정의 원고(A4용지 150매)를 메일이나 우편으로 보내주시면
검토 후 출판 여부를 알려드리겠습니다.

주소:경기도 부천시 원미구 심곡1동 350-1 남성B/D 3F 우편번호420-011
TEL:032-656-4452 · FAX:032-656-4453
http://www.chungeoram.com
e-mail:chungeoram@chungeoram.com